大家文存

粤派评论丛书

黄遵宪集

龙扬志 编

本项目受广东省宣传文化发展专项资金资助出版

SPM
南方出版传媒
广东人民出版社
·广州·

图书在版编目（CIP）数据

黄遵宪集 / 龙扬志编. —广州：广东人民出版社，2018.1
（粤派评论丛书）
ISBN 978-7-218-12205-2

Ⅰ．①黄…　Ⅱ．①龙…　Ⅲ．①文艺评论—中国—近代—文集
Ⅳ．①I206.5-53

中国版本图书馆CIP数据核字（2017）第267433号

HUANG ZUNXIAN JI

黄 遵 宪 集

龙扬志　编

出 版 人：肖风华

责任编辑：古海阳
装帧设计：张绮华
排　　版：广州市奔流文化传播有限公司
责任技编：周　杰　易志华

出版发行：广东人民出版社
地　　址：广州市大沙头四马路10号（邮政编码：510102）
电　　话：（020）83798714（总编室）
传　　真：（020）83780199
网　　址：http://www.gdpph.com
印　　刷：珠海市鹏腾宇印务有限公司
开　　本：787毫米×1092毫米　1/16
印　　张：18.25　字　数：280千
版　　次：2018年1月第1版　2018年1月第1次印刷
定　　价：88.00元

如发现印装质量问题，影响阅读，请与出版社（020-83795749）联系调换。
售书热线：（020）83795240

总　序

近百年来中国文坛，"京派批评""海派批评"以及20世纪80年代崛起的"闽派批评"已是大家公认的文学现象，但"粤派评论"却极少被人提起。事实上，不论从地域精神、文化气质，还是文脉的历史传承，抑或批评的影响力来看，"粤派评论"都有着独特精神气质和文化品格，有它的优势和辉煌。只不过，由于历史、现实、文化和地域的诸多原因，"粤派评论"一直被低估、忽视乃至遮蔽。有鉴于此，我们认为，以百年粤派文学以及美术、音乐、戏剧、影视等评论为切入点，出版一套"粤派评论丛书"，挖掘被历史和某种文化偏见所遮蔽的"粤派评论"的价值，彰显粤派文学与文化的独特内涵和深厚底蕴，不仅能更好地展示广东文艺评论的力量，让"粤派评论"发出更响亮的声音，而且有助于增强广东文化的自信，提升广东文化的影响力，促进区域文化的繁荣发展。

出版这套丛书，有厚实、充分的历史、现实、文化和地域等方面的依据。

第一，传统文化的影响。岭南文化明显不同于北方文化。如汉代以降以陈钦、陈元为代表的"经学"注释，便明显不同于北方"经学"的严密深邃与繁复，呈现出轻灵简易的特点，并因此被称为"简易之学"。六祖惠能则为佛学禅宗注进了日常化、世俗化的内涵。明代大儒陈白沙主张"学贵知疑"，强调独立思考，提倡较为自由开放的学风，逐渐形成一个有粤派特点的哲学学派。这种不同于北方的文化传统，势必对"粤派评论"的形成起到潜移默化的作用。

第二，文论传统的依据。"粤派评论"的起源可追溯到晚清，黄遵宪的"诗界革命"，梁启超的"小说界革命"的倡导，开创了一个时代的风潮，在全国产生了普泛的影响。上世纪二三十年代，黄药眠在《创造周报》发表大量文艺大众化、诗歌民族化的文章，风行一时。钟敬文措意于民间文学，被视为中国民间文学的创始人。新中国建立后的"十七年"，"粤派评论"的代表人物有黄秋耘、萧殷、梁宗岱等人。新时期以来，"粤派评论"也涌现出不少在全国具有一定知名度的文艺评论家。如饶芃子、黄树森、黄修己、黄伟宗、洪子诚、刘斯奋、杨义、温儒敏、谢望新、李钟声、古远清、蒋述卓、陈平原、程文超、林岗、陈剑晖、郭小东、宋剑华、陈志红等，其阵容和影响力虽不及"京派批评"和"海派批评"，但其深厚力量堪比"闽派批评"，超越国内大多数地域的文艺评论阵营。如果视野和范围再开放拓展，加上饶宗颐、王起、黄天骥等老一辈学者的纯学术研究，则"粤派评论"更是蔚为壮观。

第三，地理环境的优势。从地理上看，广东占有沿海之利，在沟通世界方面具有得天独厚的优势；同时，广东处于边缘，这既是劣势也是优势。近现代以来，粤派学者在中西文化交汇的背景下，感受并接受多种文明带来的思想启迪。他们视野开阔，思维活跃，不安现状，积极进取，敢为人先，因此能走在时代变革的前列。黄遵宪、康有为、梁启超、孙中山等是这方面的代表人物。他们秉承中国学术的传统，又开创了"粤派评论"的先河。这种地缘、文化土壤的内在培植作用，在"粤派评论"的发展过程中是显而易见的。

"粤派评论"有属于自己的鲜明特点。

第一，中国现当代文学史写作，是"粤派评论"最为鲜亮的一道风景线。在这方面，"粤派评论"几乎占了文学史写作的半壁江山，而且处于前沿位置，有的甚至成为中国现当代文学史写作的高地。比如20世纪80年代，钱理群、陈平原、黄子平联合发表的著名论文《论二十世纪中国文学》，其中陈平原、黄子平均为粤人。洪子诚的《中国当代文学史》以方法先进、富于问题意识、善于整合中西传统资源和吸纳同时代前沿研究成果著称，它与陈思和的《中国当代文学史教程》被学界誉为中国现当代文学史的"南北双璧"。杨义的三卷本《中国现代小说史》是比较方法运用在文学史写作的有效实践，该著材料扎实，眼光独到，分析文本有血有肉，堪与夏志清的《中国现代小说史》比肩。此外，温儒敏的《中国现代文学批评史》、黄修己的《中国现代文学发展史》、古远清的港台文学史写作，也都各具特色，体现出自己的史观、史识和史德。

第二，"粤派评论"注重文艺、文化评论的日常化、本土经验和实践性。粤派评论家追求发现创新，但不拒绝深刻宽厚；追求实证内敛，而不喜凌空高蹈；追求灵动圆融，而厌恶哗众取宠。这就体现了前瞻视野与务实批评的结合，经济文化与文艺批评的合流，全球眼光与岭南乡土文化挖掘的齐头并进，灵活敏锐与学问学理的相得益彰，多元开放与独立文化人格的互为表里。粤派评论家有自己的批评立场、批评观念，亦有自己的学术立足点和生长点。他们既面向时代和生活，感受文艺风潮的脉动，又高度重视审美中的文化积累和文化传承；既追求批评的理论性、学理性和体系建构，又强调批评的实践性，注重感性与诗性的个性呈现。

我们认为，建构"粤派评论"，不能沿袭传统的流派范畴与标准，它不是一种具有特定文化立场、一致追求趋向和自觉结社的理论阐释行动。它只是一个松散的、没有理论宣言与主张的群体。因此，没有必要纠结"粤派评论"究竟是一个学派，还是一个地域性的概念，但有一点可以肯定："粤派评论"已是一个客观存在的文化实体，即虽具有地方身份标识，却不局限于一地之见的文艺理论家、批评家群体。

党的十九大报告指出，发展中国特色社会主义文化，就是以马克思主义为指导，坚守中华文化立场，立足当代中国现实，结合当今时代条件，发展面向现代化、面向世界、面向未来的，民族的科学的大众的社会主义文化，推动社会主义精神文明和物质文明协调发展。广东省委宣传部策划、组织、指导编纂出版"粤派评论丛书"，是贯彻落实十九大关于文化建设发展精神的一项重要举措，是讲好中国故事、传播中国声音、阐发中国精神、展现中国风貌的一次文化实践。我们坚信，扎根广东、辐射全国的"粤派评论"必将成为新时代坚定文化自信、实现中华民族伟大复兴路上其中一块最稳固的基石。

"粤派评论丛书"编辑委员会

黄遵宪像

编者简介：

    龙扬志，湖南涟源人，文学博士，暨南大学中文系副教授、硕士生导师，主要从事中国现当代文学、世界华文文学研究。兼任中国文艺评论（暨南大学）基地副主任、《世界华文文学评论》编辑部主任、广东省文艺评论家协会理事、东荡子诗歌促进会秘书长、当代诗学论坛副秘书长、中国文艺评论家协会会员。先后主持教育部人文社科项目、澳门文化局委托项目、广东省社科规划项目、广东省委宣传部委托项目，参与国家社科基金重大项目和国家重点项目，在国内外学术期刊发表论文90余篇，主编论文集多种。

目　录

文　录

信 函

《日本国志》评述

附　录

编后记／266

黄遵宪与粤派评论视域之开辟

龙扬志

作为近代率先"睁眼看世界"的先行者，黄遵宪（1848—1905）被公认为粤地出走的学术大家。而在粤派文学批评谱系中重新观察黄遵宪的开创地位和历史贡献，必须将其纳入中国走向世界的曲折过程，方可鞭辟入里，体会他在融合世界文学观念指导文学创作和批评的来龙去脉和良苦用心，以及在推动时代文化语境转换、文学观念变革中产生的深远影响。

当代学者黄霖撰写《中国文学批评通史》近代卷时，以是否适应和推动文学近代化的历史进程为基本评判准则，将近代文学批评分为传统与革新两大板块，黄遵宪、梁启超、康有为、丘逢甲等岭南维新派倡导文学革命，在文学观念领域开辟了新的时代气象。黄霖认为从鸦片战争到中日甲午战争的近代文学观念新变最初由传统内部的发展趋势引发："近代文学思想的变化并不始于中西文学观念的直接撞击，而是出于一批地主阶级的改革家，从自我调节现有的政体和文化机制出发，强调文学适应变革的时势。"[1]经由前后持续30余年的内部瓦解，随着驻外使节、留学生及通过各种渠道走向世界的人越来越多，经欧风美雨熏染过的改革派带来文学新质。黄遵宪17岁"儒生不出门，勿论当世事。识时贵知今，通情贵阅世"（《人境庐诗草·感怀》）的感悟，庶几成为印证其生命行旅之信条，并在观看世界的过程逐渐塑造其审时度势、开明通变的思辨方式。黄霖指出，虽然黄遵宪未脱君主立宪的政治立场，甚至处处讳言"革命"二字，但是"黄遵宪的诗歌'维新'的理论和实践与梁启超'诗界

---

① 黄霖：《中国文学批评通史》（近代卷），上海古籍出版社2011年版，第3页。

革命'在大方向及主要内容方面都是大体一致的，故作为中国十九世纪末二十世纪初整个要求诗歌革新的思潮而言，黄遵宪无疑是一个最初的发动者，而且是一个最有成绩的实践家"[1]。此当为中肯之论。黄遵宪一生融合贯通于外交时务、文学创作、学术研究和思想启蒙等层面，成为文学维新时代的关键人物，同时为粤派评论奠定感时度势的时代情怀与开阔的理论视野。

众所周知，得益于文化地理便利之条件，近代文学维新运动由粤派知识精英推进，亦是顺理成章之事。梁启超在1902年发表的《中国地理大势论》中论述粤地独特位置，背岭面海，界于中原，交通海外。"广东，自秦、汉以来，即号称一大都会，而其民族与他地绝异，言语异，风习异，性质异，故其人颇有独立之想，有进取之志；两面濒海，为五洲交通孔道，故稍习于外事。"[2]濒海之便造就了广东在中西文化交流的优势地位，陈序经指出："自中西海道沟通以后，西方文化继续不断输入中国。中国文化无论在经济上、政治上、宗教上、教育上都受重大影响，逐渐趋于新文化的途径。固有文化在这种情形之下，也逐渐呈了崩裂的状态。自从西方文化传入以后，因为地理及其他的原因，粤人遂为这种新文化的先锋队，广东成为新文化的策源地。"[3]黄遵宪文学与学术行旅亦受此风气熏陶，年少稽古学道，中年阅历世事，视野开阔，21岁（1868）即有"我手写我口，古岂能拘牵。即今流俗语，我若登简编。五千年后人，惊为古谰斑"（《杂感》）之诗，别创诗界之志，呼之欲出。

黄遵宪的人生道路大致遵循走向世界的路径推进。同治十年（1871），黄遵宪考取岁试第一名补廪膳生，次年取拔贡生，1876年（29岁）中举，1877年随同中国首任驻日本公使何如璋以参赞身份赴日。1882年任驻美国旧金山总领事，1885年回国撰写《日本国志》（40卷）。1889年以参赞身份随薛福成出使欧洲（英国、法国、意大利、比利时）。1891年任新加坡总领事。1894年11

---

① 黄霖：《中国文学批评通史》（近代卷），上海古籍出版社2011年版，第395—396页。

② 中国之新民（梁启超）：《中国地理大势论》，《新民丛民》第8号，光绪二十八年（1902）四月十五日，第50页。

③ 陈序经：《广东与中国》，《东方杂志》1939年第36卷第2号，第42页。

月自新加坡总领事解任回国，次年9月加入强学会，1896年捐资赞助汪康年、梁启超创办《时务报》。1897年赴任湖南长宝盐法道，署湖南按察使，参与湖南维新改革。1898年6月充任使日本大臣，因疑藏匿康有为、梁启超等变法流亡人士被搜查，后得旨放归原籍梅州，筑室人境庐。期间多次婉拒复出，直至1905年2月因肺病逝世。黄氏旅居日本期间创作《日本杂事诗》两卷，录诗200首。1891年辑成《人境庐诗草》四卷，后经不断增删补订。"放归"之后扩充成11卷。二者为奠定黄遵宪诗人地位的代表作品集，因其诗作题材广泛，诸多篇什涉及琉球事件、中法战争、中日甲午战争、八国联军侵华、海外见闻、华人劳工、留学生以及山歌等范围的书写，被视为开启诗界新境的先声。尤其经时贤丘逢甲、梁启超、康有为、胡适等人举荐，黄遵宪逐渐在诗坛深入人心，成为引领新派诗写作的标志符号。如梁启超就在《清议报》《新民丛报》等报刊反复力荐："近世诗人，能熔铸新理想以入旧风格者，当推黄公度"，"公度之诗，卓然自立于二十世纪诗界，群推为大家，公论不容诬也"，"公度之诗，诗史也"。①胡适从文学发展源流论及"黄遵宪是有意作新诗的"②，通过新文学史前史梳理肯定先知先行的意义，到20世纪30年代文学史写作浪潮兴起，黄遵宪的诗歌创作成就和文学地位已被普遍认定。③

不过，有关黄遵宪在诗学革新方面的主张与"新派诗"写作的价值评价一样，历来存在不同观点。比如《日本杂事诗》对新事物和新概念的使用，一方面契合了晚清追新猎奇的风气，能满足当时读者对于异域风物和社会状况的阅读想象；另一方面可能对传统意象构成异化，在诗歌美学层面消解其文化感知，因而后人对杂事诗的艺术水准颇多疑问。钱锺书认为《日本杂事诗》"假吾国典实，述东瀛风土，事诚匪易，诗故难工"，"语工而格卑"，"每成俗艳"。④正如台湾学者郑毓瑜所说，钱锺书的说法切中了当时旧诗人的困境：

---

① 梁启超：《饮冰室诗话》，《新民丛报》第4号，光绪二十八年（1902）二月十五日，第100页。

② 胡适：《五十年来中国之文学》，《胡适学术文集·新文学运动》，中华书局1993年版，第118页。

③ 具体可参看李玲博士论文《黄遵宪文学地位的形成与奠定（1899—1949）》，苏州大学，2013年。

④ 钱锺书：《谈艺录》（补订本），中华书局1993年版，第348页。

旧诗语不能巧妙地表达新事物，用上新事物也往往弄得不像旧诗；但是有一件事情很清楚，19世纪后半叶这些出身于传统知识体系的士大夫，即便向往西学、重视洋务，旧诗写作还是他们表达自我与沟通人我的熟利方式。[①]所以，在考察黄遵宪诗歌观念尤其批评理论时同样需要理解文化发展中的复杂性和迟缓性特征，因为理论话语的零星呈现、新旧杂糅的确难以通过简单易行的方式加以清理。比如有专家指出："从个人选择、创作态度与当时文学运动、诗歌派别、文坛风气的关系来看，黄遵宪与所谓'新派诗'和'诗界革命'在新与旧、名与实之间也留下了值得认真清理、深入反思并清醒认识的文学史和学术史经验。就与'新派诗'的关系而论，黄遵宪在早年诗作中写下的'我手写我口'和在中年诗作中写下的'读我连篇新派诗'，本来只是诗歌创作中即兴的有感而发或酬答友朋时随手写下的普通诗句而已，并未进行过深刻的理论思考或严谨的逻辑阐述，也没有其他论述的有力支撑或明显证明，因而其本身并不带有任何成熟的理论意识、思想内涵或倡导诗歌变革的主观意图。"[②]零散观点确实可以成为反思黄氏文化姿态与思想经验的切入点，也正好说明学界有重新认知黄遵宪的文学批评视野与话语体系之必要。

文学批评不能抽离主体生存的历史语境，黄遵宪的批评话语不仅反映了"过渡时代"有关文学观念表达的总体状况，也体现出如何面对时代发言的意义。作为处于新旧学术转换时期的参与者，黄遵宪对文学主张的理解与表达并未如后来者那样诉诸严谨的专门论述，更多融入在序跋、评阅、书信等相关文学实践之中。所以，科学辩证的态度是不妨采取同情的眼光，在已有的历史基础上理解其诗学主张和批评方式，代替强求专门理论著述之于黄遵宪的必要性，不妨结合黄遵宪的时代关怀与理想实践，超越对观念表述的刻板追求。

实际上，黄遵宪与近代大部分文学批评的异质性，首先体现于文学观念的专业知识背景。因近距离观看日本形成的知识视野，在日后成书的《日本

---

① 郑毓瑜：《旧诗语的地理尺度——以黄遵宪〈日本杂事诗〉中的典故运用为例》，载吴盛青、高嘉谦主编《抒情传统与维新时代》，上海文艺出版社2012年版，第485页。

② 左鹏军：《黄遵宪的文化姿态与思想经验》，载《岭南文献与文学考论》，中山大学出版社2016年版，第123页。

国志》中演进为语言变革主张的实证基础。概言之,《日本国志》的历史贡献在于主动观察日本,首次向中国士大夫全面展示了日本由封建走向中兴的基本过程,而这恰恰是近代中国需要认真思考的镜像,并重构有关日本的认知。日本长期以来用心学习中国文化,小心翼翼地注视中国发生的一切变化,幕府末年开始其西化转向,西学东渐在日本近代变革中扮演的角色作用至关重要。黄遵宪通过社会观察和交往实践,直观感受语言文化层面改革的积极后果,他在介绍日语言文一致过程之后,在《学术志二》的评议中指出语言与文字"不相合"对于开启民智的影响:"盖语言与文字离,则通文者少;语言与文字合,则通文者多,其势然也。然则日本之假名,有裨于东方文教者多矣,庸可废乎?泰西论者,谓五部洲中以中国文字为最古,学中国文字为最难,亦谓语言文字之不相合也。"①中国的言文分离造成"通文者少",阅读书写与日常生活严重脱钩,普通民众难以接受专门化的高成本教育,导致社会整体文化水平落后。虽然白话文运动已于晚清开始使用,黄遵宪从域外审视汉语改革甚至拼音化可能。正如文贵良所说,黄遵宪诘问汉语与中国现代文学的关系,这种学习和诘问折射着中国现代知识分子百余年中"母语心态"的纠结发展。②黄遵宪的语言改革主张对后来的文学改革产生的参照意义不言而喻,不仅直接影响到梁启超的文学革命主张,实际上也为后来胡适和陈独秀等人发起白话文运动提供了理论基础和思想资源。

其次,黄遵宪的批评价值立场决定其重点关注文脉变化,强调文学之于时代与民族国家的意义。综观黄氏著序跋评论文字,独立成文者凡24篇,其中不少是评述日本诗人、汉学家创作与整理的序跋类文章。此类评论记录了其与日本文人的交往,虽然总体上平和中正,对于促进中日文学交流有不可忽视的价值。他认为诗学文章的规范可学而至,故功夫在诗外,但是兴象神韵需要长期用心揣摩,不可造而得之。在他看来,诗歌以表述自我为鹄的,终极指向是写出今之人的体验。这一点《人境庐诗草》体现得更加明显,他曾在自序中

---

① 黄遵宪:《学术志二·文字》,《日本国志》(卷三十三),载陈铮编《黄遵宪全集》(下),中华书局2005年版,第1420页。

② 参见文贵良:《黄遵宪:汉语认识的世界视域与现代开端》,《社会科学辑刊》2009年第3期。

夫子自道：

仆尝以为诗之外有事，诗之中有人。今之世异于古，今之人亦何必与古人同。尝于胸中设一诗境：一曰复古人比兴之体，一曰以单行之神，运排偶之体，一曰取离骚乐府之神理而不袭其貌，一曰用古文家伸缩离合之法以入诗。其取材也，自群经三史，逮于周秦诸子之书，许、郑诸家之注，凡事名物名切于今者，皆采取而假借之。其述事也，举今日之官书会典方言俗谚，以及古人未有之物，未辟之境，耳目所历，皆笔而书之。其炼格也，自曹、鲍、陶、谢、李、杜、韩、苏，讫于晚近小家，不名一格，不专一体，要不失乎为我之诗。诚如是，未必遽跻古人，其亦足以自立矣。①

通过个人感受支撑主体写作意义，并由此强调文学的时代特征，是为"新派诗"的理论依据。相较于《日本杂事诗》，世人更看重《人境庐诗草》体现的诗歌理想，正是其题材、形式皆有耳目一新之感。他在给梁启超的信中谈及诗歌变革或许可借鉴民间文艺："然实诗界中之异境，非小说家之枝流也。当斟酌于弹词粤讴之间，或三、或九、或七、或五，或长短句，或壮如陇上陈安，或丽如河中莫愁，或浓至如焦仲卿妻，或古如成相篇，或俳如俳技辞。即'骆驼无角，奋迅两耳'之辞也。"②时贤推《人境庐诗草》之诗史意味，在于诗人感时忧世，直抒生命行旅之情思。而晚年诗作对民俗资源的借用，见出其从地方文化经验出发，突破古典束缚的意图。丘逢甲1900年冬造访人境庐，评黄氏诗草"四卷以前为旧世界诗，四卷以后乃为新世界诗"，肯定其惨淡经营，终得回报。后来钱仲联评价黄遵宪诗歌，虽然部分诗作不乏粗疏，但是"其天骨开张，大气包举者，真能于古人外独辟町畦。抚时感事之

---

① 黄遵宪：《人境庐诗草·自序》（1891），载《黄遵宪全集》（上），第68—69页。

② 黄遵宪：《致梁启超》（1902年9月23日），载《黄遵宪全集》（上），第432页。

作，悲壮激越，传之他年，足当诗史"①。黄遵宪赋归之后关注本土教育，参照西式轨制兴师范学堂，以期向外输送更多的人才，实现其未竟的文化理想。此外，他还先后为客家才女叶璧华《古香阁诗集》、同乡张榕轩钞辑先辈诗稿《梅水诗传》写序，借此勉励客家兴女学，由语言文化传承引申至民族身份与生存，关怀可谓既深且广。

第三，黄遵宪的文学认知与批评观念具有强烈的实践性特征，文学创作、诗学理想、文化行动与传递新知、开启民智紧密关联。王韬曾说诗文学问是为公度之余事（《日本杂事诗》序），大抵是准确的。钟叔河曾经指出黄遵宪的多重身份，其中诗人排在末位："黄遵宪首先是一个维新运动家，一个启蒙主义者，一个爱国的政治人物，然后才是一位诗人；他的诗，也主要是政治的诗。"②1880年王韬为《日本杂事诗》在香港出版活字版，并在序言中说其诗体现出鲜明之实用性："叙述风土，纪载方言，错综事迹，感慨古今；或一诗但纪一事，或数事合为一诗，皆足以资考证。大抵意主纪事，不在修词，其间寓劝惩，明美刺，存微恉；而采据浩博，搜辑详明，方诸古人，实未多让。"③后来黄遵宪亦在伦敦写的自序中说明写作缘由："拟草《日本国志》一书，网罗旧闻，参考新政。辄取其杂事，衍为小注，弗之以诗，即今所行《杂事诗》是也。"④而由早年的经世致用，到晚年方发现自己"生平抱负，一事无成，惟古近体诗能自立耳，然亦无用之物。到此已无可望矣"⑤，由认知外部世界到返回内心世界，表达其人生与诗学的双重理想失落于时代，这固然是晚年心境低落的体现，但也折射出他对实践本身所寄托的期许。

与创作相比，文化实践性表现最为彰著者，当数黄遵宪对开创报刊的热心介入。旅居日本期间，他见证了新闻媒体的发达和启蒙作用，《日本杂事诗》（五三）写道："欲知古事读旧史，欲知今事看新闻。九流百家无不有，

① 钱仲联：《梦苕庵诗话》，齐鲁书社1986年版，第161—162页。
② 钟叔河：《走向世界——近代中国知识分子考察西方的历史》，中华书局1985年版，第390页。
③ 王韬：《日本杂事诗·王韬序》，载《黄遵宪全集》（上），第5页。
④ 黄遵宪：《日本杂事诗·自序》（1890），载《黄遵宪全集》（上），第6页。
⑤ 黄遵宪：《致黄遵楷》（1904年6月），载《黄遵宪全集》（上），第451页。

六合之内同此文。"对新闻纸讲求时务、不出户庭而知天下事颇有感触。《强学报》于1896年被查禁终刊,黄遵宪"愤学会之停散,谋再振之,亦以报馆为倡始"①。黄氏积极推动创办《时务报》,并捐金一千元为开办费,特意声明所集款不作为股份,不作为垫款,务期此事之成而已。此外,他亲自介入报馆章程修订、聘请翻译等大小事宜。通过报刊开创推动启蒙,客观上起到了建构公共文学空间的作用,促进了文学传播与理论话语场域的生成。后来《时务报》改制,1902年梁启超在日本创办《新民丛报》,归居家乡的黄遵宪阅报之后多次致信梁启超,肯定"今之《新民丛报》又胜《清议报》百倍矣。惊心动魄,一字千金"。同时也就民权、自由、民主、启蒙、时局等问题与其展开交流,梁启超先后六次将黄氏来函在《新民丛报》"饮冰室师友论学笺"栏目公开发表,意在表明自己针对社会时弊、家国前途发表的意见得到前辈热情回应,同时为后世研究黄遵宪文学批评思想和晚年心境保存了相当完整的史料。

1905年2月23日,黄遵宪病故于"在勤堂",曾被誉为"诗界三杰"之一的蒋观云寄来挽诗,其中有"才大世不用,此意谁能平。而公独萧散,心与泉石清。唯于歌啸间,志未忘苍生"之句,聊聊数语,概括出黄遵宪心怀家国、志在苍生的文化情怀。所幸的是,由他所开辟的文学新域,连同其定下的批评格调与人文气象,在后世粤派文学立足本土、面向世界的时代脉络中逐渐发扬光大。

---

① 梁启超:《创办时务报源委》,《饮冰室合集集外文》(上),北京大学出版社2005年版,第45页。

《日本杂事诗》
序跋

洪士伟序

（光绪五年　1879年）

　　公度先生，岭南名下士也，情挚而品端，才赡而学博。己卯之岁，吾友王君紫诠广文为东洋之游。王君向固与予结文字之缘而敦苔岑之契者，即抵东洋，获晤先生，谈及贱名，过蒙推许。先生谬采虚声，远通尺素，并示以所著《日本杂事诗》二卷，云将付梓。回环雒诵，恍觉身到扶桑旸谷之区，遍历三山，得以览其名胜，阅其形势，而备知其国政土风也。

　　因思诗歌之作，代有传人。古者辎轩所采，太史所陈，类皆藉以验风俗之盛衰，考政事之得失。自时厥后，竞尚辞华，冀追风雅，组织愈工，意旨愈晦。非不标新竞秀，各自名家；然求其指事敷陈，足资考证，不失古人遗意，往往罕觏焉。盖诗自三百篇后，分门别类，体制迥殊。河梁赠答，不可施于庙堂；温李新声，难以用诸咏古。登临则宜李杜，风月则宜王孟，属辞比事则宜元白，岩栖谷饮则宜陶韦，随园前辈早已言之。故即有沈博绝丽之才，精微独造之诣，亦难别分流派，独倡宗风。然叙事则取其详，摛辞则取其洁，寓褒讥于温柔敦厚，蕴经济于诡俶新奇。俾诵之者如听邹衍之谈天，如睹伏波之聚米，则真所谓扫除绮习，空所依傍者矣。

　　先生以南国之隽才，作东瀛之参赞。时当中外通好，遣使往来。朝廷念日本与边境毗连，华人多往贸易，声灵久播，用切怀柔，特简何子峩侍读持节往临，而以张鲁生太守副之。先生志在匡时，娴于外事，遂以入幕之郗超，为乘风之宗悫，资其硕画，睦彼邻邦。先生于遄征之际，览其山川，询其民物，溯其肇造之始，悉其沿革之由。耳有所闻，鲜更可数；目有所见，犀照无遗。爰于公馀，编为韵语。又虑略而不详，阅多费解，特变诗人之例，为史氏之书。事纪以诗，诗详以注。夫古人著作，类多有所感触，忧愤抑郁，爰寄诸长言咏叹之中。先生负有为之才，值可为之地，有所展布，自足以扶时局而建殊勋，固非古人所可同语也。兹托诗歌以资海外掌故，殆思之深而虑之远乎！方今海宇宴安，远人麇至，边陲藩服，气象顿殊，则诹远情、师长技，必将月异而岁不同。若复拘文牵义，守故蹈常，安能远抚长驾，使幽暗之乡，荒徼之域，同效壤奠，共乐升平欤？先生之成此，若谓提唱风雅，鼓吹休明，俾椎跣之伦，潜移默化，成为风俗，于以乐同文之治，而输效顿之诚，抑亦意中事也。他日撑犁知戴，海波不扬，槃木译歌，塞风永靖，则归义之章，奉圣之乐，非先生其孰能图王会而耀册府也哉！

光绪五年春王正月　乡愚弟洪士伟拜序

王韬序

（光绪六年　1880年）

海外诸邦，与我国通问最早者，莫如日本。秦汉间方士，恒谓海上有三神山，可望而不可即；而徐福竟得先至其境，宜乎后来接踵往者众矣，然卒不一闻也。隋唐之际，彼国人士往来中土者，率学成艺精而后去。奇编异帙，不惜重价购求。我之所无，往往为彼之所有。明代通商以来，往者皆贾人子，硕望名流从未一至。彼中书籍，谈我国之土风、俗尚、物产、民情、山川之诡异、政事之沿革，有如烛照犀燃。而我中国文士所撰述，上自正史，下至稗官，往往语焉而不详，袭谬承讹，未衷诸实，窃叹好事者之难其人也。

咸丰年间，日本定与美利坚国通商，泰西诸邦先后麇至。不数年而日人崇尚西学，仿效西法，丕然一变其积习。我中朝素为同文之国，且相距非遥，商贾之操贸迁术前往者，实繁有徒。卫商睦邻，宜简重臣，用以熟刺外情，宣扬国威。于是何子峨侍讲、张鲁生太守实膺是任，而黄君公度参赞帷幄焉。公度，岭南名下士也，今丰顺丁公尤器重之，亟欲延致幕府。而君时公车北上，以此相左。既副皇华之选，日本人士耳其名，仰之如泰山北斗，执贽求见者户外屦满。而君为之提唱风雅，于所呈诗文，率悉心指其疵谬所在。每一篇出，群奉为金科玉律，此日本开国以来所未有也。

日本文教之开，已千有馀年。而文章学问之盛，于今为烈，又得公度以振兴之，此千载一时也。虽然，此特公度之馀事耳。方今外交日广，时变益亟，几于玉帛兵戎，介乎两境。使臣持节万里之外，便宜行事，宜乎高下从心。而刚则失邻欢，柔则褻国体，所谓折冲于樽俎之间，战胜于坛坫之上者，岂易言哉！今公度出其嘉猷硕画，以佐两星使于遗大投艰之中，而有雍容揖让之休，其风度端凝，洵乎不可及也。又以政事之暇，问俗采风，著《日本杂事

4

诗》二卷，都一百五十四首。叙述风土，纪载方言，错综事迹，感慨古今；或一诗但纪一事，或数事合为一诗，皆足以资考证。大抵意主纪事，不在修词，其间寓劝惩，明美刺，存微恉；而采据浩博，搜辑详明，方诸古人，实未多让。如阮阅之知彬州，曾极之宦金陵，许尚之居华亭，信孺之官南海，皆以一方事实，托诸咏吟。顾体例虽同，而意趣则异。此则扬子云之所未详，周孝侯之所未纪。奇搜《山海》以外，事系秦汉而还。仙岛神洲，多编日记；殊方异俗，咸入风谣。举凡胜迹之显湮，人事之变易，物类之美恶，岁时之送迎，亦并纤悉靡遗焉，洵足为巨观矣。

余去岁闰三月，以养疴馀闲，旅居江户，遂得识君于节署。嗣后联诗别墅，画壁旗亭，停车探忍冈之花，泛舟捉墨川之月，游屐追陪，殆无虚日。君与余相交虽新，而相知有素，三日不见，则折简来招。每酒酣耳热谈天下事，长沙太息无此精详，同甫激昂逊兹沉痛，洵当今不易才也。余每参一议，君亦为首肯。逮余将行，出示此书，读未终篇，击节者再。此必传之作也，亟宜早付手民，俾斯世得以先睹为快。因请于公度，即以余处活字板排印，公度许之，遂携以归。旋闻是书已刻于京师译馆，洵乎有用之书，为众目所共睹也。排印既竟，即书其端。若作弁言，则我岂敢。

光绪六年二月朔日　遯窟老民王韬拜手撰

自 序

　　此篇草创于戊寅之秋，脱稿于己卯之春。日本名宿若重野成斋_{安绎}、冈鹿门_{千仞}、青山铁枪_{延寿}、蒲生子阍_{重章}诸君子皆手加评校，丹黄烂然，溢于简端。余为之易稿者四。缮录既毕，上之译署。译署以聚珍版印之。其后香港循环报馆、日本凤文书坊又各缩为巾箱本。东人喜读中人之诗，中人又喜闻东国之事，一时风行，迻迻流布。余在外九年，友朋贻书询外事者，邮筒络绎。余倦于酬答，辄以此卷应之。

　　家大人服官粤西，同寮中亦多求索者。顾所印之本，均系活字版，购之书肆，不可复得。乙酉春仲，家大人榷税梧州，乃以译署本召募手民，付之剞劂。余从二万里外来梧省亲，适睹其成。

　　窃自念古今著述无虑千百家，今人皆不及古人，独于纪述外国之书，则世愈近者书愈佳。盖古人多传闻疑似之词，而今则舟车所通，足迹所至，得亲读其书，与其国士大夫互相质难，以求其是，所凭藉者不同故也。虽然，今之地球万国，风气日开，闻见日广，今日所诧为新奇奥僻者，安知更历数十年不又视为故常，斥为浅陋乎？则是篇也，谓之为椎轮可也，谓之为刍狗亦可也。

光绪十一年十月公度黄遵宪自叙于梧州榷舍

自 序

（光绪十六年七月　1890年8月）

　　余于丁丑之冬，奉使随槎。既居东二年，稍与其士大夫游，读其书，习其事。拟草《日本国志》一书，网罗旧闻，参考新政。辄取其杂事，衍为小注，弗之以诗，即今所行《杂事诗》是也。时值明治维新之始，百度草创，规模尚未大定。论者或谓日本外强中干，张脉偾兴，如郑之驷；又或谓以小生巨，遂霸天下，如宋之䲡，纷纭无定论。余所交多旧学家，微言刺讥，咨嗟太息，充溢于吾耳。虽自守居国不非大夫之义，而新旧同异之见，时露于诗中。及阅历日深，闻见日拓，颇悉穷变通久之理；乃信其改从西法，革故取新，卓然能自树立。故所作《日本国志》序论，往往与诗意相乖背。久而游美洲，见欧人，其政治学术，竟与日本无大异。今年日本已开议院矣，进步之速，为古今万国所未有。时与彼国穹官硕学言及东事，辄敛手推服无异辞。使事多暇，偶翻旧编，颇悔少作，点窜增损，时有改正，共得诗数十首；其不及改者，亦姑仍之。嗟夫！中国士夫，闻见狭陋，于外事向不措意。今既闻之矣，既见之矣，犹复缘饰古义，足已自封，且疑且信；逮穷年累月，深稽博考，然后乃晓然于是非得失之宜，长短取舍之要，余滋愧矣！况于鼓掌谈瀛，虚无缥渺，望之如海上三山，可望而不可即者乎！又况于排斥谈天，诋为不经，屏诸六合之外，谓当存而不论，论而不议者乎！觇国岂易言耶！稿既编定，附识数语，以志吾过。

光绪十六年七月　黄遵宪自序于英伦使馆

后 记

（光绪五年三月　1879年4月）

　　此诗征引日本书籍，不能不仍用其年号。《日本史》，中土少传本，惟近世李氏申耆《纪元篇》、林乐知《四裔年表》，虽偶有误，尚可考其世也。余别作《中东年表》，附《日本志》。诗中所有年号、世系，今不复详注。

光绪龙飞纪元五年春三月　遵宪自识

后　记

（光绪二十四年四月　1898年5月）

　　此诗光绪己卯上之译署，译署以同文馆聚珍版行之。继而香港循环报馆、日本凤文书坊，又复印行。继而中华印务局、日本东西京书肆，复争行翻刻，且有附以伊吕波及甲乙丙等字，衍为注释，以分句读者。乙酉之秋，余归自美国，家大人方榷税梧州，同僚索取者多，又重刻焉。丁酉八月，余权臬长沙，见有悬标卖诗者，询之又一刻本。今此本为第九次刊印矣。此乃定稿，有续刻者，当依此为据，其他皆拉杂摧烧之可也。

戊戌四月　公度又识

《人境庐诗草》
序跋

康有为序

（光绪三十四年五月二十四日　1908年6月22日）

嵚崎磊落轮囷多节英绝之士，吾见亦寡哉！苟有其人欤，虽生于穷乡，投于仕途，必能为才臣贤吏而不能为庸宦，必能为文人通人而不能为乡人；苟有其人欤，其为政风流，与其诗文之跌宕多姿，必卓荦绝俗而有其可传者也。吾于并世贤豪多友之，我仪其人欤，则吾乡黄公度京卿其不远之耶？公度生于嘉应州之穷壤，游宦于新加坡、纽约、三藩息士高之领事官，其与故国中原文献至不接也。而公度天授英多之才，少而不羁，然好学若性，不假师友，自能博群书，工诗文，善著述，且体裁严正古雅，何其异哉！嘉应先哲多工词章者，风流所被，故诗尤妙绝。及参日使何公子峨幕，读日本维新掌故书，考于中外之政变学艺，乃著《日本国志》，所得于政治尤深浩。及久游英、美，以其自有中国之学，采欧美人之长，荟萃熔铸而自得之，尤偈傥自负，横览举国，自以无比。而诗之精深华妙，异境日辟，如游海岛，仙山楼阁，瑶花缟鹤，无非珍奇矣。

公度长身鹤立，傲倪自喜，吾游上海，开强学会，公度以道员奏派办苏州通商事，挟吴明府德潚叩门来访。公度昂首加足于膝，纵谈天下事；吴双遣澹然旁坐，如枯木垂钓。之二人也，真人也，畸人也，今世寡有是也。自是朝夕过从，无所不语。闻公度以属员见总督张之洞，亦复昂首足加膝，摇头而大语。吾言张督近于某事亦通，公度则言吾自教告之。其以才识自负而目中无权贵若此。岂惟不媚哉，公度安能作庸人。卒以此得罪张督，乃闲居京师。翁常熟览其《日本国志》，爱其才，乃放湖南长宝道。时义宁陈公宝箴抚楚，大相得，赞变法。公度乃以其平日之学发纾之。中国变法，自行省之湖南起。与吾门人梁启超共事久，交尤深。于是李公端棻奏荐之，上特拔之使日本。而党祸作，公度几被逮于上海。日故相伊藤博文救之，乃免。自是久废无所用，益肆其力于诗。上感国变，中伤种族，下哀生民，博以环球之游历，浩渺肆恣，感激豪宕，情深而意远，益动于自然，而华严随现矣。公度岂诗人哉！而家父、凡伯、苏武、李陵及李、杜、韩、苏诸巨子，孰非以磊砢英绝之才郁积勃发而为诗人者耶？公度之诗乎，亦如磊砢千丈松，郁郁青葱，荫岩竦壑，千岁不死，上荫白云，下听流泉，而为人所瞻仰徘徊者也。

康有为序于挪威北冰海七十二度观日不没处，以为公度有诗，犹不没也。光绪三十四年夏至

自 序

（甲戌　同治十三年四月八日　1874年5月23日）

　　此诗两卷，盖《人境庐诗草》之副本也。十年心事，大略具此。已别命书人缮写，携之行囊。然予有戒心，虑妙画通神，忽有肱箧之者，故别存之，以当勇夫之重闭。诗固不佳，然亦征往日身世之阅历，亦验他日学问之进退。将来相见，风雨对床，剪烛闲话，出此一本，公度自证之，吾弟又共证之，亦一快也。什袭珍重，等闲不遽以示人。

　　　　　　　　　　　　四月浴佛日　公度宪自书于汕头之行寓

自 序

（光绪十七年六月　1891年7月）

余年十五六，即学为诗。后以奔走四方，东西南北，驰驱少暇，几几束之高阁。然以笃好深嗜之故，亦每以馀事及之，虽一行作史，未遽废也。士生古人之后，古人之诗号专门名家者，无虑百数十家，欲弃去古人之糟粕，而不为古人所束缚，诚诚戛戛乎其难。虽然，仆尝以为诗之外有事，诗之中有人；今之世异于古，今之人亦何必与古人同。尝于胸中设一诗境：一曰复古人比兴之体；一曰以单行之神，运排偶之体；一曰取《离骚》乐府之神理而不袭其貌；一曰用古文家伸缩离合之法以入诗。其取材也，自群经三史，逮于周、秦诸子之书，许、郑诸家之注，凡事名物名切于今者，皆采取而假借之。其述事也，举今日之官书会典方言俗谚，以及古人未有之物，未辟之境，耳目所历，皆笔而书之。其炼格也，自曹、鲍、陶、谢、李、杜、韩、苏迄于晚近小家，不名一格，不专一体，要不失乎为我之诗。诚如是，未必遽跻古人，其亦足以自立矣。然余固有志焉而未能逮也。《诗》有之曰："虽不能至，心向往之。"聊书于此，以俟他日。

光绪十七年六月在伦敦使署　黄公度自序

黄遵楷初印本跋

（辛亥九月　1911年10月）

　　右诗十一卷，先兄手自裒集而未付梓。先兄下世，海内文人学士，折柬相追，欲读其诗而知人者，迄无虚岁。虽然，先兄著述初行于世者，曰《日本杂事诗》，所以觇国情，纪风俗，译署之官版也。《日本国志》，所以述职，知所驻国之形势变迁，由于世界各国之形势变迁相逼而成，则本国之从违，当求合于世界各国之形势以为断。故其分门别类，勒成全书，亟自刊行者，意在于借观邻国，作匡时之策也。先兄之书，至今谈时局者未尝不推崇之。而先兄之遇，每夺于将行其志，卒至放弃，且以忧死。终其身皆仰成于长吏，未尝有独当方面，以行其所怀抱者。其于诗也，虽以馀事及之，然亦欲求于古人之外，自树一帜。尝曰：人各有面目，正不必与古人相同。吾欲以古文家抑扬变化之法作古诗，取《骚》《选》乐府歌行之神理入近体诗。其取材，以群经三史诸子百家及许、郑诸注为词赋家不常用者；其述事，以官书会典方言俗谚及古人未有之物、未辟之境，举吾耳目所亲历者，皆笔而书之。要不失为以我之手，写我之口云。故其诗散见于宇内者，辄为世人所称颂。以非诗人之先生，而使天下后世，仅称为诗界革命之一人，是岂独先兄之大戚而已哉！

　　遵楷不肖，不能继承兄志有所建树，读先兄病笃之书，谓："平生怀抱，一事无成，惟古近体诗能自立耳，然亦无用之物，到此已无可望矣。"呜呼！先兄之不忍为诗人，而又不得不有求于自立之道，其怆怀身世为何如耶！今海内鼎沸，干戈云扰，距先兄之下世者，仅六岁耳。先兄之不见容于当时，终自立于无用之地位，先兄之不幸，抑后于先兄者之不幸耶！然则先兄之裒集既竟，所不欲以付梓者，吾亦从而校雠以刊行之而已，夫复何言！

辛亥九月　　五弟遵楷牖达谨跋

黄能立校刊后记

（辛未　1931年）

　　先祖遗著《人境庐诗草》，凡十一卷，为其毕生心血之结晶。全集未付剞劂，先祖即已弃养。民国前一年岁辛亥，几经展转请托，始获刊成千部，以之分赠亲友，瞬已告罄，而所费已不资矣。流布未普，海内人士欲读此书者，时来责言。能立虽屡谋集众力，再行校刊，以副社会之望，二十年来，均以人事多变而罢。伏思先人心血，为子孙者均宜发扬光大，何能久令湮没不彰。兹谨以个人之力，负此流布之责，于民国十九年六月，再校付印，至二十年三月而蒇事。校印时有奇调奥义，获益于季岳杨老先生之启迪为多。而其俗体讹字，误于初版手民者，则承喻飞生先生指示不少。而徐志炘先生及先堂叔寿垣，且为分董印事之劳。诸先生之热诚爱护，所当深谢者也。先祖遗著，除此外，尚有《日本国志》四十卷、《日本杂事诗》二卷，早刊行于世。其文集若干卷，则拟俟诸异日云。

能立谨志

诰封通政大夫何淑斋先生暨德配范夫人八旬开一寿序（代作）

（光绪四年四月　1878年5月）

国家威德远播，磅礴四海，古所谓梯航纳贽，重三四译而后至，或羲、轩以来未被声教者，皆结盟约，遣信使，通往来。日本密迩近邻，且为同文之国，天子尤慎其选。丙子八月，乃以翰林侍讲子峨何君膺其任。先是朝议推使才，子峨以亲老欲辞，其尊人淑斋先生贻书训勉之，子峨乃得慷慨秉节，乘槎而东。昔殷员外使回纥耳，昌黎既亟称其人无离别之色几微见于颜面。况海外万里之役，比回纥倍为险远，垂白老亲，乃寄书戒行，且以一心奉公相劝，自非真知轻重大丈夫而能之乎？

子峨到日本一年，置吏保商民，风流令行，百事具举，华彝太和。将于己卯四月，置酒于堂，以祝亲寿。人皆称子峨之才之德，余知其得于庭训者为多也。以余闻尊公及母夫人，皆事亲孝，治家严，凡钱谷布帛之入，推诸昆弟无不均；臧获婢妾，待之无不慈；自家庙祭田以及党庠乡序，秩然无不举。盖一以忠信之言，笃敬之，行将之。子孙循循奉教，皆以善闻里党。子峨更推而行之蛮貊，而亦无不行也。且先生固非徒宽大长者，其处物公方，乡之人尤为敬惮，后进中子弟有所就争质，必理谕势导，俾人人得当而去。族居数千人，从无一讼牒达于令长；乡邻有斗者，必多方劝阻止之。所贵乎天下士，能为人排难解纷耳，处则治一乡，出则治天下，无二道也。今欧罗巴合纵连横，日寻干戈，甚于战国。往往一介行李，遂固盟好，而弭兵戎。子峨他日必能资父事君，以折冲尊俎之间也。子峨勉乎哉！

子峨本文学侍从之臣，雍容和雅。其待人也，宽中而直柔，无亲疏贵贱如一。旌麾所临，环门者踵相接。吾知此一举也，捧筐篚，陈壶浆，跻公堂而酌兕觥者，我中土之人也。具枣栗，进凡枝，汉学之士咸挟诗献图，且有书佉卢之字、奏声袜鞨之乐而来者，西人之子、东人之子也。於戏，荣矣！《诗》有之曰："王事靡盬，不遑将父。""王事靡盬，不遑将母。"《诗》又之曰："骎骎征夫，每怀靡及。"盖古大夫之行役，往返跋涉，皆在道途，不遑启处，势固然欤！今之遣使驻节于他邦，得以交邻之暇，和乐燕恺，开筵以祝亲寿，公谊明而私恩亦尽，是又《四牡》、《皇华》之诗人所不及躬其盛者也。厚以不才，亦从诸公后出使俄罗斯。诸公以厚犹子与子峨齐年，能悉其家世，驰书征余文。余文何足道，吾望子峨以报国恩者养亲志而已。抑吾闻日本为古蓬莱方壶，地中多仙草神芝，能延年。芝长，子峨其为余访而得之，介此文以献于其亲可也。

　　钦差出使俄国全权大臣太子太保内大臣吏部左侍郎总理各国事务大臣奉
　　　　天将军兼总督通家愚弟崇厚顿首拜撰
　　钦差出使英法二国大臣赏戴花翎兵部左侍郎总理各国事务大臣前署广东
　　　　巡抚翰林院编修愚弟郭嵩焘顿首拜书
　　大清光绪四年，岁在著雍摄提格，律中南吕之月，日缠寿星之次，
　　大清光绪纪元五年，青龙在屠维单阏，律中蕤宾之月，释迦诞日。

据钱仲联辑《人境庐杂文钞》，《文献》第八辑

《赖山阳书翰》跋

（光绪四年六月　1878年7月）

　　吾尝读山阳之文矣。雄深雅健，数百年无与抗行者。不复谓其书法亦佳妙乃尔。能者固无不可耶！晴窗展卷，每览之而不忍释手也。

　　光绪戊寅长夏　岭南黄遵宪跋

据宫岛文书一J2《赖山阳书翰》卷末黄遵宪题跋

《中学习字本》序

(光绪四年十月 1878年11月)

　　尊宪来东，士夫通汉学者十知其八九，顾未见长三洲荧。顷儿玉士常持其书乞序。余素不晓书，然读其中吉田寅次之文，为之三叹也。

　　吉田者，亦节烈士，德川氏之季，以非罪毙江户狱中者。日本传国二千馀年，一姓相承，五洲未有。自将军擅政，大阿倒持，如周之东，君拥虚位。德川氏末造，二三有志之士，慨然思尊王复古，天下毫杰，靡然从之，一唱而和百，粉首碎身，无所顾恤，卒覆幕府，以蔚成明治中兴之业。何也？盖圣贤之书，忠孝之道，习之者众，人人有忠君爱上之心，固结而郁发，不可抑遏，以克收其效也。若国政共主之治，民权自由之习，宁有此乎？书固小道，然孔孟之道，即于是乎寓。吾愿习字者益思精其义而察其理也。

　　吉田往矣。长氏、儿玉氏皆汉学者流，试持吾言，问今之士大夫谓何如？

　　大清光绪四年戊寅十月　嘉应州黄遵宪序（印）

　　　　　　　　　　博罗廖锡恩书（印）

　　据［日］佐佐木真理子《黄遵宪驻日时期文学活动一斑》附手迹复印件

《先哲医话》跋

（光绪五年正月　1879年2月）

　　《先哲医话》上下二卷，日本信浓人浅田宗伯撰。考文渊阁著录之书，凡医家类九十七部，一千五百三十九卷，列于存目者又九十四部，六百八十一卷。证之内外，药之气性，方之佐使，无不备也。然未有辑医论以成话者，医之有话，实自宗伯始。

　　夫医者，意也。病有万变，医无一定。自《和济局方》专主燥烈香热之品，而刘守真救以寒凉，至于张子和举一切病以汗、吐、下三法治之，东垣兴而重固脾，丹溪出而重滋阴，景岳作而重补阳。夫古之人覃精研思，竭毕生之心力以从事。当夫纵心孤往，必熟察夫天时之寒热，地气之燥湿，世运之治乱，人身之强弱，一旦豁然贯通，或凉或热，或补或伐，如良相治国，名将用兵，投之所向，无不如意。其一偏之论，皆其独得之秘也。或不察所由来，媛媛姝姝，守一先生之说，物而不化，是何异契舟求剑以为剑在是乎？至鉴其无效，转谓古方适足以误人，如陈起龙、黄元御诋谋先哲，不遗馀力，抑又傎矣！盖先医真积力久而有所独得，单词片语，皆精微之意行乎其间，虽涉一偏，学者能优而柔之，餍而饫之，复神而明之，用均无不效，又况其言之纯粹以精者乎！

　　是卷搜罗名言，间附评论，皆折衷精当。托始于后藤艮山，艮山盖唱复古之说者，而末卷多纪茝庭之论，于读经之审，运用之妙，尤三致意焉，非唯举先哲之法以示人，且示人以敦法之方。浅田氏于此，何其力勤而用心苦也。日本之知汉医，自新罗、百济来，逮隋唐而盛。其后李、朱之说大行，丹水友松首倡复古，医学昌明至于今。此书所录，自享元至文政凡十三人，取其尤著者耳。

　　浅田氏名惟常，号识此，一号栗园，旧幕府医官，今隐居不仕，以医名五大洲，著医书三十馀种，斯其一也。顷疗余疾，因得读其书。他日归，将致之医院，以补《金匮石室》之缺云。

　　大清光绪五年王正月　岭南黄遵宪公度跋并书（印）

据《先哲医话》手迹，日本明治十三年九月版

《日本文章轨范》序

(光绪五年闰三月　1879年4月)

天下事变，至于今日而既极矣。事变极则法无不备。然因他人之法，必择其善者立为轨范，使有所率而循焉，有所依而造焉，而学者乃不迷于所向。吾读五经四子之文，欲执一法以求之，曾不可得。古无所谓文，乃无所谓轨范耳。然自汉魏来逮于近世，萃天下贤智之士，以求工文章，无虑数十百家。不善者无论矣，其善焉者，各就其性情之所偏近，学问之所偏到，此长彼短，此是彼非，吾不知所择而一一学之，则驱车于蚁封马垤，且执鞭扬扬，欲与康衢大道同其驰骋，其败溃压覆也，必矣。杯盘也，爵罍也，不立之模而抟泥火中，鼓风而陶之，不为髻垦薛暴者又几希矣！甚矣。文之不可无轨范也。

石川鸿斋，日本高才博学之士，外而汉籍，内而和文，于书无所不读。近者撰日本名文若干篇，命曰《轨范》，以示学者，仿谢氏《文章轨范》之例也。嗟夫！学他人之法，不择其善者，而芒芒昧昧，竭日夜之力以求其似，不求其善，天下之事，无一而可，岂独文章也哉！

大清光绪五年闰三月　岭南黄遵宪公度撰（印）

据再刻《日本文章轨范》序手迹

《养浩堂诗集》跋

（光绪五年九月 1879年10月）

　　此卷诗格益高，诗律益细，即随意挥洒之作，亦皆老苍无稚弱气，可称作者。

　　诗之为道，性情欲厚，根柢欲深。此其事似在诗外，而其实却在诗先，与文章同之者也。至诗中之事，有应讲求者：曰家法，曰句调，曰格律，曰风骨，是皆可学而至焉。若夫兴象之深微，神韵之高浑，不可学而至焉者。优而柔之，咏而游之，或不期而至焉，或积久而后至焉，或终身而不能一至焉。栗香之诗，得之于天者甚厚。有才人学人穷年莫能究者，而栗香以无意得之。然其蓄积于诗之先，讲求于诗之中者，有所未逮也。谬论请细思之。

　　光绪己卯秋九月于霞关使馆　黄遵宪记

　　　　据郑海麟辑录《黄遵宪遗墨》，录自丁日初主编《近代中国》第九辑

《近世伟人传》第四编书后

（光绪五年十一月　1879年12月）

"叩阍哀告九天神，几个孤忠草莽臣。断尽臣头臣笔在，尊王终赖读书人。"余之此诗，盖为蒲生秀实、高山彦九郎诸人作也。日本自德川崇儒，读书明大义者，始知权门专柄之非。源光国作《日本史》，意欲尊王，顾身属懿亲，未敢昌言。其后蒲生、高山诸子，始公然著论废藩。尊王攘夷之议起，一倡百和。幕府严捕之，身伏萧斧者不可胜数。然卒赖以成功，实汉学之力也。余读子阁《伟人传》，以君平为冠，喜引为同心。子阁此书，为近世功利说深中于人心，欲以道德维持之，故举诸君子以为劝。今四编告成，犹初意也。他日与子登富士之山，泛琵琶之湖，寻烟云缥渺、水波浩荡之处，我读君书，君读我诗，更相与酹酒，呼诸子之灵而吊之曰："尔其上告神武、崇神在天之灵，以护斯文乎！"吾知精魂义魄，旷世相感，必有被萝带荔、披发而下太荒者矣。

光绪己卯十一月　岭南黄遵宪公度

据郑海麟辑录《黄遵宪遗墨》，录自丁日初主编《近代中国》第九辑

冈千仞诗评

（光绪五年十二月十九日　1880年1月30日）

　　诗之为道，性情欲厚，根柢欲深。此事似在诗外，而其实却在诗先。舍是无以为诗。至诗中应讲求者，曰家法，曰格律，曰句调，曰风骨，凡此皆可学而至者也。若夫神韵之高浑，兴象之深微，此不可造而到焉者。优而柔之，渐而渍之，餍而饫之；或一蹴即至焉，或积久而后至焉，或终其身而不能一至焉，盖有天限，非人力之所能也。先生沉浸酣郁，其书满家，而中经乱离，惓惓君国，又深有风人之旨蕴蓄于中者，固可谓深且厚矣。此卷抚时感事，慷慨悲歌，不少名篇。顾炼格间有未纯，造句间有未谐；树骨甚峻，而亦过于露立，过于怒张，则讲求于诗之中者，似尚有所未至也。从事于学所能至者，而徐而俟之，他日造就，盖未可量也。譬犹龙驹凤雏，骨相既具，而神采未足；又譬犹名花异卉，苞蕊既含，而烂漫犹待。宪虽不才，拭目企之矣。

　　己卯腊月十九日　黄遵宪妄评

据郑海麟辑黄遵宪手稿复印件

题《近世伟人传》

（光绪六年二月十七日　1880年4月6日）

　　子阒自题曰："蓬蓬布世三千部，支得饥寒可涉年。"今日余访其庐，谭次及此，余戏曰："如此诚为良田矣。"子阒谓此书之利，如渊明种秫，为饮酒计耳；虽然，亦尝出以救亲友之穷者。余谓《唐书·杜甫传赞》"残膏剩馥，沾丐他人"，不过称其工文。若子书，真乃不愧斯语也。酒酣，相与大笑而散。

　　光绪六年二月十七日　黄遵宪公度醉书于青天白日楼中

　　　　据郑海麟辑录《黄遵宪遗墨》，录自丁日初主编《近代中国》第九辑

《养浩堂诗集》跋

(光绪六年三月一日 1880年4月9日)

严沧浪云:"诗有别肠。"余谓譬如饮酒,有一滴入唇,面辄发赪者,有一斗一石而醉者,有千钟百榼而醉者,其度量相去远甚,而要皆得之于天,不可勉为,故古人亦谓酒有别肠也。诗之为道,或白头老宿,学殖甚富,而月锻季炼,坌闷钝滞之气,终身未除。栗香此卷皆少作,虽树骨未峻,炼格未纯,而其运笔之妙,吐属之佳,一见而知为诗人。间有似宋元晚唐人处,亦不必自古人得来,而不觉神与古会。盖其得之于天者厚矣。江郎采笔,当在君处,才子才子!

庚辰三月朔日 黄遵宪公度识

据郑海麟辑录《黄遵宪遗墨》,录自丁日初主编《近代中国》第九辑

《养浩堂诗集》跋

（光绪六年五月 1880年6月）

　　诗有初读颇觉其佳，再读便索然无味者。栗香诗余既三读，当其佳处，犹使人恬吟高唱，不欲释手也。

　　庚辰五月于箱根宫下藤屋　黄遵宪复记

　　据郑海麟辑录《黄遵宪遗墨》，录自丁日初主编《近代中国》第九辑

评《万国史记序》

(光绪六年五月　1880年6月)

余与冈本监辅相知最深，其书成，举以示余。余恨其无志、无表，不足考治乱兴衰之大者，因为之发凡起例，冈本氏大以为然。何星使喜其书，亦惜其杂采西史，漫无别择，谓其叙述我国处，词多鄙陋不足取信。顾以汉文作欧米史者，编辑宏富，终以此书为嚆矢。书综纪万国，序上称三古，可谓一纵一横，论者莫当。

余从前亦欲作此书，自草条例，凡为列国传三十卷。为志十二：曰天文，曰舆地，曰宗教，曰学术，曰食货，曰货殖，曰武器，曰船政，曰兵法，曰刑律，曰工业，曰礼俗；为表十七：曰年表，曰今诸侯表，曰疆域表，曰鄙远表，曰土产表，曰货殖表，曰税表，曰国债表，曰民数表，曰教表，曰学表，曰职官表，曰兵表，曰船表，曰炮台表，曰电线表，曰铁道表。顾以其书浩博，既非一朝一夕所能竟，又非一手一足所能成。积稿压架，东西驰驱，卒未成书。今观冈本氏所著，益滋愧也。

光绪庚辰五月识

据郑海麟辑录《黄遵宪遗墨》，录自丁日初主编《近代中国》第九辑

《仙桃集》序

（光绪六年五月　1880年6月）

古之人有以巾闻于世者，一为郭林宗之折角巾，一为陶渊明之漉酒中。今乃又得之浅田先生之道士巾。先生疗余疾，余赠以巾。先生大喜，招其同志饮酒赋诗，属而和者数十人。数十人者又仿其巾而模造之，于是浅田巾之名名于通国。夫以先生之高风亮节，隐居不仕，亲戚情话，琴书消忧，所谓天子不得臣，诸侯不得友，其于二子，殆庶几焉。

顾东汉之末，宦官窃权，党锢狱起，知名之士，多被其害。林宗褒衣博带，周游群国，特委蛇以避难耳。而陶靖节值晋亡宋兴，其不为五斗米折腰，欲为胜国之顽民，不欲为新室之勋臣耳。余读其《述酒》诸诗，于沧桑之变，盖三致意焉。则取巾漉酒，亦借以浇其胸中之块垒已也。先生年少不陷于党祸，至今日则时方太平，优游足乐，弹冠而出可也，束带而立亦可也，夫何慕于二子而以黄冠为？先生顷衷其诗属余序，余以此意质之。先生方左执卷，右执杯，折巾一角，呼童漉酒，科头箕踞，大笑而不答。既而曰："子毋足知我！且饮酒。"

光绪庚辰夏五月　岭南黄遵宪公度撰

据钱仲联辑《人境庐杂文钞》，《文献》第七辑

评《与某论冉求仲由书》

（光绪六年五月二十九日　1880年7月6日）

德行颜渊一节，谓祗就厄于陈蔡时说，自是确然。然据以谓圣门之列四科者，不止此数人，则可疑；诸贤为不称其实，则未足也。

批驳处极有条理，具见读书用心。虽然，蒙窃以为圣门诸子未可轻议。由、求之为政事才，实不容疑也。《论语》一书称二子之为政事才者，不一而足，盖夫子尝称道之，此足取信于天下万世矣。作者所疑聚敛附益，及仕卫殉难二节，揣圣门大贤，断不至病民以媚季氏，为自好者所不为。陈氏厚施，民歌舞之，卒移齐祚。求之为此，或别有深心，欲使季氏敛怨，即以尊公室，未可知也。求以治赋称，抑或国用不足，欲以取之民者散之民，亦未可知也。夫子所谓鸣鼓而攻，或非夫子之言，或夫子有为言之。蒙考《论语》一书，实不出一手。自仲尼没，而儒之党派各分，弟子各就其所闻以记。汉之经生，分门别户，齐论鲁论，各有源流，观《汉书·艺文志》可知。亦以误授，亦未可知也。此不容疑也。即或求也并无此事，记者以误传，经生亦以误授，亦未可知也。此不容疑也。谓仲由死卫，为无见几之明，此近于据成败以论英雄。且夫子知其必死，无一贬语，而后人反加訾议，是智过夫子矣。亦不容疑也。

至谓二子无政绩足记，有治蒲三善事，不得谓无一足纪也。书缺有间，所流传于今日者，千万之一耳。且古人朴实，无盗名欺世之心，不如后人之墓志家传，连篇累牍，赖赖不休，固未易使其政绩传于后世。圣门七十二贤，其无事可记者，居十之八。宋明以后，从事孔庙之儒者，蒙读道学诸传，其所称述，往往近于圣人无一瑕疵。蒙不敢信宋后儒者，而疑孔门诸贤也。此又不容疑也。

谓春秋时待士极优，因责求、由不见用于世。不知若叔向，若子产，或出公族，或出世家。《左传》所谓羊舌氏世其家。至管夷吾举于士，则千古称鲍叔之荐贤、桓公之知人矣，皆未便与由、求疏远单寒之士同语也。以孔子之圣，而栖栖皇皇，不得展其志，又何论由、求？此又不容疑也。

作者又疑由、求不应仕季氏。当时政权半由季氏，二子不仕鲁则已，苟仕鲁，舍季氏其谁氏？明季贽①议许澄②不应仕元，谓为失身胡虏，不知许氏践元之土，食元之粟，当时君天下者为元，苟不仕元，其将谁仕？季氏虽非元比，而论者所责，则同此迂阔矣。蒙又比之，当德川氏盛时，二百馀藩，奔走恐后，究其实，则僭霸耳。然苟责此二百馀年之臣，谓为无君，奚为而可！季氏所为，尚不如德川氏之手握政权，而谓二子呈媚僭窃之家，尽力乱贼之门，则可谓不论其世也。此又不容疑也。

读古人书，当观其大，当论其世。心有所疑者，则当博考旧说，融会而贯通之。圣人为万世一人，其门弟子之贤，亦必非后人所能及。蒙读朱注，于诸贤短处指摘不遗馀力，每讥其妄。故今读此篇，不自觉其言之烦碎也。山中无书，不获征引，以证成吾说。然断之以理，亦似可以共信。质之吾□□□□□□□□□□□③鹿门以为何如？蒙不学，虽谬妄，亦万不敢自居于师。谅之，恕之！

光绪庚辰五月二十九日在宫下梄屋浴起附赘此　岭南黄遵宪

据郑海麟辑录《黄遵宪遗墨》，录自丁日初主编《近代中国》第九辑

---

① 季贽，应为李贽。
② 许澄，应为许衡。
③ 郑海麟注此处缺十一字。

《明治名家诗选》序

（光绪六年六月　1880年7月）

居今日五洲万国尚力竞强、攘夺搏噬之世，苟有一国焉，偏重乎文，国必弱，故论文至今日，几疑为无足轻重之物；降而为有韵之声诗，风云月露，连篇累牍，又益等诸自邻无讥矣。虽然，古者太史巡行郡国，观风问俗，必采诗胪陈，使师瞽诵而告之于王。《春秋》为经世之书，孟子谓其因诗亡而作。昔通人顾亭林之言曰："自诗之亡，而斩木揭竿之变起。"盖诗也者，所以宣上德、达民隐者也。苟郁而不宣，则防民之口，积久而溃，壅决四出，或酿巨患焉。然则诗之兴亡，与国之盛衰，未尝不相关也。

自余随使者东来，求其乡先生之诗。卓然成家者，寥落无几辈。而近时作者，乃彬乎质，有其文。余尝求其故，则以德川氏中叶以后，禁网繁密，学士大夫每以文字贾祸，故嗫嚅趑趄，几不敢操笔为文。维新以来，文网疏脱，捐弃忌讳，于是人人始得奋其意以为诗。余读我友城井氏之所选，类多杰作。其雍容揄扬，和其声以鸣国家之盛者，固不待言；偶有伤时感世之作，而缠绵悱恻，其意悉本乎忠厚，当路者亦未尝禁而斥之，是可以觇国运矣。以余闻欧罗巴固用武之国也，而其人能以诗鸣者，皆绝为当世所重。东西数万里，上下数千年，所以论诗者，何必不同。尚武者不能废文，强弱之故，得失之林，其果重在此欤！抑有为之言，不必无用；而无用之用，又自有故欤！后有辎轩采风之便，其必取此卷读之。

大清光绪六年六月　岭南黄遵宪公度序（印）

据日本村上佛山校阅、城井锦原修纂《明治名家诗选序》手迹

《藏名山房集》序

（光绪六年六月　1880年7月）

　　天下万事万物，有迹可循者，皆后胜于前，独文章则今不如古，近古又不如远古。盖文章所言之理，今人所欲言者，古人既言之，掇拾其唾馀，窃取其糟粕，欲与古之人争衡，必有所不能。文章家之足自立者，其惟史乎！吾今日目之所接，耳之所遇，身之所遭，皆吾之所独，古之人莫得僭越之。文章家之史之大者，为古所绝无，其惟今日五大部洲之史乎！自欧米诸国接踵东来，举从古未通之国，从古未闻之事，一旦发泄之。问其政体，则以民为贵，以共和为政，以天下为公；问其学术，则尽水火之用，竭天地之蕴，争造化之功；问其国势，则国债库藏，动以亿数，徂练之师，陆则枪炮以万数，水则轮舶以百数；问其战争，则伏尸百万，流血千里，其甚者，寻干戈二三百载，不得休息。以及百丈之船，万钧之炮，周环地球；顷刻呼吸之电音，腾山蓦涧，越林穿洞；日行数千里之火车，飞凌半空之气球，凡夫邹衍之谭天，章亥之测地，齐谐之志怪，极古人所谓怪怪奇奇者，莫不有之；极古人荒唐寓言之所不及者，又有之。苟以是笔之于书，则夫欧米诸国，从百战百胜，艰难劳苦，以通东道者，皆适以供吾文章之用也。岂不奇哉！

　　昔人论史迁文，谓非独史才，亦网罗者博，有以资之。今五洲万国二千年之事，岂啻倍此。吾意数十年后，必有一学兼中西者，取列国之事，著之于史，以成古今未有之奇书。而不意东来日本，乃几几得之于冈子千仞。冈子向官编修，曾译米、法二志行于世。所为文章，指陈形势，抒写议论，类不受古人牢笼。余每读其文，未尝不叹为方今良史才也。往余与冈子相遇于昌平馆，冈子卒问余曰："子每言不能为文，果何能？"余奋笔书曰："能知五部洲之事。嘻！夫非曰能之，吾欲尽熟彼事，而后治吾文也。"今若俄、若英、若德、若奥、若意，皆纵横寰海，以强盛闻。冈子尚有志译其书，余不将橐笔鼓箧、捐弃百事而从之游也乎！

　　光绪六年六月　岭南黄遵宪序

　　　　据郑海麟辑录《黄遵宪遗墨》，录自丁日初主编《近代中国》第九辑

朝鲜策略

（光绪六年八月　1880年9月）

地球之上有莫大之国焉，曰俄罗斯。其幅帧之广，跨有三洲，陆军精兵百馀万，海军巨舰二百馀艘。顾以立国在北，天寒地瘠，故狁然思启其封疆，以利社稷。自先世彼得王以来，新拓疆土既逾十倍。至于今王，更有囊括四海，并吞八荒之心。其在中亚细亚，回鹘诸部落蚕食殆尽。天下皆知其志不小，往往合纵以相拒。土耳其一国，俄久欲并之，以英法合力维持，俄卒不得逞其志。方今泰西诸大，若德、若奥、若英、若法、若意，皆眈眈虎视，断不假尺寸之土以与人。俄既不能西略，乃幡然变计，欲肆其东封，十馀年来，得桦太洲于日本，得黑龙江之东于中国，又屯戍图们江口，据高屋建瓴之势。其经之营之，不遗馀力者，欲得志于亚细亚耳。朝鲜一土，实居亚细亚要冲，为形势之所必争。朝鲜危，则中东之势日亟。俄欲略地，必自朝鲜始矣。嗟夫！俄为虎狼秦，力征经营三百馀年，其始在欧罗巴，继在中亚细亚，至于今日更在东亚细亚，而朝鲜适承其敝。然则策朝鲜今日之急务，莫急于防俄。防俄之策如之何？曰亲中国，结日本，联美国，以图自强而已。

何谓亲中国？东西北皆与俄连界者惟中国。中国地大物博，据亚洲形胜，故天下以为能制俄者莫中国若，而中国所爱之国又莫朝鲜若。朝鲜为我藩属已历千年，中国绥之以德，怀之以恩，未尝有贪其土地人民之心，此天下所共信者也。况我大清龙兴东土，先定朝鲜而后伐明，二百馀年字小以德，事大以礼。当康熙、乾隆朝，无事不以上闻，已无异内地郡县，此非独文字同、政教同、情谊亲睦已也，抑亦形势毗连，拱卫神京，有如左臂，休戚相关而患难与共。其与越南之疏远，缅甸之偏僻，相去固万万也。向者，朝鲜有事，中国必糜天下之饷竭天下之力以争之。泰西通例，两国争战，局外之国中立其间，不得偏助，惟属国则不在此例。今日朝鲜之事中国，当益加于旧，务使天下之人晓然于朝鲜与我谊同一家，大义既明，声援自壮。俄人知其势之不孤而稍存顾忌，日人量其力之不敌而可与连和，斯外衅潜消而国本益固矣。故曰亲中国。

何谓结日本？自中国以外，最与朝鲜密迩者日本而已。在昔，先王遣使通聘，载在盟府，世世职守。至于近日，则有北豸虎同据肩背，日本苟或失地，八道不足自保；朝鲜一有变故，九洲、四国亦恐非日本能有。故日本与朝鲜实有辅车相依之势。韩赵魏合纵，秦不敢东下；吴蜀相结，魏不得南侵。彼以强邻交迫，欲联唇齿之交。为朝鲜者，自当捐小嫌而图大计，修旧好而结外援，苟使他日两国之轮舶铁船纵横于日本海中，外侮自无由而入。故曰结日本。

何谓联美国？自朝鲜之东而往，有亚美利加者，即合众国之所都也。其土本为英属，百年之前，有华盛顿者，不愿受欧罗巴人苛政，发奋自雄，独立一国。自是以来，守先王遗训，以礼义立国，不贪人土地，不贪人人民，不强与他人政事。其与中国立约十馀年来，无纤介之隙。而与日本往来，诱之以通商，劝之以练兵，助之以改约，尤天下万国之所共知者。盖其民主之国，共和为政，故不利人有。而立国之始，由于英政酷虐，发奋而起，故常亲于亚细亚，常疏于欧罗巴，而其人实与欧罗巴同种。其国强盛，常与欧罗巴诸大驰骤于东西两洋之间，故常能扶助弱小，维持公义，使欧人不敢肆其恶。其国势偏近大东洋，其商务独盛大东洋，故又愿东洋各保其国，安居无事。即使其使节不来，为朝鲜者尚当远泛万重里之重洋而与之结好；而况其迭遣使臣，既有意以维系朝鲜乎？引之为友邦之国，可以结援，可以纾祸。吾故曰联美国。

夫曰亲中国，朝鲜之所信者也；曰结日本，朝鲜之所将信将疑者也；曰联美国，则朝鲜之所深疑者矣。

疑之者曰：日本自平秀吉兴无名之师，荡摇我边疆，陵夷我城郭，荼毒我人民，赖明师攻守而后退；近年日本变从西法，鹰瞵鹗视，益不可测，江华之役，西乡隆盛志在生衅，亦因岩仓大久保诸人力争而后已，彼其志曷尝须臾忘郚哉！条约之结，亦要盟不得不从耳，反与之唶，是何异开门而揖盗乎？

曰：西乡之议攻朝鲜也，二三大臣独排众议，执不可。彼非不欲荐食边鄙，以厚自封殖，顾度德量力，有所不能，则不如其已耳。朝鲜立国数千年，未尝无人，未尝无兵，无论攻之未必胜，即万一获胜，撤师则无复叛，留兵则无力，况日本有事朝鲜，中国势在必争。尔时日本遣使臣谒李伯相，伯相告以必争，又劝以徒伤和气，毫无利益，故其谋不行。彼知以日本攻朝鲜，已难操必胜，况加以中国之左提右挈，东征西讨，则日本必不支，故西乡之说卒不得行。既不敢行，又以朝鲜密迩近邻，存无滋他族，实逼处此之心，故汲汲然讲信修睦者，其意欲朝鲜自强而为海西屏蔽也。揣时度势，为日本计，必不得不出于此。况今日之日本，外强中干，朝野乖隔，府帑空虚，自谋之不暇乎！兵家有言，"知己知彼"，故必知日本所以结朝鲜之故无可疑，然后知朝鲜之结日本亦无可疑。

疑之者又曰：绘图测地，我险既失，仁川一港，乃我帷闼，容彼往来，藩篱尽撤，非志图人国，彼安用测沿海之暗礁，侵畿辅之要地为哉？

曰：古有禁贩卖地图于邻国，杀之无赦者；古有引外国使臣绕道往来，不使其知我险要者，今非此之谓矣！今天下万国，互相往来，近而中东，远而欧美，凡沿海岩礁，皆编为图志，布之天下，以便航海，而远则海滨，近则国都，皆有外使终年驻扎，此通例也。盖力不足自守，虽拒之户外，而法取越南之边鄙，英与缅甸之国政，亦不克自保；力足以自强，虽延之卧榻，英之民遍居彼得俄都，俄之民遍居伦敦英都，亦无足为害也。自强之道在实力，不在虚饰。日本之所为，乃万国之通例，非一家之诡谋也。况日本既不能谋人，则俾熟吾道，乃可以资救援；朝鲜素未知航海，则自识其险，乃可以资守护。从前日本因兵库开港，使臣驻京，抵死坚拒，至于一战再战，而后幡然改图，今行之亦十馀年矣。王公守国，乌系乎此哉！

疑之者又曰：朝鲜风气未与外熟，见彼东人异言异服，或群聚观看，或偶尔诟辱，维彼日人志在恫偈，至于管理之官亦敢拔刀以杀。苟和好出于真诚，岂漫无约束，竟肆恶以逞毒哉？

曰：日本性情好胜而不让，贪利而寡耻，见小而昧远，每每如此。特如此事，则两国细民猜嫌之未泯，非彼政府之意也。前草梁一馆虽日通商，而朝鲜所以困辱而禁制之者，实无所不备，彼心怀愤怒，非伊朝夕，加以釜山所居，类多对马穷民，彼辈无赖之徒，只求自利，安知大体？斗殴琐事，固非约束之所易及。观日本政府于拔刀一事，撤去山之城，亦可知其志矣。为朝鲜者，但当恪守条约，于彼之循理者，力加保护，然后于彼之无理者，严请究办，情意相孚，庶枘凿俱无倖矣。苟拘于薄物细故不能捐弃，而坐失至计，非智者所宜出也。

疑之者又曰：日本与我壤地相接，种类相同，子言结日本，吾固信之矣。若夫欧美诸国，去我数万里，饮食衣服不与我同，嗜币不通，言语不达，彼急急欲与我结盟者，非图利而何？彼利则我害，子言联美国，此鄙人之所大惑不解者也。

曰：美之为国，分国施政，而合三十七邦为合众国，统以统领，故得土不加广邻。其南邦有名檀香山国者，意求内附，彼且拒绝，而其国尚多旷土，其土多产金银，其人善于工商，为天下首富之国，故得土不加富。其不贪人土地，不贪人人民，此天下万国之所共信者也。而顾与英、法、德、意诸国迭来乞盟，此即泰西所谓均势之说耳。今天下万国，纵横搏噬甚于战国，而列国星罗棋布，欲保无事，必期无甚弱、无甚强，互相维持而后可。苟有一国焉行其吞并则力厚，力厚则势强，势强则他国亦不克自安。欧洲一土，群雄角立，彼俄之眈眈虎视者，既无间可乘，故天下知其志必将东向，东向必自朝鲜始。俄苟有朝鲜，则亚西亚全势在其掌握，惟意所欲，而挟亚洲全局之势反而攻欧罗巴，势殆不可敌。泰西公法，毋得翦灭人国，然苟非条约之国有事，不得与闻。此泰西诸国所以欲朝鲜结盟也。欲朝鲜结盟者，欲取俄国一人欲占之势，与天下互均而维持之也。保朝鲜所以自保也。此非独美为然。然英、法、德、意以朝鲜地瘠，必赖战胜攻取，迭有创伤，以劫盟约，尚非其所愿。惟美国一国自以为信义素著，久为中东两国所信服，欲以玉帛，不以兵戎，故其来独先。然则美国之来，非特无害我之心，且有利我之心。彼以利我之心来，反疑为图利，疑为害我，是不达时务之说也。

疑之者又曰：朝鲜国小民贫，而与诸大国结盟，诛求无厌，供亿无艺，不将疲于奔命乎？风俗既殊，礼节亦异，接之非其道，不将疑而滋衅乎？

曰：古所谓牺牲玉帛，陈于境上，以待强国，以疵吾民者。古人以小事大之礼也，而今则无是。今之小国，若比利时，若瑞士，若荷兰国，皆自立，未闻诸大国之督责之、苛求之也。即使臣聘问、领事驻扎、资粮扉屦，皆彼自供。初至不过一朝见，终岁不过一宴飨，举凡郊劳赠贿，皆无有也。既无所供，安有疲应？至于仪文之末，酬应之细，彼亦犹人情。彼但知我无轻慢鄙夷之心，彼尚有何督过？况朝鲜贫瘠，无所利于通商。彼今者但欲缔盟而已，尚未必遣使臣、设领事乎，而又奚疑焉？

疑之者又曰：传教之士，煽诱小民，干预国政，稍稍以法裁抑，则动启哄争，或激事变，既与结约，应许传教，后患安有穷乎？

曰：天主教之专横，天下所共知。顾其敢于横行者，恃法兰西左袒之耳。自法败于普，撤归护卫教王之兵，意大利遽以偏师夺取罗马，逐其教王，教王失所倚，势遂骤弱。至于近日，法亦屡抑教士。国变势，而天主教门益衰矣。但于立约之始，声明传教之士须遵国法，若有违犯，与齐民同罪，彼教士不得肆恶，则吾民不至滋事。至于美国所行乃耶苏教，与天主根源虽同，党派各异，犹吾教之有朱、陆也。耶稣宗旨向不干政，其人亦多纯良。中国自通商来，戕杀教士之案层见叠出，无一耶稣教者，亦可证其不为患也。彼教之意亦在劝人为善，顾吾中土周孔之道胜之何啻万万，朝鲜服习吾教，渐摩既深，即有不肖之徒从之，万不至迁乔木而入幽谷。然则听令传教，亦复何害？斯又不必疑也。

疑之者又曰：诚如子言，天下有疏欧亲亚素称礼义之美国，联以为交，未尝不可。顾英、法、德、意从而效尤，接踵而至，则若之何？

曰：苟欲防俄，正利英、法、德、意诸国之结为盟约、互相牵制耳。且朝鲜即不利诸国之来，能终禁其不来乎？今地球之上，无论大小国以百数，无一国能闭关绝人者。朝鲜一国，今日锁港，明日必开；明日锁港，后日必开，万不能闭关自守也必矣。万一不幸俄师一来，力不能敌，则诚恐国非己有，英、法、德、意不愿俄人之专有其土，则群起而争，溃坏决裂，殆不可收拾。前此有波兰一国，俄、德、澳取而分之；去年土耳其之役，俄师未撤，诸国交起，亦割分边地与澳与英与德而后已。朝鲜苟为之续，非吾之所忍言也。即曰仗先王先公之灵，群神群祀之福，天祚朝鲜，必无此事。而英、法、德、意迭遣兵船，要劫盟约，不战则不胜其扰，战而不胜则如缅甸之受制于英，安南之受制于法，亦事之所常有。幸不至此，则结一不公不平之条约，百端要求，百端剥削，非经历十数年兵强国富，不能更改，亦不知何以为国。正为防俄之吞并，惮英、法、德、意之要挟，联美国乃不得不亟亟焉。诚使趁美国使者之来，即议一公平之条约，则一列泰西之友邦，即可援万国之公法，既不容一人之专噬，又可为诸国之先导。为朝鲜造福，即为亚细亚造福。此之不为，尚疑乎哉！

群疑既释，国是一定，于亲中国则稍变旧章，于结日本则亟守条规，于联美国则急缔善约，而即奏请陪臣常驻北京，又遣使居东京，或遣使往华盛顿，以通信息；而即奏请推广凤凰厅贸易，令华商乘船来釜山、元山津、仁川港各口通商，以防日本商人之垄断，又令国民来长崎、横滨，以习懋迁；而即奏请海陆诸军袭用中国龙旗为全国徽帜，又遣学生往京师同文馆习西语，往直隶淮军习兵，往上海制造局学造器，往福州船政局学造船，凡日本之船厂、炮局、军营，皆可往学；凡西人之天文、算法、化学、矿学、地学，皆可往学。或以釜山等处开学校，延西人教习，以广武备。诚如是，而朝鲜自强之基基此矣。

盖于无事时结公平条约，一利也。中东两国与泰西所缔条约，皆非万国公例，其侵我自主之权，夺我自然之利，亏损过多，此固由未谙外情，抑亦威逼势劫使之然也。今朝鲜趁无事之时，与外人结约，彼不能多所要挟。即曰欧亚两土风俗不同、法律不同，难遽令外来商人归地方管辖，然第与之声明归领事官暂管，随时由我酌改，又为之定立领事权限，彼无所护符，即不敢多事；而其他绝毒药输入之源，杜教士蔓延之祸，皆可妥与商量，明示限制。此自强之基一也。

于通商亦有利焉。我亚细亚居天地正带，物产甚富。中国自唐宋以来，设市舶司，与人通商，所用金钱，皆从外国输入，数百年来，不可胜数。至于近日，金钱稍有流出，则以食鸦片之故也。日本受通商之害，则以易洋服、用洋货之故也。苟使不食洋药，不用洋货，则通商皆有利无害。朝鲜一国虽日贫瘠，然其地产金银、产稻麦、产牛皮，物产固未尝不饶。吾稽去岁与日本通商之数，输入之货值六十二万，输出之货值六十八万，是岁得七八万矣。苟使善为经营，稍稍拓充，于百姓似可得利，而关税所入，又可稍补国用。此又自强之基也。

于富国亦有利焉。英国三岛止产煤炭，法国①止产葡萄，秘鲁止产金银，皆以富闻于天下。他若印度之丝茶，古巴之糖，日本之棉，皆古无而今有，以人力创兴之，竞得大利。朝鲜土尚膏腴，物亦饶有，其人亦多聪明、善工作。彼极南之奥大利亚，极北之监察加，皆从古人迹不到之地，尚可开辟榛芜，化为沃壤，况于朝鲜之素居正带者乎？苟使从事于西学，尽力以务财，尽力于训农，尽力于惠工，所有者广植之，所无者移种之，将来亦可为富国。又况地产金银，人所共知，若得西人开矿之法，随地寻觅，随时采掘，地不爱宝，民无游手，利益更无穷也。此又自强之基也。

于练兵又有利焉。中国圣人之道不尚武、不尚巧，诚以自治其国，但求修文守质，以期安静，不欲以嚣凌之习、机械之器导民以启争也。然但使他人不挟其所长，我亦守旧而不变。今强邻交迫，日要挟我，日侮慢我。同一乘舟，昔以风帆，今以火轮；同一行车，昔以骡马，今以铁道；同一邮递，昔以驿传，今以电线；同一兵器，昔以弓矢，今以枪炮。使两军有事，彼有而我无，彼精而我粗，不及交绥，而胜负利钝之势既判焉矣！朝鲜既喜外交，风气日开，见闻日广，既知甲胄戈矛之不可恃，帆樯桨橹之无可用，则知讲修武备，考求新法，可以固疆圉、壮屏藩。此又自强之基也。

既可以图利，又可以图强。国无寡小，但使有人、有财、有兵，即足以自立。彼瑞士、比利时犬牙交错于诸大之中尚能为国，况以朝鲜之素称名都、独当一面者乎？朝鲜既强，将来欧亚诸大必且与之合纵以拒俄；苟其不然，坐视俄师之长驱，坐听他人之瓜分瓦解，而害可胜言哉！语有之曰："两利相衡，则取其重；两害相衡，则取其轻。"况利害相去之甚远，而可不早决计乎！

嗟夫！朝鲜一国，三面海滨，古称天险，惟西北壤地与我相接，数千年来，仰戴声灵，倾慕德化，惟知有中国。中国为政之体，极不愿疲中以事外，凡在藩服，惟冀其羁縻勿绝，服我王灵，但不敢箕踞向汉，即不愿损一兵、折一矢以立威。而朝鲜因是之故，朝野上下，皆修文教，守礼义，中国之衣冠礼乐，屡世恪守而莫敢失坠。老子所谓："虽有舟舆，无所乘之；虽有甲兵，无

---

① "止产煤炭，法国"数字据郑海麟等《黄遵宪文集》补。

所陈之，民至老死，不相往来。"诚天下之乐国矣。譬之家有慈父，其子饱食安居，无所事事，此朝鲜之大幸也。而不幸至今日，乃忽有天下莫强之俄罗斯与之为邻，而海道四辟又无险之可抢。然犹赖其国僻处东隅，民贫土瘠，故未至如印度之纳土与英，如越南之割地与法，如南洋加喇巴、小吕宋诸国之并于荷兰、并于西班牙。彼俄罗斯者又立国偏西，有诸大国与之牵制，未暇东顾，遂得如天之福世世相承，以至于今日。至于今日，防俄之策，其不得不疢疢然竭朝鲜一国之力以防俄。小固不可以敌大，寡不可以敌众，弱固不可以敌强，而又幸而有中国可以亲，有同受俄患力不足制朝鲜之日本可以结，有疏欧亲亚、恶侵人国之美利坚可以和。斯盖自先世箕子以来，迨乎今代，世宗立国，群后在天之灵所呵护而庇佑之，乃有此一机也。期所以乘此机者，正在今矣。前此三十年，中国以焚烟故，议罢互市，而一战于广东，再战于江宁，今且通商者十九处，结约者十四国矣。前此二十年，日本以劫盟故，志在攘夷，而一战于马关，再战于鹿儿岛。今则遍地皆西人，举国学西法矣。当二三十年前泰西诸国船舶犹未坚，枪械犹未精，英、法、美诸国之所要求者不过通商，故虽战而败，败而仍和，虽所缔条约所伤实多，而尚无大失。今则俄人之所大欲专在辟土，其船坚炮利又远胜于前，俄近将桦大洲屯兵移驻珲春，又于长崎赎买五十万银煤炭运往珲春，又遣大兵船二十馀号派来太平洋。而朝鲜锁港之说，仍与二三十年前之中国、日本相类，苟不知变计，恐欲求战而败，败而和，不可复得也。

嗟乎！嗟乎！时势之逼，危乎其危；机会之乘，微乎其微，过此以往，未知。或知举五大部或亲或疏之族咸为朝鲜危，而朝鲜切肤之灾乃反无闻之，知是何异处堂之燕雀遨游以嬉乎？惟智慧能乘时，惟君子能识微，惟豪杰能安危。是所望朝鲜之有人急起而图之而已。急起而图之，举吾策所谓亲中国、结日本、联美国，实力行之，策之上者也。踌躇不决，隐忍需时，亲中国不过守旧典，结日本不过行新约，联美国不过拯飘风之船，受叩关之书，第求不激变，第求不生衅，策之下者也。尔虞我诈，自剪其羽，丸泥封关，深闭固拒，斥为蛮夷，不屑为伍，迨乎事变之来，乃始卑屈以求全，仓皇失措，则可谓无策矣。

朝鲜立国千数百载，岂谓无人能悉利害，而顾甘于无策乎哉？决计在国主，辅谋在枢府；讲求时务、无立异同在廷臣；力破积习、开导浅识在士夫；

发奋兴起、同心协力在国民。得其道则强，失其道则亡，一转移间，朝鲜之宗社系焉，亚细亚之大局系焉。

　　夫忠言逆耳利于行，良药苦口利于病，岂故为危悚之言以耸人听哉！吾借箸而筹此策，非吾心所忍，顾以时势之所逼，不得不出于此，乃不惮强颜以代谋，撄怒以苦诤。若夫吾策既行，济之以智勇，持之以忠信，随时而变通，随事而因应，下孚其群黎，内修其庶政，斯又环海生灵之庆，非此策之所能尽者矣！

　　　　　　　　据《黄遵宪文钞》，广东省文史研究馆钞（1962年仲夏）

《牛渚漫录》序

（光绪七年三月　1881年4月）

余尝以为泰西格致之学，莫能出吾书之范围。或者疑余言，余乃为之征天文算法于《周髀》盖天，征地圆地动之说于《大戴礼》、《易乾凿度》、《书考灵曜》，征化学之说于《列子》、《庄子》，征光学之说于《墨子》，征电气之说于《亢仓子》、《关尹子》、《淮南子》，征植物、动物之说于《管子》、《抱朴子》，闻者始缄口而退。挽近士夫喜新骛奇，于西人之医事，尤诧为独绝。见其器用之利，解剖之能，药物之精，辄惊叹挢舌，谓为前古之所未有，转斥汉医为迂疏寡效，卑卑无足道。噫嘻！何其不学之甚也！

余考古之俞跗能割皮解肌，结筋搦髓，华佗于针药所不能及者，辄使饮麻沸散破腹取病，复为缝腹，傅以神膏，此皆西人所谓穷极精能者，而古之汉医于二千馀年之前，固既优为之。若吾之望气察色，见垣一方，变化不测，洞阴究阳，则为西医之所无。然则汉医何遽不若西医乎？司马温公之论佛法，谓其精微不能出吾书。余谓西学无不如此。特浅学者流，目不识古，以己所未闻，遂斥为乌有，可谓蚍蜉撼树，不自量之甚也。

日本浅田先生为汉医，于举世心醉西法之时，坚守故说，百折不变，盖先生学问该博，多读古书，故实有所见而云然也。先生于刀匕馀暇，曾汇辑古人关涉医事之说，名为《牛渚漫录》。余受而读之，非惟医家诸说尽拔其萃，而于天地间万事万物之理，即此一篇，亦可以旁推而交通之。嗟夫！西人之学，每偏于趋新；吾党之学，每偏于泥古。彼之学术技艺，极盛于近来数十年中，古不及今，其重今无足怪也。吾开国独早，学术技艺，数千年前已称极盛，吾之重古人，古人实有其可重者在也。不究其异同，动则剿袭西人知新之语，概以古人所见，斥为刍狗，鄙为糟粕。呜乎，其可哉！余故读是编而叹息久之。

　　大清光绪七年春三月　　岭南黄遵宪公度撰

　　　　　　　　　据钱仲联辑《人境庐杂文钞》，《文献》第七辑

《读书馀适》序

(光绪七年五月　1881年6月)

　　从古硕学之士，必有二三著述为生平精意所寄者，而出其馀力，又往往缀为杂文[1]，以发抒事理，考证[2]古今。在作者或不甚爱惜，然承学之士，每欲为之永其传，诚以出自名儒，断非浅植者流所能为也。余考杂说之书，《四库》著录凡八十馀部，其出于高材鸿儒之撰述者，十居其五；而出于门生后进之所编辑者，又十居其五。盖博雅君子，积学既深，即随手掇拾，不必求工而书自足传。至亲所受业之人，即其师之遗簪弃履，尚什袭珍藏之不暇，况于其书，其郑重而欲传之，固其宜也。

　　余未渡东海，既闻安井息轩先生之名；逮来江户，则先生殁既二年[3]，不及相见。余读其著作，体大思精，殊有我朝诸老之风，信为日本第一儒者。物茂卿、赖子成辈，恐不足比数也。先生之书，既风行于世，顷其门人松本丰多氏，复举其《读书馀适》见示，盖先生盐松纪游之作，而松本氏[4]手录而存之者也。余受而读之，纪事必核，择言必雅。譬如狮子搏兔，虽曰游戏，未尝不用全力。又譬之画龙者，烟云变灭，不得睹其全体，而一鳞一甲，亦望而知其为龙也。学问之道，固视其根柢何如，能者不能以自掩，不能者亦不能以袭取，信哉！往岁余友曾以息轩遗文命余序，余深愧才学不称，执笔而复搁者

---

　　① 此句钱仲联辑《人境庐杂文钞》（《文献》第七辑）作"而又往往出其馀力，缀为杂文"。

　　② "考证"，《杂文钞》作"订证"。

　　③ "二年"，《杂文钞》作"一年"。

　　④ "松本氏"，《杂文钞》作"松氏"。

再。今松本氏促余序此编，惴惴然而后下笔，犹自觉有举鼎绝膑之态也①。

大清光绪七年夏五月　岭南黄遵宪公度序

据郑海麟辑录《黄遵宪遗墨》，录自丁日初主编《近代中国》第九辑

---

① 　"犹自觉……之态也"，《杂文钞》在"惴惴然而后下笔"前。

《北游诗草》序

（光绪七年春　1881年春）

冈君将游北海，余饯之柳桥水阁。酒酣，赋赠一律，有"归来倘献富强策"句。君大悦，曰："能道吾志。"盖北海一道，为日国北疆，实为豺虎所垂涎。君生东北，固悉外情，屡著论，论开拓防御之方。戊辰王师北征，藩主以为奥羽盟主，没收封土，改封二十八万石。君献策曰："门阀世臣，诸失邑土者，移住北海，为国家辟草莽，可以谢罪于天下。"两伊达、片仓诸氏皆然之，率臣隶往拓其地，驱熊罴，除荆棘，郁然成都邑。君此游，阅历其地，一一赋诗咏之。归京日，出稿示余。其诗雄健磊落，写物状，纪风土，无一徒作者，使读者如身游其地，目击其状，而于北门锁钥不可一日忽之者，一篇中三致意焉。夫儒生迂阔寡效，为世所诟病也久矣，独日国屡收其效，尊王废藩之论，既出于一二儒生。而北海一道，莫大版图，无穷利益，举从古明君名相所未及经营者，一韦布之士，乃有以倡其议，而奏其功。今读君诗，尤足以感发。吾知后此执未耜、操牙筹而往者日多，或将为日国之印度、之澳大利亚，亦终不可知。儒生空言无补，得君其亦可一雪此言也乎！伊达氏即今年劝业会所得第一名誉赏牌者也。

大清光绪辛巳春　岭南黄遵宪公度撰

据日本冈千仞《北游诗草》

《养浩堂诗集》序

（光绪七年六月　1881年7月）

　　余每读少陵怀谪仙诗曰："何时一樽酒，重与细论文。"未尝不叹良朋聚首为人世不易得之事也。夫文字之交，臭味相同，得一奇则共赏，得一疑则共析，比之亲戚之情话，骨肉之团聚，其乐有甚焉者；然而此乐正不数数觏也。今之人抗心希古，长吟远慕，每恨与古人生不同时。既同时矣，而两地暌隔，一秦一越，终身不相闻，不知谁某者容亦有之。即幸而彼此缔交，而渭北春树，江东暮云，惜别怅离，不得相见，其嘅想又当何如！余与栗香，一居东海，一居北海，所谓风马牛不相及者也。自余有随槎之行，居麴町者四载，乃衡宇相望，昕夕过从。自是以来，濹堤之赏樱，西湖之折柳，龟井之看梅；春秋佳日，裙屐觞咏，未尝不相见，相见未尝不谈诗。栗香之诗，清新俊逸，余叹为天才。既为之校阅四五过，复系以评语累千万言。余生平交友遍天下，南北东西，大都以邮筒往复，商量旧学而已。不意于异国之人，乃亲密如此，窃自诧此缘为不薄矣。昔江辛夷一客耳，赖子山阳至度越阡陌远往长崎，待之九十日，卒以阻风，船不果至，空结遐想。余才虽不逮古人，而比之古人为幸良多。虽然，余亦倦游，行且归国，他时持此一卷，诵"重与细论文"之句，栗香其亦同此情乎！

　　光绪七年夏六月　岭南黄遵宪公度撰　荆州杨守敬惺吾书

　　据郑海麟辑录《黄遵宪遗墨》，录自丁日初主编《近代中国》第九辑

《斯文一斑》第七集评语

（光绪七年八月　1881年9月）

精思卓识，非一孔之儒所能知。宋儒以诸葛公为儒者，特即其淡泊明志，宁静致远数语，谓有合于圣人之道，是执宋学之儒者以论古人耳。余观武侯治蜀，体国经野，纤悉必具，有三代之风。古之儒者体用兼备盖如是，而宋人得其性命之谭尊之为儒，不知此种儒者，即司马先生所谓不识时务之儒生俗士，即武侯谓论宋言计动引圣人之流，孔明固不愿居是名也。夫乐毅下齐七十馀城，功业有足多者，其忠事燕惠，尤为战国第一流人。至管子本天下才，圣人称之曰仁，且曰"微管仲，吾其左衽"，所以称之者至矣。考武侯治蜀，务则训农，如仲之治齐，其《出师表》"鞠躬尽瘁，死而后已"之语，与报燕惠五书相仿佛。武侯一生事业，莫能出管、乐之右，其自比管、乐，可谓自知明矣。宋儒重性命而轻事功，以管、乐为卑卑不足道。而既尊孔明为儒，乃不得不以自比管、乐为疑。是皆宋儒偏迂之见，乌足以以知孔明哉！

据《斯文一斑》第七集，1881年（明治十四年）7月日本斯文学会藏版

《斯文一斑》第八集评语

（光绪七年八月　1881年9月）

　　至论至论，非唯程门，即宋儒之最纯粹如朱子者，其所谓虚灵不昧之心，简静无为之学，皆禅家者流之说，求之孔门七千子微言，未尝有是也。余尝慨印度一土，物产富饶，人民智慧，然自古以来未尝以强国称，且屡亡其国，为异种别教之民所兼并、所吞噬，则以佛教之虚无寂灭，中于人心，其势必流于孱弱也。嗟夫宋人之于儒，号为得不传之学，使天下贤智之士靡然相从，其实乃剿袭佛家破坏之说以互相煽惑。程朱已矣，至于今日，学士大夫之聪明犹受其锢蔽，陷弱而不知返，可哀也夫！

　　据日本《斯文一斑》第八集，1881年（明治十四年）7月日本斯文学会藏版

《斯文一斑》第九集评语

（光绪七年八月 1881年9月）

　　儒生泥古不通世变，多不知礼意。文折衷古今，善于断制，可谓五鹿岳岳，朱云折其角矣！

　　光绪七年八月敬读

　　　　　　　据日本《斯文一斑》第九集，1881年（明治十四年）7月版

《春秋大义》序

（光绪四至七年间　1878年至1881年间）

日本藤川三溪以所著《春秋大义》求序。余读其书，识议明通，断制精确，一字一义，必求其当。余既条举所见，系之简端，复发策而序之曰：

尊《春秋》者，莫先于孟子。孟子自称为窃取其义，而一则曰《春秋》天子之事，再则曰其事则齐桓、晋文，盖专以此事求《春秋》也。孔子之言曰：我欲托之空言，不如见诸行事之深切著明。《春秋》之事，诚天下万世是非之准、得失之林矣。彼说经者徒以辞求，穿凿附会，愈失而愈远，至以断烂朝报疑《春秋》为无用，亦未尝比其事而观之耳。

《春秋》之事，莫大乎尊王攘夷，汉土之读书者尽知之。而推而行之日本，其致用也远，其收效也尤速。日本自源、平以来，将军主政，太阿倒持，七百馀载，玉步未改，俨有二君，王章弁髦，不尊已甚矣。迨乎德川末造，欧米诸国接踵而来，皆以兵威劫成盟约，红髯碧眼，羊狼虎视，族类不同，语言亦异。于是举国之人，以其从古未通，骇然不知为何物，群名之曰夷，纷纷竞起倡尊攘之说。豪杰之士，或陷狱以死，或饮刃以殉，碎身粉骨有不恤者，为尊攘也；麑岛关镳战者再，弹丸雨飞，流血成海者，为尊攘也；七卿西奔，二藩合纵，锦旗东指，声罪黜霸，为尊攘也。凡所以鼓动群伦，同德同力，卒覆幕府，以成明治中兴之业，皆《春秋》尊攘之说有以驱之也。何其奇也！

夫《春秋》之事夥矣，而后世儒者谓专在尊攘，此亦南渡以来，愤宋室孱弱，有为之言，求之《春秋》，未必悉当。而日本行之，其效乃如此。此亦如直不疑之引经断狱，其谓子为君则非，其缚太子则未尝不是也。嗟夫！通经所以致用也，苟实事求是，归于有用，则虽郢书燕说，而亦无不可，又何必一字一义之必求其当也哉！

以余闻藤川子固抱用世之志者也，故书此说以归之。

据钱仲联辑《人境庐杂文钞》，《文献》第七辑

《皇朝金鉴》序

（光绪五至七年间　1879年至1881年间）

日本之史，以汉文纪事者，莫善于《大日本史》，而其书实出水户藩士之手。水户藩号多贤，有青山云龙氏者，世以史学鸣。其伯子延先，继《日本史》后，为《纪事本末》一书，而史体益备。余来日本，即闻青山氏名，后得与其季子延寿交。

延寿官于史馆，平生所著述，多涉国史，与之征文考献，无能出其右者。顷复出其所著《皇朝金鉴》，索序于余。其书分类排纂，采辑古来明君良相、名儒大贤之事迹可为法鉴者，盖《世说》、《言行录》之体也。

今欧米诸国，互相往来。世之论者，好远骛博，辄惊其强盛，以为事事皆可取法，而以己国为鄙僿无足道。虽孩童妇女，亦夸拿破仑，誉华盛顿。老师宿儒，昧昧姝姝，守一先生之说者，遽斥为固陋。此其说似矣。虽然，余窃以为天下者，万国之所积而成者也。凡托居地球，无论何国，其政教风俗，皆有善有不善。吾取法于人，有可得而变革者，有不可得而变革者。其可得而变革者，轮舟也，铁道也，电信也，凡所可以务财、训农、通商、惠工者皆是也。其不可得而变革者，君臣也，父子也，夫妇也，凡关于伦常纲纪者皆是也。

日本立国二千馀年，风俗温良，政教纯美，嘉言懿行，不绝书于史。吾以为执万国之史以相比校，未必其遂逊于人。则以日本之史，教日本之人，俾古来固有之良，不堕于地，于世不无裨益，则亦何事他求哉？抑吾闻各国学校所以教人者，莫重于国史。米利坚立国仅百年，于地球最为新国，其学校亦以米国史为重。

圣人有言："切问近思，理固然也。"若夫译蟹行之字，钞皮革之书，今日之日本，正不乏人，余老友青山先生固不肯为，亦不能为也。

据钱仲联辑《人境庐杂文钞》（上），《文献》第七辑

《畿道巡回日记》序

（光绪四至七年间　1878年至1881年间）

天下万事万物，皆托于地。举凡山川之夷险，物产之盈虚，民生之聚散，皆与国之盛衰相关，故善为国者，莫善于治地。地如此广莫也，万事万物之傅焉者，如此其纷繁也，必非不出户庭所能周知，故善志地者，莫善于记游。古人志地之书，以《三坟》、《八索》为最古，书皆不传。传者若《禹贡》，若《山海经》，皆身所经历叙述闻见之书也。然自东汉以后，词章日盛，山水方滋，学士大夫排日纪游之作，自马第伯《封禅仪》以下，无虑数十家，类皆模范山水，雕镂词章，夸丘壑之美，穷觞咏之乐。其尤雅者，亦不过流连旧墟，考订故迹，以供名流词客之清谭耳。求如李文公之《来南录》、孙文定之《南行记》，盖不可多得也。

自余来日本，知日本士大夫喜游，天性又善属文，故所见游记最多。然大都文人习气，无益于用。顷者生田水竹以《畿道巡回日记》见示，书凡数万言，于所闻见，能见其大。其叙事质而不俚，立论庄而不腐。余乃不禁为之熟读而三叹也。日本之为国，独立大海中，生田子所未至，独二州耳，然足迹限于一隅。方今轮船、铁路，纵横交错于五大部洲，生田子苟无事，何不裹数年之粮，西穷禹域，南访交趾，至澳大利亚折而西，泛舟过印度，达麦西，经波斯，入欧罗巴中原，遍历俄、德、意、法、英诸大国，然后越大西洋，吊华盛顿之所都，寻阁龙之所辟土，复绕太平洋而归。苟以其山川、物产、民俗笔于书，必更有可观。生田子未老，且有济胜之具，其亦有意于此乎？嗟夫！余倘能屏弃百事，遍游天下，舍生田子其谁从哉！

据钱仲联辑《人境庐杂文钞》（上），《文献》第七辑

评《送佐和少警视使于欧洲序》

（光绪五至七年间　1879年至1881年间）

　　西法有必不可学者，有可学可不学者，有急急应学者。论物产之富，人才之众，风教之美，吾皆胜于彼。所不及彼者，汽车、轮舶、电线及一切格致之学、器用之巧耳。彼抉其所长以务财训农，以通商惠工，以练兵讲武，遂坐收富强之效以凌轹我。彼百战积累，不知费几许金钱、几许岁月而后能者，吾学之而旦夕可成，此盖天之所以启我也。于此而犹不图奋发，是甘于自弱矣。噫！

　　矫健磊落，光烛星辰而上，气引江河而下。此题古人所未有，而文乃不懈，而及于古。

　　　　据郑海麟辑录《黄遵宪遗墨》，录自丁日初主编《近代中国》第九辑

评《爱国丛谈序》

（光绪五至七年间　1879年至1881年间）

　　知人贵论世，旧日尊攘之徒，其中浮鄙者，所谓攘夷意在尊王，尊王意在覆幕府，覆幕府在图富贵，诚不乏人。而忠肝义胆之士，实亦指不胜屈。时局一变，变为用夷。苟使数子者不死，其知机识时，亦必倾心外交，力学西法无疑也。此论极为有见。虽然，如佐久间象山之流，能于群言纷乱之时，力主开港，则尤为不可及哉！

　　　　据郑海麟辑录《黄遵宪遗墨》，录自丁日初主编《近代中国》第九辑

图南社序

（光绪十七年十一月　1891年12月）

吾尝读《易》，离为文明之象，而其卦系于南方。考之《诗》、《书》所记，经传所载，《诗》之十五国，《春秋》之诸大国，其圣君名臣、贤士大夫，立德立言经纬天地者，大抵为北人，而圣人乃为是言者则何也？盖时会所趋，习俗递变，古今时地，日异而月迁，若今之句吴于越，周断发文身之邦，椎髻卉服之俗也，而数百年来，冠冕之盛，甲于天下。推而至于八闽、百粤，咸郁郁乎有海滨邹鲁之风。乃至粤之琼州、闽之台湾，颛颛独居大海之中，古所谓蛙黾之与处，鱼鳖之不足贪者，而魁梧耆艾、英伟磊落之士，亦出乎其中。盖天道地气，皆自北而南，而吾道亦随之而南，圣人之言，不其然欤！

南洋诸岛，自海道已通，华民流寓者甚众，远者百数十年，颇有置田园，长子孙者。大都言华言，服华服，俗华俗，豪富子弟，兼能通象寄之书，识佉卢之字，文质彬彬，可谓盛矣！夫新嘉坡一地，附近赤道，自中国视之，正当南离。吾意必有蓄道德、能文章者应运而出，而寂寂犹未之闻者，则以董率之乏人，而渐被之日尚浅也。前领事左子兴观察，究心文事，创立社课，社中文辞多斐然可观。遵宪不才，承乏此间，尤愿与诸子讲道论德，兼及中西之治法，古今之学术，窃冀数年之后，人材蔚起，有以应天文之象，储国家之用，此则区区之心，朝夕引领而企者矣。抑庄生有云："鹏之徙于南溟也，风之积也不厚，则其负大翼也无力，而后乃今将图南。"今故取以名吾社，二三君子其共勉之。

光绪辛卯十一月　黄遵宪叙

据钱仲联辑《人境庐杂文钞》，《文献》第七辑

山歌题记

（光绪十七年 1891年）

十五国风，妙绝古今，正以妇人女子矢口而成，使学士大夫操笔为之，反不能尔。以人籁易为，天籁难学也。余离家日久，乡音渐忘，辑录此歌谣，往往搜索枯肠，半日不成一字。因念彼冈头溪尾，肩挑一担，竟日往复，歌声不歇者，何其才之大也？

钱唐梁应来孝廉作《秋雨庵随笔》，录粤歌十数篇，如"月子弯弯照九州"等篇，皆哀感顽艳，绝妙好词，中有"四更鸡啼郎过广"一语，可知即为吾乡山歌。然山歌每以方言设喻，或以作韵，苟不谙土俗，即不知其妙。笔之于书，殊不易耳。

往在京师，钟遇宾师见语，有土娼名满绒遮，与千总谢某昵好，中秋节至冥家，则既有密约，意不在客，因戏谓："汝能为歌，吾辈即去，不复嬲。"遂应声曰："八月十五看月华，月华照见侬两家（以土音读作纱字第二音）。满绒遮，谢副爷。"乃大笑而去。此歌虽阳春二三月不及也。

又有乞儿歌，沿门拍板，为兴宁人所独擅场。仆记一歌曰："一天只有十二时，一时只走两三间，一间只讨一文钱，苍天苍天真可怜！"悲壮苍凉，仆破费青蚨百文，并软慰之，故能记也。

仆今创为此体，他日当约陈雁皋、钟子华、陈再艿、温慕柳、梁诗五分司辑录。我晓岑最工此体，当奉为总裁，汇选成编，当远在《粤讴》上也。

据钱仲联辑《人境庐杂文钞》，《文献》第七辑

南学会第一、二次讲义

（光绪二十四年二月十九日　1898年3月11日）

　　诸君，诸君！何以谓之人？人飞不如禽，走不如兽，而世界以人为贵，则以禽兽不能群，而人能合人之力以为力，以制伏禽兽也，故人必能群，而后能为人。何以谓之国？分之为一省一郡，又分之为一邑一乡，而世界之国只以数十计，则以郡邑不足以集事，必合众郡邑以为国，故国以合而后能为国。

　　自周以前，国不一国，要之，可名为封建之世。封建之世，世爵、世禄、世官，即至愚不道，如所谓生于深宫之中，长于妇人之手，骄淫昏昧，至于不辨菽麦，亦面见然肆于民上，而举国受治焉。此宜其倾覆矣，而或传祀六百，传年八百！其大夫、士之与国同休戚者，无论矣；而农以耕稼世其官，工执艺事以谏其上，一商人耳，亦与国盟约，强邻出师，犒以乘韦而伐其谋。大国之卿，求一玉环而吝弗与。其上下亲爱，相维相系乃如此。此其故何也？盖国有大政，必谋及卿士及庶人，而国人曰贤，国人曰杀，一刑一赏，亦与众共之也。故封建之世，其传国极私，而政体乃极公也。

　　自秦以后，国不一国，要之，可名为郡县之世。郡县之世，设官以治民。虑其不学也，先之以学校；虑其不才也，继之以科举；虑其不能也，于是有选法；虑其不法与不肖也，于是有处分之法，有大计之法。求官以治民，亦可谓至周至密，至纤至悉矣。然而，彼人坐堂皇、出则呵道者，吾民之疾病祸难、困苦颠连，问其所以，瞠目不能答也。即官之昏明贤否、勤惰清浊，询之于民，民亦不能知也。沟而分之，界而判之，曰此官事、此民事，积日既久，官与民无一相信，浸假而相怨相谤，相疑相诽，遂使离心离德，壅蔽否塞，泛泛然若不系之舟，听民之自生自杀，自教自养，官若不相与者，而不贤者复舞文以弄法，乘权以肆虐，以民为鱼肉，以己为刀砧。至于晚明，有破家县令之称，民反以官为扰，而乐于无官。此其故何也？官之权独揽，官之势独尊也。凡上下相交之政，如所谓亭长、三老、啬夫、里老、粮长，近于乡官者，皆无有也。举一府一县数十万人之命委之于二三官长之手，曰是则是，曰非则非；而此二三官长者又委之幕友书吏、家丁差役之手，而卧治焉，而画诺坐啸焉，国乌得而治！故郡县之世，其设官甚公，而政体则甚私也。

　　诸君，诸君！诸君多有读《二十四史》者，名相良将，能吏功臣，可谓繁夥矣。惟读至《循吏传》，则不过半卷耳，数十篇耳，二三十人耳。无地无官，无时无官。汉、唐、宋、明，每朝数百年，所谓循吏者只有此数，岂人性殊哉，抑人材不古若欤？尝考其故，一则不相习也。本地之人不得为本地之官，自汉既有三互之法，如今之回避；至明而有南北互选之法，赴任之官，动数千里，土风不谙，山川不习，一切俗禁茫然昧然。余尝见一广东粮道，询其惯否？彼谓饮食衣服均不相同，嗜欲不通，言语不达，出都以后，天地异色，妻奴僮仆日夕怨叹，惟愿北归。以如此之人，而求其治民能乎不能？此不相习之弊也。一则不久任之弊也。今制以三年为一任，道府以下不离本省。是朝廷固知不久任之弊矣。然而，州县各官员多缺少，朝令附郭，夕治边地，或升或迁，或调或降，或调剂或署理，或代理或兼摄，甫知其利，甫知其弊，尚欲有所作为而舍此而他去矣。而贤长官，量其时之无几，力之所不能，亦遂敛手退缩而不敢动；又况筑台者一篑而九仞，移山者由子而逮孙，凡大政事、大兴革均非一朝一夕之所能为，虑其半涂而废也，中道而止也，前功之尽弃也，则亦惟置之度外，弃之不顾耳。明之循吏，首推况钟，其治苏州凡十九年，闻辕门鼓乐嫁女，乃曰："吾来此时，此女甫乳哺耳。"惟久于其任，乃以循吏称。今安得有十九年之知府耶！诸君试思之，不相习，与宴会时之生客何异？不久任，与逆旅中之过客何异？然而皆尊之为官矣！

　　嗟夫，嗟夫！余粤人也。粤处边地，谚有之曰：天高帝远，皆不知有朝廷，只知有官长耳；亦不知官长为谁何？何名字？但见人坐堂皇、出则呵道者，则骇而避之，曰："官，官！"举吾民之身家性命、田园庐墓尽交给于其手，而受治焉。譬之家有家长，子孙数十人，家长能食我、衣我、妻室我、田宅我，为子弟者，将一切惰废，万事不治，尽仰给于家长耶，抑将进德修业以自期成立耶？诸君，诸君！此不烦言而决，不如子弟之自期成立明矣。委之于家长犹且不可，乃举吾之身家性命、田园庐墓委之于宴会之生客、逆旅之过客而名之为官者，则乌乎其可哉！然则如之何而后可？所求于诸君者，自治其身、自治其乡而已矣。某利当兴，某弊当革，学校当变，水利当筹，商务当兴，农事当修，工业当劝，捕盗当讲求，以闹教滋祸者为家难，以会匪结盟者为己忧，先事而经画，临事而绸缪，此皆诸君之事。孟子有言："匹夫匹妇，不被其泽，若己推而纳之沟中。"况吾同乡共井之人，而不思援手耶？范文正做秀才时，便以天下为己任，况一乡一邑之事，而可诿其责耶？顾亭林言风教之事，匹夫与有责焉。曾文正公论才，亦以风俗为士夫之责。愿与诸君子共勉之而已。

诸君，诸君！能任此事，则官民上下，同心同德，以联合之力，收群谋之益。生于其乡，无不相习，不久任之患，得封建世家之利，而去郡县专政之弊。由一府一县推之一省，由一省推之天下，可以追共和之郅治，臻大同之盛轨。

余之言略尽于此，而尚有极切要之语为诸君告者。余今日讲义，誉之者曰"启民智"，毁之者曰"侵官权"，欲断其得失，一言以蔽之曰：公与私而已。诸君能以公理求公益，则余此言不为无功；若以私心求私利，彼擅权恃势之官，必且以余为口实，责余为罪魁。乞诸君共鉴之，愿诸共勉之而已。诸君，诸君！听者，听者！

据《湘报》第五号（光绪二十四年二月十九日出版）

刘甋庵《盆瓴诗集》序

（光绪二十五年九月　1899年10月）

韩退之之铭樊宗师也，曰："惟古于词必己出，降而不能乃剽窃。"其答李翊书又曰："惟陈言之务去。"以昌黎之文起八代之衰，而摄其要，乃在去陈言而不袭成语，知此可与言诗矣。自《风》《雅》变而为《楚辞》，《骚》些变而为五七言诗。上溯汉魏，下逮有明，能以诗名家者，大抵率其性之所近，纵其才力职明之所至。创意命辞，各不相师。倡之者二三巨子，和之者群儿。大张其徽旗，以号以众，曰某体，曰某派；沿其派者，近数十年，远至数百年、千馀年，而其体不易。士生古人之后，欲于古人范围之外成一家言，固甚难；即求其无剿说、无雷同者，吾见亦罕。今读刘甋庵先生《盆瓴诗集》，其殆庶乎。

先生于学，无所不窥。其于诗也，深嗜笃好，朝夕吟诵不少辍，积书稿至尺许。国朝诗人，流别至多，几至无体之可言，无派之可言。然百馀年来，或矜神韵，或诩性灵，幕客游士，涉其藩而猎其华，上之供诗话之标榜，下则取于尺牍之应酬，其弊极于肤浅浮滑，人人能为诗，人人口异而声同。今先生之诗，尽弃糟粕，举近人集中所有宴集、赠答、游览、感遇一切陈陈相因之语，廓而清之，虽未知比古人何如，抑可谓卓然能自树立之士矣。

往岁，曾重伯太史序吾诗，称其善变，谓世变无穷，公度之诗变亦无穷。余奚足语此？然征之先生之诗，亦可证所见之略同也。吾梅诗老，自芷湾、绣子、香铁诸先生没，大雅不作，寂寥绝响。庄生有云："逃空虚者，闻人足音，跫然而喜。"余读先生诗，奚啻空谷之足音也乎！余未识先生，然先生之季紫岩广文，与余为文交，故久识其为人。他日者，邂逅相遇，尊酒论诗，其必有相视而笑、莫逆于心者欤！

光绪二十五年九月　小弟黄遵宪序

据吴振清等编校《黄遵宪集》下卷

《古香阁诗集》序

（光绪二十六年十月　1900年11月）

　　有中原之旧族，三代之遗民，过江入闽，沿海而至粤，迁来已八九百年，传世已二十五六代，而岭东之人，犹别而名之曰客民。其性温文，其俗俭朴，其妇女之贤劳，竟甲于天下。予向者祝《李母钟太安人百龄寿序》，所谓五大部洲各种族之所未有者也。盖中人以上，类皆操井臼，亲缝纫；其下焉者，靸履叉髻，帕首而身裙，往往与佣保杂操作，椎鲁少文，亦不能无憾焉。

　　润生女士，曦初之女也，与予内子为姊妹行，长嫔于李。李故望族，与予家有连，所居又同里。予年十五六，即闻其能诗。逮予使海外，归自美利坚，始得一见，尽读其所为《古香阁诗集》。其诗清丽婉约，有雅人深致，固女流中所仅见也。

　　予历使海邦，询英、法、美、德诸女子，不识字者百仅一二，而声名文物如中华，乃反异于是。嗟夫！三代以后，女学遂亡，唯以执箕帚、议酒食为业，贤而才者，间或能诗，他亦无所闻焉。而一孔之儒，或反持"女子无才是德"之论，以讽议之，而遏抑之，坐使四百兆种中，不学者居其半，国胡以能立？近者风气甫开，深识之士，于海滨创设女学，联翩竞起，然求其能为女师者，猝不易得。宣文夫人绛纱受业，此风邈矣。近世如王照圆、梁端能为《列女传》注，以著书名者，亦不可复觏，仍不能不于诗人中求之。若润生者，殆其选欤？

　　中国女学之陋，非独客人，而椎鲁少文之客人中，竟有以诗名者，士不贵自立乎？抑以予所闻，予族祖工部廷选，有妻曰黎玉贞，著有《柏香楼诗文集》三卷，志称其博通经史，诗文高洁，无闺阁气，因序此集，而并志之，以劝勉客人焉。

　　光绪二十六年十月　黄遵宪公度序

据郑子瑜编著《人境庐丛考》

70

《梅水诗传》序

（光绪二十七年　1901年）

语言者，文字之所从出也。语言与文字合，则通文者多；语言与文字离，则通文者少。余于日本《学术志》中，曾述其意，识者颇韪其言。吾部洲文字，以中国为最古。上下数千年，纵横数万里，语言或积世而变，或随地而变，而文字则亘古至今，一成而不易。父兄之教子弟，等于进象胥而设重译。盖语言文字扞格不相人，无怪乎通文字之难也。

嘉应一州，占籍者十之九为客人。此客人者，来自河洛，由闽入粤，传世三十，历年七百，而守其语言不少变。有《方言》、《尔雅》之字，训诂家失其意义，而客人犹识古义者；有沈约、刘渊之韵，词章家误其音，而客人犹存古音者。乃至市井讦谇之声，儿女噢咻之语，考其由来，无不可笔之于书。余闻之陈兰甫先生谓："客人语言，证之周德清《中原音韵》，无不合。"余尝以为客人者，中原之旧族，三代之遗民，盖考之于语言文字，益自信其不诬也。

里人张榕轩观察，少读书，喜为诗，钞存先辈诗甚富，近出其稿，托仙根明经广为搜集，重加编订。余受而读之，中如芷湾、绣子两太史，固卓然名家，其他亦雅驯可诵。嘉道之间，文物最盛，几于人人能为诗。置之吴、越、齐、鲁之间，实无愧色。岂非语言与文字合，易于通文之明效大验乎？

自物竞天择、优胜劣败之说行，种族之存亡，关系益大。凡亚细亚洲古所称声明文物之邦，均为他族所逼处。微特蒙古族、鲜卑族、突厥族苶然不振，即轰轰然以文化著于五洲如吾辈华夏之族，亦叹式微矣！文章小技，于道未尊，是不足以争胜。凡我客人，诚念我祖若宗，悉出于神明之胄，当益骛其远者大者，以恢我先绪，以保我邦族，此则愿与吾党共勉之者也。

据钱仲联辑《人境庐杂文钞》，《文献》第七辑

《攀桂坊黄氏家谱》序

（光绪二十八年一月六日　1902年2月13日）

　　黄以国为氏，或谓出于金天氏，自台骀封于邠川后，为沈、姒、蓐、黄诸国；或谓出于高阳氏，自伯翳赐姓嬴后，为江、黄诸国。三代以前，荒远难稽，其散居河北者，亦不可考。惟郑樵《通志》称黄氏嬴姓，陆终之后，封于黄。今光州定域①西有黄国故城，为楚所灭，子孙即氏黄。其说可信，此即吾宗之所自出也。

　　汉尚书令香，居江夏，世之黄氏，咸以江夏为望，后衍为二支：一为隋开皇间，由江夏迁浙之金华，析为五大族，分居于丰城、剡、监利、分宁、弋阳，其裔孙有庭坚、有潜著于时；一于五代时，自光州固始从王潮入闽，家于邵武，散居于莆田城、福州、龙溪、漳州，其裔孙有伯思、有干，族益光大。嘉应一州，十之九为客人，皆于元初从闽之宁氏县石壁乡迁来，虽历年六百，传世二十馀，犹别土著，而名之曰客。吾始迁祖，初居镇平，亦来自宁氏，其为金华之黄欤，为邵武之黄欤，则不可得而详也。昔山谷老人自序出于金华，而其谱止及于分宁，七世以上，皆略而弗著。至晋卿学士，祖其说，作族谱图序，亦断自九世祖以下。

　　古者图谱有局，掌于史官。自局废而士大夫家自为谱，各以其所闻论著，不能旁搜广览，以征其实，故往往矛盾参差，至不可读。谱不过十世，详于近，略于远，盖慎之至也。吾宗自文蔚公迁于攀桂坊，及吾而八世，今亦师其意，以文蔚公为断。自始迁祖至文蔚公，凡十数世，邱垄之尚完、祭享之不废者，编为前编。始迁祖以上，则不得不付之阙如矣。既以世系绘为图，举名

---

　　①　定域，当为定城。

72

字生卒之概引为表，复举德行事业之可知者，述为传略，总名之曰家谱。

　　吾闻之林海岩先生曰："客人者，中原之旧族，三代之遗民。"今稽之吾族，来自光黄间，其语言与中原音韵相符合，益灼然知其不诬。自念得姓受氏，四千馀岁，实为五部洲种族之最古者。始兴于汉，中衰于魏晋，以逮于唐，入宋而复盛。其入粤者，则明盛于元，入本朝而盛于明，中叶以来，又盛于国初。盛衰兴废，世族之常。若子孙无状，降为皂隶，辱我门楣，非吾之所忍言，如能保宗祊而承世禄，继继绳绳，不坠其业，抑亦庶几。若夫立德立功立言，以图不朽，俾嘉应之黄，与金华、邵武二族并称于世，是则作谱者所祷以求之者夫！

　　光绪二十八年立春后八日　遵宪谨序

　　　　　　　　　　　　　据吴天任编著《清黄公度先生遵宪年谱》

敬告同乡诸君子

（光绪二十九年十二月　1903年1月）

鄙人环游海外，历十数年，深知东西诸大国之富强由于兴学，而以小学校为尤重，名之曰普及教育，谓无地无学，无人不学也。又名之曰义务教育，谓乡之士夫、族之尊长，各有教子弟之职，各负兴学之□也。又名之曰强迫教育，谓子弟既至学年，而不就□□□施罚于其父兄也。昔德意志攻法，既破法□，德皇大会□□□行赏，大□毛奇手执教师指挥之杖而进曰："今日之役，非将士之力，实学校教师之功也。"近日，日本战胜俄罗斯，论者谓日本之地仅占俄罗斯五十四分之一，日本人民仅占俄罗斯三分之一，而日本反胜者，由于日本小学校学生之数，转于俄罗斯也。□□之策，莫善于兴学，其效如此。

兴学之诏，始于戊戌，迨西狩还京以后，迭奉旨催办。既设管学大臣，又钦颁大学、中学、小学、蒙学各章程。然各省大吏，三令五申，卒督责而罔应者，非特无地无款，实无办法、无章程，伥伥乎莫知何所适从也。其误由于科第旧习，以为在京在省，应设大学堂，府治直隶州治，应设中学堂，而不知所谓大中小学堂者，必须循序渐进，历级而升。今小学未开，并无小学卒业生，而遽设中学，其草率举事、粉饰图名者，但将旧日书馆改题办学堂，无一定课程，无递升学级，无卒业年限，而学生又年纪参差，学业歧异，朝来而暮去，此作而彼辍，故年来官立私立学校虽多，然卒以陵节而施，欲速不达，未有尺寸之效，坐不知教育之理、教育之法故也。所幸上年腊底，管学大臣改良章程，声明各地学堂应从蒙、小学、师范学堂着手。而两广学务处，立定期限，亦谓本期专以预筹兴办各蒙、小学堂为宗旨，风声所树，志士响应，歧趋既正，知所向导，此实兴学之机会，亦即学界之幸福也。

凡兴办学务，必须有师范生，有教科书，有地方，有款项，四者缺一，不能兴学。而师范生非教育不能成。故鄙人之意，必须先开师范学堂。现在修理将竣之东山书院，即拟作师范学堂。鄙人已拣派二人往日本弘文学院学师范，前商之温慕柳太史，松口□派二人。明年夏间可以卒业回国。又拟聘一日本人能通华语者，或他省人学小学师范已卒业者，与之偕来，作为教师。所望吾乡诸君子，各就己乡中学拣择端谨有志、聪颖自爱之士二三人，开具名单，缄送兴学会议所，此事关系极要，务祈加意拣择，必求文理明通、品行俱优者，方可录送。如不得其人，将来膺教师之任，谬种流传，贻误不小。准于今年年底截止，过期不收。俟明岁开学时，传集就学，以一年卒业。现拟章程，来学之师范生不收学费，惟在堂食宿，每月应备饮食费约三四元之间耳。又新修学堂，约计寄宿寝室可容六十馀人，学生之自修室，约可容一百五六十人。如报名人数过多，尚须挑选方可收录。教科书者，准人生必需之知识，定为普通之学，而又考核学生年龄之大小，度其脑力、精力之所能受，分时分课，分年分级，采择各书籍中之精要，编为一定之书，以施教者也。中国向无此名，即如史书一类，若《廿四史》，若《通鉴》，若《纲目》，卷帙太繁，以之施教，即不切于用，其他类此。近年有志之士，始从事编辑。现在虽无十分完善之本，如南洋公学、澄衷蒙学、文明书局、大同学校，各处新刻本，比之旧本，已为远胜。此类书以新刻者为佳。拟俟今年年底，集购各本，精心选择。俟择定后，将书目普告于众，即由上海等处购回，以应诸君子之求取。

有师范矣，有教科书矣，于兴学一事知所措手，即易于施行矣。今所求于诸君子者：第一，先设办事之地，就各村乡中公地暂行借用，名曰"兴学公所"。公举乡中有声望者若干人，每月聚公一二次，以从事筹议。第二，调查学生之数。凡幼童十四岁以下，六岁以上，均为入小学年纪，由各姓族长、各族房长，调查应入小学者若干人，大约每一学堂多数容一百一二十人，少数容五六十人。准度人数，以为分分设学堂地步。第三，拣择开学处所。儿童年小，于离隔二三里之地就学，则往来不便，故当择适中之地设学。吾州人稠地狭，虽各大姓聚族而处，而馀地空房绝少，故不得不借各庵堂寺观以设学。前奉学务处札饬酌提庙产以充学费，当经会员迭议，议定嘉应州所有各神庙佛寺，均留作各村乡设立小学之用。业经禀复大宪在案，诸君兴办小学，自可择地酌借。如因距离之远近，内容之大小，不合于用，即当集款，另行兴筑。

开学之地果能酌定，所应筹者款而已矣。约计蒙学、小学并为一学堂，初入塾者名为蒙学，所认之字取简易者，所读之书取浅显明白者。进则为小学矣。日本亦无蒙学，定小学年岁为四年，高等小学为二年。中国所谓蒙学，取旧有之名以名之耳。今酌定蒙学、小学卒业年限合作五年。岁约需费四百元内外。开办之初，购书籍、备桌椅及教科各器具，约费二百余元。聘一师，束修约百廿元，教师功课循常教育有效，岁修当增，增至二百元内外为度。至次年，器用之费较省，应加聘一师以助教，亦修金百廿元，因开学一二年后，每年有新增学生，应分级教授，故须多聘一师，以后准此。费用约亦相当。以每学六十人计，上等收束修六元，约二十人，合一百二十元。中等收束修四元，亦以二十人计，合八十元。次等者收束修二元，亦以二十人计，合四十元。尤其贫者，可公议酌减或免收。每岁本塾约可得二百四十元，所应筹津贴者，约二百元耳。一为绅富捐题，二为地方公款，三为寺庙公产，四为祖尝学谷学租。以诸君子热心提倡，苦心劝办，一乡开至三四学堂，计数当亦不难也。

东西各国小学校中，普通应有之学，曰修身，曰伦理，曰国文，曰算术，曰历史，曰舆地，曰理科，以天然物及自然现象启诱儿童，凡动物、植物、矿物等曰天然物，一切地文学中各事为自然现象，又有人身生理之学等类。曰体操。务使儿童健全无病，俾易于发荣滋长。又有手艺一科，英、法、美等国均重之，日本初行而中止，今复编入学制，别有附加二科曰画图、曰唱歌，则习与不习，听其自便者也。综其大纲，曰德育，曰智育，曰体育。今以之比较中国旧时教法，旧法第令读书，然以高深之理，施之稚昧之年，或怖其言，如河汉之无极，或塞其心，如冰炭之相容。而今则事事有图，明白易晓，使儿童欢喜信受，其益一也；所学皆切实有用之事，无用非所习、习非所用之弊，其益二也；既略知己国历史，又兼通五洲之今事，无不达时宣、不识世务之急，其益三也；分年月日时而授课，必使编定之书次第通晓，乃为卒业，无卤莽耕耘、灭裂收实之诮，其益四也；统贫富贱之子弟于一堂，而一同施教，俾人人得以自奋，无上品无贱族、下品无高门之嘲，其益五也；无智与愚，无过与不及，自就学逮于毕业，人人均能有成，无学者牛毛、成者麟角之忧，其益六也。至于教师授业，有循序渐进之阶段，有举一反三之问答，有相观而善之比较，皆有章程，有次第，其法由心理学考求而得，学者试验而来，尽美尽善，非吾今日所能殚述。以鄙人之所期望，小学卒业而后，其上焉者，由此而入中学，入大学，精进奋发，卓然树立，可以增邦家之光、闾里之荣；其次焉者，亦能通算术，能作书函，挟有谋生之资，粗知涉世之道，亦可以立身，可以保家，此固势有必至，理有固然者。鄙人深知东西洋各国小学校学务之重、学制之善，用敢殚竭其平日之所知所能，披肝沥胆，一一陈献于我同乡、我同胞诸君子之前，愿诸君子同心协力，亟起而图之也。

鄙人怀此有年，有志未逮，深愧未能普及各地。然我同州之兴宁、长乐、镇平、平远，有志兴学之诸君子，如以为然，愿送师范生来此就学，亦必一律收录。惟限于地方，多寡之数未能确定，亦望诸君子各设一兴学公所，非公所函送，即未敢滥收也。

普及小学校，系专为大局计，专为将来计。惟有心向学之士，现在年既长成者，无地就学，非特向隅，亦深惜其玩时而弃日。鄙人尚拟设一学堂，名曰补习学堂，兼综各科而择行之。又拟设一讲习会，略仿专门学校，俾分科肄业，以期速成，容后再与诸君子妥商举行。

嘉应兴学会议所会长　黄遵宪谨启

据原件复印件

信　函

致周朗山函

（同治十一年十二月中下旬　1873年1月中下旬）

朗山先生足下：

腊月八日上一书，系以诗当达左右矣。今仅录宪所学为诗一百有奇，有空白未书者，缘属稿未定，向畏诗名，未出示人。此一百中多九十，少暇，又不及细为点窜，而求教之心甚急，即命人缮写，其未妥者遂竟阙之也。

遵宪窃谓诗之兴，自古至今，而其变极尽矣。虽有奇才异能英伟之士，率意远思，无有能出其范围者。虽然，诗固无古今也，苟出天地、日月、星辰、风云、雷雨、草木、禽鱼之日出其态以尝（当）①我者，不穷也。悲、忧、喜、欣、戚、思念、无聊、不平之出于人心者，无尽也。治乱、兴亡、聚散、离合、生死、贫贱、富贵之出而（？）②我者，不同也。③苟能即身之所遇，目之所见，耳之所闻，而笔之于诗，何必古人？我自有我之诗者在矣。夫声成文谓之诗，天地之间，无有声，皆诗也，即市井之谩骂，儿女之嬉戏，妇姑之勃谿，皆有真意以行其间者，皆天地之至文也。不能率其真，而舍我以从人，而曰吾汉、吾魏、吾六朝、吾唐、吾宋，无论其非也，即刻画求似而得其形，有④则肖矣，而我则亡也。我已忘我，而吾心声皆他人之声，又乌有所谓诗者在耶？汉不必《三百篇》，魏不必汉，六朝不必魏，唐不必六朝，宋不

---

① 底本如此。"尝"似为"当"。
② 底本如此。此处似脱字。
③ 以上"朗山先生足下"至"不同也"文字，所见各种版本均缺。
④ 所据底本作"有"，疑为"肖"。

唐①，惟各不相师而后能成一家言。必执一先生之说，而媛媛姝姝，则删诗至《三百篇》止矣，有是理哉？②是故论诗而依傍古人，剿说雷同者，非夫也。

吾今日所遇之时，所历之境，所思之人，所发之思，不先不后，而我在焉。前望古人，后望来者，无得与吾争之者。而我顾其情，舍而从人，何其无志也？虽然，吾身之所遇，吾目之所见，吾耳之所闻，吾愿笔之于诗，而或者其力有未能，则不得不藉古人而扶助之，而张大之，则今宪所为，皆宪之诗也。先生顾其情，性情意气，可得其大概。至笔之于诗，则力有未能，则藉古人者，又后此事。惟先生教之！③

据《岭南学报》第二卷第二期

---

①　"宋不唐"，疑为"宋不必唐"。
②　"必执一先生之说"至"有是理哉"，他本均缺。
③　"先生顾其情"至"惟先生教之"，他本均缺。

致王韬函

（光绪五年四月二十六日　1879年6月15日）

紫诠先生大人阁下：

前把臂得半日欢，觉积闷为之一舒。承赐《弢园尺牍》，归馆读之，指陈时势，如倩麻姑搔痒，呼快不置。昔袁简斋戏赵瓯北，谓启胸中所欲言者，不知何时逃入先生腹中，遵宪私亦同此。但宪年来愤天下儒生迂腐不达时变，乃弃笔砚而为此，始得稍知一二。而先生言之二十年前，冠时卓识，具如此才，而至今犹潦倒不得志，非独先生一人之不幸也。为太息者久之！

比来笔砚稍安否？有贤主人周旋其中，想不至寥寂。然信美非吾土，想登楼一望，时动秋思。二十九日，宪与杨星垣为主，乞阁下同往旗亭一酌。未申之交，谨候高轩，好联辔偕往也。虽无旨嘉，然唤取红巾翠袖揾英雄泪，亦或可一泄吾辈胸中磊落不平之气耳。

日本文士想识面者日多，然颇有明季社会习气，相轻相诋，动辄骂人。前十数日，《朝野新闻》有伪为弟诗者，诗专言球事。后又有和其韵以毁我国者。仆皆一笑置之而已，然可见其好言生事也。

仆所著《日本杂事诗》本欲刊布之，以告中人之不知外事者。然惧其多谬，故私以请正一二素交君子，而不谓遂致流传。其中云云或有触忌讳者，现在两国交际正在危疑之时，宪甚不欲以文字召怨。存重野先生处者，宪托言急欲上木，向其索还，尚有一本未以归我，阁下来乞顺便抽归。此诗脱稿后，欲求先生改正之，未审赐诺否？

梅雨连绵，胸辄作恶。布纸述怀，不自觉其语之刺刺不休也。惟为国为道自爱。不庄。

小弟遵宪顿首　四月廿六日

致王韬函

（光绪五年十二月二十三日　1880年2月3日）

紫诠先生大人阁下：

　　腊八后七日奉书并《杂事诗》二本，想能邀澄鉴矣。廿一日得读手教，祗悉种切。

　　翻译球案之人，果非出贵馆手，由延请而来者，彼或别有所为而然。先生经许其谢金，昨告星使，谓此金不便使先生食言，仍当如数寄来。惟乞将原文及《朝野新闻》并敝署所译者示之，问其何故独删此节，俟其答词，再以寄来耳。本谓本署初次照会失于无礼，议撤议激言者屡矣。自杨越翰新闻一出，反谓其行文无礼，乃缄口不复道。此盖中间人补救之力亦不尠也。此事本无关轻重。台湾一案亦定议后互撤照会，惟彼国必欲挑此，恐中土之迂腐无识者，反谓以文字启祸，则悠悠之口，难与争辩耳。日本之处心积虑欲灭球久矣，使者之争非争贡也，意欲借争贡以存人国也。本系奉旨查办之件，曾将此议上达枢府，复经许可而后发端。此中曲折，局外未能深知，敢为先生略言之。

　　《杂事诗》既承印就，感荷何可言！前寄同文馆刻本，外间绝少，仍乞速为装钉掷寄。既经印就，则元庸照同文馆本改刊。惟卷首"广东黄遵宪"，因对日人言，故举其省，实则于著书之体未审合否？应否改作嘉应？先生教之。此间踵门请索者，户限为穿。彼士大夫皆知窝芷仙即日本人称先生姓字之音。俯为校刊，声价顿增十倍，今乃知古人登龙之言非虚谬。左太冲赋藉皇甫一序而行，亦信不诬也。彼国士夫相见者辄问先生起居，宪俱为达意。

　　日本比来屡见火灾。国会开设之议，倡一和百，几遍国中，政府顾尼之，不得行。纸币日贱，数日中每洋银百元，值纸币百四十矣。民心嚣然，盖几有不名一钱之苦。漏卮不塞，巨痛如此，可慨也！夫日本似不足为患，然兄弟之国，急难至此，将何以同御外侮？虎狼之秦，眈眈逐之。彼其志曷尝须臾忘东土哉！祸患之来，不知所届，同抱杞忧，吾辈未知何日乃得高枕而卧也？

严寒，惟为国为道自爱。

潦草不庄，为忙故也，幸恕幸恕。

小弟遵宪顿首上笺　十二月廿三日

据南开大学藏手稿

致王韬函

（光绪六年三月十五日　1880年4月23日）

再启者：前寄呈干甫先生一函，及《横滨日报》照刻《纽约哈拉报》数纸，缘原本系美统领随行幕友杨越翰以寄哈拉报馆者。

琉球争端初起，由星使与外务卿议论数回。彼极拗执，乃始行文与辨。日本于此一节自知理绌，无可解说，乃别生一波，谓此间初次照会措辞过激，不欲与议，彼原不过借此以延宕啰唣耳。嗣统领东来，本署将屡次彼此行文，逐一详审译呈，统领以为无他。杨越翰将一切情节寄刊报馆，独于日本外务与我之文，一讥其骄傲过甚，再讥其愚而无礼。其是否出统领意虽不可知，然彼之为此，盖主持公道，谓我与彼文无甚不合，而彼与我文乃实为无理，所谓以矛陷盾者也。此报一出，闻纽约报馆卖出数万份，而欧洲诸国照刻者亦多。因是而五部洲人皆知日本之待我极为骄慢，皆群起而议其短。因美国系中间人，中间人之言，皆信之也。报到横滨，横滨西报即为照刻，而《东京邮便新闻》、《朝野新闻》亦一一照刻。虽东人见之不悦，而语出他人，无所用其忌讳，故杨越翰讥诮日本之语，亦一一具载。

弟初以为我国各报馆必有译出汉文者，久而寂然，窃疑为未见，故敢以一通径达贵馆也。果蒙不弃，录塞馀白。乃陆续接到贵报于中间录刻来去之文，将原报所有讥弹日本语概为删去。始而深讶，不知何故，继乃念阁下及干甫先生均未能深通西文，翻译人口诵之时，隐匿不言，即无从书之于笔，不足怪也。原报流传既久，敝署既将原文及译文寄呈总署及伯相，均承其命人将原文再译，与敝署所译意悉相符。贵馆译而删去，于公事原无甚得失，弟不知贵馆译人是西人抑是东人？抑我国人？不知彼出何心而有意为此？读所译汉文，神采飞动，非出公手，即是洪公。是二公亦受其欺矣。狂瞽之言，敢达清听。

今将敝署译汉并日本新闻寄呈，至原文具在，请复校之。

《鹿门笔话》均寄呈清览。得信之后，望即以八十部还弟，弟此间既乌有矣。弟意尊馆存本必多，仍可加寄一二百部来东，必能尽卖。定价三十五钱，价殊不贵，若分钉上下二本，似可定作四十钱或四十五钱。事须及热，幸勿迁缓，千万拜祷。鹿门自作书后文一篇，龟谷省轩、蒲生子闿皆有序，其他东京文人多欲作序跋者，他日汇齐，当再补刻。

角松摺扇既交去。弟自子纶归，不通语，久不上旗亭。昨为此扇特设一局，而角松适他出，招之不来。弟亲送其家，其母出见，泥首至地，至再至三，具言为角松谢王郎殷勤。又述角松思念，云自经品题，声价顿增，王郎数首诗，渠赖以一生食着不尽。弟闻之他人，言亦如此，可知其诚恳矣。

托书肆在阪购图，昨来告云，是板久不印行，须有人定购数十部方印，故迟误至此。弟思地图一事，晚出为佳，不必定需松田氏所著，另乞他命，或由弟择购。俟复缄，即驰寄。手此，即请

近安

干甫先生同此。

弟遵宪顿首　三月十五日

据浙江图书馆藏《黄公度观察尺素书》

致王韬函

（光绪六年六月底　1880年7月底）

　　大著《扶桑游记》第三卷，由栗本匏庵交重野氏转命弟删。弟先于日报中读之，旋告之曰：此文简古，如风水相遭，自然成文，其天机清妙，读之使人意怡，所载诗尤多名篇，可不烦绳削也。上、中二卷，弟意谓其层出复见处，由于一时不及校读此自可删；而梅史乃并及其他，仆当时即谓不可也。而成斋述匏庵意，屡强不已。弟因取归再读，见"阶下小蛇"数语，乃知栗本之意在此也。盖家康主政，传之子孙垂三百年，深仁厚泽，极为其臣民所尊敬。而栗本氏为幕府旧臣，维新之后尚以怀恋旧恩，不忍出仕，彼读此戏语，心有不慊耳，因谬为删之。此外，唯高丽钟铭下，"此足见高丽之臣于明，不臣于日"，亦为删去。缘高丽于日本，在隋唐之前有纳贡称藩之事，后即不尔。自丰臣氏一役之后，彼此往来皆以敌体，其为我藩属，日本人亦无不知之；而近年以威逼势劫，立通商约，内曰朝鲜为自主国，此为日人第一得意之笔。而论者犹或曰：彼明明中国属邦，何能认之为自主？若臣属日本之语，日本全国人无作此语者，此不须辨，故亦从删。未审有当尊意否？此第三卷，闻尚未付排印。读来函，知上卷、中卷，阁下各需十册，弟自当购以转送。

　　前次何虞臣向索《杂事诗》十八部，阁下不愿受值，弟拜赐多矣，谨当借此名花献老佛耳，下届有便即寄来。

　　存栗本、重野二处之书，弟未往箱根前即函告二君，所有书价即总须汇寄。归来又将尊函转达，一再催索，既无复函，殊不可解。直至今日，栗本始着人送来日本纸币四十元零，并附一单，今以呈上，俟数日间重野处有金送到，再行汇换洋银本日价每洋银一元值纸币一元三十七钱。汇寄；若无交来，亦当先寄也。

《日本杂事诗》由弟手交重野成斋者，初则九十四部，后又二百八十六部，共三百八十部。昨检查阁下来函，亦系此数。云四百部，当系一时误记矣。

前承惠赐《康熙字典》及《鸿雪因缘记》，于五月五日奉到。上次呈函未及声谢者，缘当时转交友人，欲卖之也。日本近岁自学西法后，读书稽古之士日益少。观栗本氏处存书，以阁下重名，所著书犹如此之难，他可知矣。此二书敬谨拜登。谢谢。

《蘅华馆诗录》既刻就，有目之士皆以先睹为快。弟计是书当较易销售，有便或先寄百部交成斋可也。

所寄美人影，来书中有一老翁，弟思之不解；继思当购诸图时并购《虾夷图》十数纸，或未及别而白之，误遗一纸其中，唐突西施，罪过罪过！

弟宪再启

据浙江图书馆藏《黄公度观察尺素书》

复中村敬宇函

（光绪七年闰七月二十四日　1881年9月17日）

　　拜复：捧读惠示，欲以仆所作《牛渚漫录序》附录于同人社杂志中。仆于文章，非所究心，此篇尤为鄙陋，乃蒙先生甄采，华衮之荣，无以逾此，敢不遵命。

　　仆向读《墨子》，以谓泰西术艺，尽出其中。至《尚同》、《兼爱》、《尊天》诸篇，则耶稣之说教，米利坚之政体，亦橐栝之。自明利玛窦东来吾国，始知西学，当时诧为前古未闻，不知二千馀年之前已引其端。乃知信昌黎一生推许孟子，而有孔必用墨、墨必用孔之言，盖卓有所见也。仆曾钞出《墨子》中与西教相合者数节，今以敬呈。先生学综汉洋，幸为仆断其是否，感荷无既。残暑尚炽，千万为道、为斯文自爱，不宣。

光绪七年闰月廿四日

　　再启：《墨子》一书，文多明畅，独《经上、下》二篇，词意深奥，未易句读，是以学人引之者甚寡。我朝毕秋帆尚书有校正《墨子》，颇为详确，然亦未能尽通其说。仆不自揣度，辄为训释。今举仆诗所引其最不可通者，注列一二，先生幸指正之。"均，发均县，轻重而发绝，不均也；均，其绝也莫绝"：言以发县物，轻重均，则发不绝；发若绝，则不均之故也；使均矣，而发有绝焉者，是发不胜物之故。论轻重相均，则无绝理，故曰"其绝也莫绝"。"一，少于二而多于五，说在建住"：一为初数，五为满数。建一以为基，可以生二生三生万。五之数已满，则住矣。故曰"一多于五"。"非半弗斱"：斱，犹剖也。《经说下》曰："半犹端也，前后取，则端为中也。"

意谓剖数之一半，为可得两端，则算法较捷。"圜，一中同长；方，柱隅四谨"：言树一物于中，而周围之长相等，则为圆。谨，毕秋帆曰当作维。谓四维之隅有柱焉，则为方。"圆规写殳，方柱见股"：殳，尖形，谓圆虽以规成，实则由殳而生，即算学家所谓非尖不能成圆也。方，虽以四隅之柱定，而非股则不能成方，即算学家等边之说也。

据夏晓虹《黄遵宪与王韬遗留日本文字述略》（原载《诗骚传统与文学改良》，浙江文艺出版社1998年版）

致蔡毅若观察书

（光绪十六年三月至十月间 1890年4月至12月间）

毅若我兄大人执事：

戊子之秋，羊城邂逅，饱聆雅教，感念不忘。尔后遵宪北之燕，南返粤，轮辕甫息，击楫遂行，踪迹及于四大洲，远游逮于四万里。劳劳鞅掌，竟疏音敬，想邀鉴谅也。

闻南皮制府倚重大才，约往襄理。葛亮之如鱼得水，颜渊之附骥彰名，上下交推，两贤济美，可胜羡企。遵宪到伦敦来，知香帅创办炼铁局一事，造端宏大，命意深远，关心时局者，莫不拭目以待其成。遵宪反复熟筹，事有至难，所当搏以全力，济以坚贞，负重济远，乃克有效。既屡言之星使，今再为公陈之。

设局之先，首在觅矿。虽有佳矿，若离局略远，则搬运难而经费巨，故局必与矿相亲附。矿质不同，有宜生铁者，有宜熟铁者，有宜铜者。同名曰钢，有宜此器，不宜彼器者。制炼之法既殊，炉鞴即随之而异，故必察矿性以定机器。熔铁所需，莫要于煤。苟有矿而无炭，则取材远地，道远则费重，费重则物贵，故炭必与矿相维系。炭质亦不同，有坚牢者，有柔脆者。遵宪往视英国矿局，见其炉或高至十二三丈，或低至四五丈。询其何故，则谓聚炭于炉，欲使火力内蕴，馀威可以上烘，则炉愈高而炭愈省。然炭有美恶，其坚强者能积累数层以抵压力，若糜碎者则一经化灰，受铁压抑，或如蒸饼，或如积糟，或如烂泥，上下壅阂，气不相通，而铁不能化矣。故必审炭质以定炉式。西国各厂，类皆先得巨矿与炭之质，一再试验，俾精于化学者，评其性情，考其等第，而后谋设局之地，造器之模，参考成法，变通尽利，择善而为之。今此局本设粤地，迁移于楚，既未知矿与炭何如，遽纷纷然购备诸器，而经理其事者，于造炉则酌度于不高不卑之间，于炼钢则调停为可彼可此之用，如不合宜，则糜费既多，收效转寡。此购买之难一也。

遵宪前在日本，继在金山，如铸钱、造纸、作酒、造炮各局皆尝纵观，究未有如炼铁机器之壮观者。其为用也，有掊者，有掌者，有辈者，有枒①者，有拨者，有扬者，有按者，有搏者，有掀者，有筑者，有摩者，有挤者，有格者，有揣者，有掣者，有戛击者，有呼吸者，有牵引者，有输泻者；其为形也，有立者，有偃者，有攲者，有倚者，有排者，有累者，有盖者，有藉者，有注者，有喷者，有撑者，有拒者，有嵌者，有斗者，有似柱者，有似弓者，有似臼者，有似洼者，有似沟者；或庞然而大，或隆然而高，或岸然而长，重或二十馀吨，厚至十馀尺，槎牙纠蔓，缭曲散漫，奇形诡状，不能悉名。以泰西诸国道途之平坦，车栈之巨伟，器具之灵警，加以起重之机，拆卸之法，而其设局必观于水，必谋于野，而后便于运输，盖舟车之所不能胜，人力所不能为，有运行于数万里之海中，而不升转输于百馀步之陆地者。前购起重机器，曾电询香帅，未得复，星使以为可缓。而遵宪询之船厂，以谓有廿馀吨之镦，非得起重机万不能运。尔时星使既往比利时，而船将展轮，并于函中先行叙明，而不虞其力之不足，仍至颠覆也。况于武昌街之窄狭，店户之稠密，随处窒碍，则虑其能至岸而不能人厂也。江流之迅急，水势之无定，一遇水落，则重舟不能人港，又虑其能达上海不能达汉口也。至于驳船之不能任重，工役之不能娴习，又其小也。第二次船行，搬运各货，凡十四日乃毕，遵宪谓在英十四日，在中国必须一月，曾力请星使必与船厂定明展限，方可免逾时之罚。而马格里谓虽有此章，偶尔违限亦未必遂罚，竟不与言。此运送之难又一也。

建厂之先，首须择地。地必近水，所以利运济也。土必实址②，所以防倾倒也。多开沟渠，所以淘汰也。多布轨道，所以便迁徙也。其它梁柱之属，砖瓦之类，多日铁所以期坚，耐避焦热也。又不必尽用，所以防烘蒸也。盖一经开工，雷轰电击之声，风驰雨骤之势，其震荡之威，足以排墙裂柱，非万分巩固不足以御之。凡机器之方圆长短，缓急先后，位置所宜，排列有法，必审其器以画其地，即因其地而绘为图。今屋图既绘，尚不难按图而索。然一切机器

---

① 枒，当为拐。
② 址，当为壤。

为华人耳目之所未经，见之而不能名，名之而不知其用，势不能不借资于二三西匠以为之倡率。然奔走者多，指挥者少，语言不达，事事烦难。欲多募西匠，则为费太巨；欲选派华匠学习于西人，则需时过久。西匠之高手，颇有有学问有家业之人，即下等亦多识字，目染耳濡熟习于机器者，多知其用。而华人之为工匠者，类皆愚蠢粗拙，以力谋食者，寻常人巧既不能精，骤语以机器精微，则相视瞠目而不能发一语。虽华人聪明不逊西人，数年之后亦不难心知其意，而创辩①之初，仓猝召募，若驱乌合之众以从事战争，惴惴然惟败绩是惧。又况延订之西匠，或技巧不精，或鲁莽从事，一不合宜，则将凿枘容柄，以栈为楹，黄金虚掷，诸事瓦裂。此架造之难又一也。

创办之初，欲造铁轨。然机器之巨，事件之繁，势难移造于矿铁最富之区。西人之造铁轨，以行汽车，即因汽车以运铁轨，盖亦积累而后成功，相因而后成事，非易易也。今所购炼钢之炉有二：西人谓贝色麻钢质厚而力坚，于任重宜，故宜造车轨；无论炼熟铁、炼钢，必以熔生铁为根。今所定炉日熔生铁一百吨而已，不能造钢轨二百吨也。西门士马丁钢质韧而力均，于耐久宜，故宜造船甲。英国有一船厂，每船成，必经试验，记之于簿。业保险者视其簿以定价。其章程有云：凡造船用具色麻铜②，不得保险。盖因其力不均称，时有瑕疵，易于蔽裂也。今矿质未知何如，铁路尚悬而无着，必先商榷应造之物。通年以来，洋货盛行，大而园③条方板以制巨器者，无论矣，乃至剃发之刀、缝衣之针、嵌物之钉，亦日增月盛，以其制精而价廉也。既开此局，诚宜一切仿造，以保商务而夺利权。然造端之始，必不能与已成之局絜长而较短。美国论经济者，凡本国创造之物，必设为保护之法。如一千八百十四五年美国甫造铁板，则重课英国铁板，至课税之数，浮于物价。盖外来之物骤贵，自造之货乃可畅销也。西人名曰保护税。今中国收税，无本国自主之权，有彼此互订之则，且往往有自造之货流通于内地，而课以进口关税者。外产内侵，难筹抵制。此制造之难又一也。

既非一朝一夕之功，又非一乎一足之烈，自宜同心合力，庶克有成。而中国大吏，习染既深，成见难化。有因其议非己出，而不欲附和者；有因其

---

① 辩，当为办。是为繁体字形似误。
② 具色麻铜，当为"贝色麻钢"。
③ 园，当为圆。

事不干己，而自愿旁观者；有诧为耳目所未经，不知所以措手者；有非其思议之所及，不知所以图效者；有因其经费难筹，不知所以为继者。枢府诸公，本无定见，因一人之奏议而行，或因一人之奏议而罢，中外各局，或作或辍者数矣。福州船局，左帅苦心经营，而吴仲宣诋为无成，凡百掣肘。吴淞铁路，群知其利矣，而沈文肃以二十万金购之，卒令毁坏，弃之无用。名臣尚尔，况其他乎？今既创此局，香帅始终其事，吾知其必成。假令香帅移督两江，或入参大政，继其任者，苟无同心，恐不难亏于一篑，弃之如泥沙也。既有成议，既有端绪，而承其后者既经订购，不过按期收货，如期给金，即有添购之器、改造之件，亦不过一稽核之烦，商订之劳，以图多一事不如省一事之便，则谓他日或至无用，亦非过虑、非激论也。此又办事之难，为中国通弊，而此事则尤甚者也。

遵宪到英以来，检阅前卷，接理此事，以谓应先得铁矿、炭矿，将铁与炭寄到英国，请人明验，然后定式购器，觅地造厂，既与商人订购机器，又必须包装包建造，至安装机器能运行之日为止，可以省数事之难。芝田中丞原不欲办，嗣经香帅一再电请，知事不得已，然不将其事博访周咨，详举以告，遽匆匆定议，既一误矣。遵宪详举其难，并非惮其难而欲中止也，盖前此数难，咎在于此。今成事不必说，惟随时弥缝，随时补救已耳。而后此数难，正赖诸君竭力经营，苦心筹划，以期有济，此区区之心也。

和戎以来，设局造炮，置厂造船，中外所措意，专以强兵为事，然皮之不存毛将焉附？遵宪在外十年，考求有素，以为今之中国，在兴物产以保商务。今香帅所创织布、炼铁二局，其意美矣。织布易于收效，今不必言。若炼铁一局，尤今之急务。西人以上古为金银世界，近今为铁世界，盖以万物万事无一不需此也。以中国之大，若直隶，若山西，若安徽，若福州，若粤东、西，即分设十数局犹不为多。然今日创设之初，万一无效，则他日指为前车之鉴，将裹足而不前，缄口而不敢议。故遵宪谓此一局，关系于亿万众之脂膏、数十年之国脉，至远且大。凡遵宪之所云云，既一再言之星使，并请其函告香帅。既有所怀，终不敢以位卑言微，甘自缄默，缕布腹心，幸阁下垂察焉。

如订延聘匠首一事，贺伯生前既定约矣。嗣延威德，遵宪以为必须责成谛塞德厂担保，乃免以贱工充役，致误事机。后谛塞德允为担保。购卖①起重机一事，当时曾电讯香帅未复，星使以为可缓。遵宪以为有廿六吨之锭，香帅所未知，若无起重器，万不可行，乃始定购。此言之可而见从者也。运载机器一事，遵宪以为其粗重笨抽，非亟用者，可用帆船，以省运费，即用轮船，亦须将每批应运之货，招人承运，择其价廉便己者而行。如头批运货，其运费可以自雇一船，而所运各货仍分别贵贱，某项值多少，某项值多少，殊为未允。而星使终以麦格雷葛船行曾有每百扣十之议，仍交伊装运。此言之而不听者也。其他类此。

据钱仲联辑《人境庐杂文钞》，《文献》第八辑

---

① 卖，当为买。

致宫岛诚一郎函

（光绪十六年十二月二十日　1891年1月19日）

栗香先生足下：

井上子德来，得读惠书，欢若面语。别来遂九年矣。杜老诗云："九载一相逢，百年能几何。"况又仆客泰西，君居大东，踪迹阔绝，不可合并也乎！劳劳思君，不可言也。

仆自先慈见背，遂于乙酉之秋由美利坚归国。扃门息影，闭户著书。前在东京草创《日本国志》，至是发箧，重事编辑，凡阅两载而后成书。凡为类十二，为卷四十。曰国统志，凡三卷；曰邻交志，上编凡三卷，下编凡二卷；曰天文志，凡一卷；曰地理志，凡三卷；曰职官志，凡二卷；曰食货志，凡六卷；曰兵志，凡六卷；曰刑法志，凡五卷；曰学术志，凡二卷；曰礼俗志，凡四卷；曰物产志，凡二卷；曰工艺志，凡一卷，都五十馀万言。私谓翔实有体，盖出《海国图志》、《瀛寰志略》之上。所恨东西奔走，无暇付梓，不获与诸君子上下其议论，讨论其得失耳。

仆居麴町者四载，梦魂来往，时复恋恋。虽其后游美利驾，客英吉利、法兰西，此皆四部洲中所推为表海雄风、泱泱大国者，然以论朋友游宴之乐，山川风物之美，盖不逮日本远甚，仆竟认并州作故乡矣。春秋佳日，举头东望，墨江之樱，木下川之松，龟井户之藤，小西湖之柳，蒲田之梅，泷川之枫，一若裙屐杂沓，随诸君子觞咏于其间，风流可味。以是知我两国文字同，风俗同，其友好敬爱出于天然，岂碧眼紫髯人所能比并乎？

维新以来，庙堂诸公洞究时变，步武西法，二十年来，遂臻美善。仆于《日本志》中极称道之。至于今年，遂开国会，一洗从前东方诸国封建政体。仆于三万馀里海外闻之，亟举觞遥贺，况其国人乎，喜可知也。

足下年来何所为，颇有造述否？诗稿日积，当如牛腰。《平经正弹琵琶诗》，竟供御览，《清平调》三篇，彼谪仙香名，不得专美矣。江户诗人如小野湖山、森槐南，想俱无恙。仆于日本文士，相知者多，不能偻指一一数。特举一老辈一后生，以况其馀，见俱为我致意。

自仆去后，闻使馆文字之饮，时相过从，又往往道念及仆，且喜且慰。伯行星使精英、法方言，又工文章，其学识明达，论者比之曾劼刚少司农。虽为傅相郎君，然朝廷特简，盖以才能，非以门第登庸也。并以附告。

相见诚未知何日。临楮怅然，惟起居曼福为祝，不布所怀。

黄遵宪再拜　腊月廿日自英伦使馆作

再，去岁在京，有持宫岛某名刺来谒。及延见，乃知为从前侍坐之童子大八郎也。头角崭然，能作华语，栗香为有子矣。又述及购物馀金，欲以掷还。既悉此意，将来由子德君交到，再以布启。又及。

据宫岛文书二341书信原件

致张之洞电

（光绪二十四年闰三月十六日　1898年5月6日）

　　捧读文电，感悚无似。宪台此行，倘进枢府，必兼总署。自三国协谋还辽后，彼以索报、以争利、以均势之故，割我要害，横索无已，至今日已明明成瓜分之局。俄、法、德皆利在分我土地，惟英以商务广博，倭以地势毗连，均利我之存，不利我之亡。故中国是必以联络英、倭为第一要义。

　　然联络英、倭，尚不足以保国；欲破瓜分之局，必须令中国境内断不再许某国以某事独专其利、独擅其权而后可；既不能理喻势格，何以阻其专利、擅权？故必须设法预图，守我政权，将一切利益公分于众人而后可。彼欲争揽于我者铁路，不如商立铁路条例，无论何人，均许其入股。彼所垂涎于我者矿山，不如商立开矿条例，无论何人，均许其开采。彼素责我以不愿通商，今即与之设开通之法，无论何处，均许通商。彼责我以不愿传教，今即与之商保护之法，有法保护，任听传教。自订约五十年来，凡彼所求于我者、责于我者，譬如昨死今生，一切与之图谋更始。所有均利之法、保护之法，但使于政权无所侵损。凡力所能行者，均开诚布公，与之熟筹举行。如谓华官不能妥办，宁可由中国国家聘雇西人，委以事权，俾代襄办举。从前未弭之衅端及他日应杜之祸患，均与之约束分明。

　　既许各国立①我内地筑路、开矿、通商、传教，应照万国公例，此均系各国子民自图之利益，不必由各国政府出头干预。不幸有进入内地亏产受害者，均照新议条例办理，专就商人、传教人本事，秉公妥办，不得于本事之外，牵涉他事，责偿于中国国家。倘再有无故侵我土地者，中国必以死拒。援大同之

---

　　① 立，疑应作"入"。

例，期附公法之列；藉牵制之势，以杜独占之谋；处卑屈之位，以求必伸之理。朝议一定，便邀约各国商办，并请各国公保不相侵占，务使中国有以图存。如此办理，英、倭必首先允诺，俄、法、德亦无辞固拒，或者瓜分之祸可以免乎？

国势既定，乃能变法，以图自强。变法以开民智者为先。著先于京师广设报馆，以作消阻闭藏之气，博译日本新书，以收事半功倍之效；再令各省设学堂，开学会，以立格致明新之堂。而先务之急，尤在罢科举，废时文，其他非一时所能猝及也。

窃为宪台熟计，如入参大政，必内结金吾，外和虞山，乃可以有为。倘若奉诏回任，不如留驻京师，专以主持风会、振新士气为己任，其补益较大。

以遵宪之愚，何敢及军国至计，顾受知最深，辱承下问，敢倾臆缕陈，伏惟裁鉴。谨叩荣行，并贺公子捷音。遵宪谨禀。咸。

致张之洞电

（光绪二十四年六月二十七日　1898年8月14日）

　　武昌张制台：奉电传旨敬悉。职道以感冒故未启程，月初稍愈即行。遵宪谨禀。

致陈三立函

（光绪二十四年七八月间　1898年8月或9月间）

　　师曾服鱼肝油有效，喜慰之甚。此治肺圣药，吐痰咳嗽，无不宜之，信受奉行，甚获大益。既服之有效，病愈可稍停，或百十日中停半月，或月停数日，盖日日无间，虑其如瘾，则非增加不能收效，如增其不利于口，或似乎胃滞，当代以鱼油丸。以此意告师曾知之。

　　宪又及

　　梁任父所寄各件，概以送览。定国是、废时文之举，皆公一手成之，徒以演习师说之故，受人弹射，可哀也已。

　　昨送疏稿，先乞掷还，尚未一交秉三阅也。各件阅毕，仍当送秉三。

　　宪服理中汤似有效，然极似大病后人，其形状正如西人所指为"东方病夫"，殊有虑也。

　　康所上折，先设制度局，即宪所谓三司条例司也，极为中肯。读此及《彼得变政》折，宪不能不爱之敬之。

伯严大弟

　　学长宪顿　初六

据上海图书馆藏手稿

致陈三立函

（光绪二十四年七月七日　1898年8月23日）

俞恪士来，忽奉赐书，欢喜踊跃，出于意外。念我伯严怜其幽忧之疾，远馈此药，厚意何可言也。

书言："时方汹汹，贤者不改其乐。"遵宪和易实甫词云："一味妇人醇酒乐，把百事乐尽歌才罢。"又《玄武湖歌》云："河山不异风景好，今我不乐何为哉？"诚不愿日本之渡辽将军，独乐从军之乐耳，公必知之。以此时为大梦将醒，希夷先生倚枕呵欠之候，诚然诚然。然尚晨鸡一鸣，大声疾呼，不然又为眠魔梦魇所牵引，恐遂长眠不醒矣。必如王仲任之坚执，张江陵之刚愎，诸葛武侯之拘谨，合而成一人，乃可以有为，顾何从而得此人哉！所希冀者，宸衷独断耳。天苟欲祚大清、保中国，安知不有此事耶？

光绪乙酉，遵宪从美利坚归，尔时居海外十年矣，辄谓中国非除旧布新不能自立，妄草一规模，谓某事当因，某事当革，某事期以三年，某事期以五年，计二三十年可以有成，尝与二三友人纵谈极论。既而又自笑曰：此屠龙之技，竟安所施，遂拉杂废之。嗟乎！不意今日耳中竟闻此变法变法云云也，恨不得与吾百严纵论其事也。

月来无事，时复作诗兼又填词目，与节菴、芸阁、实甫游处，颇有名士气，乃虽作诗笺，刻印雕虫篆刻，无所不为。伯严怜之耶，美之耶？无论何等文字，究欲得伯严评数字以为快。

季清座上所作之书已读之矣，谓欲和《贺新凉》词，恐属妄语，未敢信然。然他日者或竟有一纸翩然而下，亦未可定也。

秋凉可读书。惟珍摄。不宣。书上

伯严大弟我师

遵宪顿　七月七日

致张之洞电

（光绪二十四年七月二十八日　1898年9月13日）

宪廿三到沪，承派"楚材"，感激无已。报事昨奉有电，言鄂议作罢论，惟《昌言报》不能禁等语。敬悉。宪到此，即持敕拜汪，汪未来见。初言将人欠馆款，馆欠人款，概交官报。昨廿六函称：必待南洋公文到日，商酌声复；此馆系集捐而成，捐款诸公皆应与闻，断非康年一人所能擅行等语。汪前刊《告白》，称系己创，改作《昌言》，今又称馆系集捐，已难擅行，似交收尚无定议。遵宪所奉电旨，一曰：是谁创办，查明原委：查此馆开办，宪自捐一千元，复经手捐集一千余元，汪以强学会余款一千余元，合四千元，载明《公启》，作为公款，一切章程帖式，系宪手定。《公启》用宪及吴、邹、汪、梁五人名，刊印万分，布告于众。内言"此举为开风气，扩闻见，绝不为牟利起见"。又言"有愿捐赀相助扩充此报、维持此举者，刊报以表同志"。是此报实系公报。以公报改作官报，理应遵办。且宪系列名倡首之人，今查办此事，不遵议交收，宪即违旨，此宪所断断不敢者。旨又云：秉公核议，如何交收。昨由汪送到刊布结账存款：一、存现银；一、存新旧报；一、存自印书籍；一、存各种书籍；一、存器具，及代派处未缴书赀报赀，合共若干。宪以为，均应交出。其报馆应付人项及应派各报，官报亦应接办。如汪能照交，即行电奏，自可妥结。如汪不交，宪只得将核议各节，电奏请旨办理。宪自问所以尽友道而顾大局者，一则改为《昌言报》一事，绝口不提；二则所列结账，即有不实不尽之处，宪断不究问；三则所存各项，倘不能照刊报结账，如数交出，当为通融办理，或约展缓，或告接收之人，设法商量，此为宪心力所能尽者，若不议交收，非宪所敢出也。为汪计，理应交出，倘或不然，结局难料。再，宪有密陈者，汪在沪每对人言，此报改为《昌言报》，系宪台主持，惟宪实不愿此事牵涉及于宪台，流播中外。缕缕愚诚，伏求密鉴。又，《国闻报》所登有官民分办之说，宪以为倘系分办，即非遵旨。且前报系公报，非私报，不遵旨归官，将归谁手？又，两报分办，官报另起，旨中所谓"改作官报"，如何着落？此亦汪、康两党意见之言，切望宪台勿为摇惑。总之，此事系将公报改作官报，非将汪报改作康报也。倘蒙宪台鉴宪微衷，求宪台将宪遵旨核议交收之法，电汪即行遵办，免旷报务而误程期。抑或别有办法，并求指示遵办。大局幸甚，私衷感甚。再，宪病到沪小变，医言因积疾成肺炎，必须调养。现在赶紧调理，焦急万状。遵宪。午。

致张之洞电

（光绪二十四年八月一日　1898年9月16日）

武昌张制台：遵宪在湘积受寒湿，久患脾泄水蛊，六月复患感冒，一时未能进京，当由宪台代奏。七月初旬，感冒稍愈，因屡奉诏旨，催令趱程，力疾就道。过鄂谒宪台，过宁谒岘帅，见具病状，均蒙饬令调养。惟遵宪万分焦急，仍欲力疾至京。至京如未能请训，再拟在京请假暂养。乃到沪病犹未痊。医生言，因积病伤肺，故言语拜跪，均难如常。如勉强登舟，海风摇簸，病势益增，转虑负天恩而误国事。不得已，暂拟在沪调养十数日，一俟稍痊，即行迅速趱程，断不敢稍有迟误。即求岘帅会同宪台、湘抚代奏乞恩。敬恳俯允，感祷无已。除电湘宁外，遵宪谨肃。东。

据中国社会科学院近代史研究所藏《张之洞未刊稿·各处来电本》

致张之洞电

（光绪二十四年八月二日　1898年9月17日）

武昌张制台：东电敬悉。因过鄂小愈，曾电总署，遵旨趱程，故拟求会衔。现已有岘帅单衔代奏。又，总署知宪病状。九月内日主诞辰，经电裕使照常庆贺，程限自可展缓。承注感极。报事转电已交汪。日内复奏，即抄稿电陈。遵宪。沃。

据中国社会科学院近代史研究所藏《张之洞未刊稿·各处来电本》

致张之洞、刘坤一、陈宝箴电

（光绪二十四年八月三日　1898年9月18日）

　　窃遵宪前奉电开，奉旨：刘坤一电称，康有为电，奉旨改《时务报》为官报，汪康年私改为《昌言报》，抗旨不交等语⋯⋯

　　伏查丙申春月，遵宪奉旨暂留江苏办理教案、商务各事宜，因往上海。当时官书局复开，刊有官报。遵宪窃意朝廷已有变法自强之意，而中国士夫闻见浅狭守旧。自知非广刊报章，不足以发聋聩而祛意见。先是康有为在上海开设强学会报，不久即停，尚存有两江总督捐助余款。进士汪康年因接受此款来沪，举人梁启超亦由官书局南来，均同此志，因同商报事。遵宪自捐一千两，复经手捐集一千余两，汪康年交出强学会余款一千余两，合共四千两，作为报馆公众之款。一切章程格式，皆遵宪撰定。公商以汪康年为总理，梁启超为总撰。刊布《公启》，播告于众，即用遵宪等名声明"此举在开风气，扩闻见，绝不为牟利起见"。又称："有愿捐赀襄助拓充此报、维持此举者，当刊报以表同志。"遵宪复与梁启超商榷论题。次第撰布。实赖梁启超之文之力，不数月间风行海内外，而捐赀助报者竟有一万数千元之多。是此报实为公报，此开设《时务报》之原委也。今以公报改为官报，理正势顺。遵宪行抵沪上，汪康年送到报馆本年六月结册，除收款、付款各项，业经收支销数，官报接收，毋庸追问外；据其所开存款各项：一、存现银；一、存新、旧报；一、存自印书籍；一、存各种书籍；一、存器具；一、存未缴之书赀、报赀；共值额数约一万数千元。

　　遵宪筹商核议，窃谓均应交与官报接收。所有派报处所及阅报姓名，亦应开列册单交出，官报接收，即接续公报，照常分派，以便接联而免旷误。如结册中有未付之款，派报处已经收钱尚未期满之报，官报接收之后，亦应查照原册，一律接办。

又《公启》称：将来报章盛行，所得报费并不取分毫之利，归入私囊，或加增报纸，或广招译人翻书，以贱价发行；又称捐款在百元以上者，可以酌议成数，分别偿还。其不愿取回者，听官报接收之后，如果清算旧数，实有赢馀，此二条似亦可酌量办理。如此接收，官报与公报联为一气，派报更易推广，于报务似有裨益。

所有遵宪遵旨查明开报原委及秉公核议支收之法，是否有当，理合请旨遵办。

除将《〈时务报〉公启》及《时务报》馆现在结册，另行赍呈总署、军机处备查外，伏乞代奏皇上圣鉴。出使日本大臣黄遵宪谨上。沃。

致张之洞电

（光绪二十四年八月十六日　1898年10月1日）

　　宪病调理未瘥，自揣万难成行，二三日当请总署代奏开去差使，有负恩培，实深惶悚，惟有矢诚图报将来耳。近有人言，汪接梁电云，首逆脱逃、逆某近状，逆超踪迹何若。闻之骇诧。宪生平无党，识康系梁介绍，强学会亦梁代列名。乙未十月在沪见康后，未通一信。卓如实宪至交，偶主张师说，辄力为谏阻。此语曾经佑帅奏闻。在湘每驳康学，曾在南学会中攻其孔子以元统天之说，至为樊锥所诟争。此实佑帅所深悉，湘人所共闻。不意廿年旧交之星海，反加以诬罔。宪不与深辩。伯严曾一再函电代鸣不平。至《时务》改为官报，彼此僻处湘鄂，均不可干涉。星海忽攘臂力争，借我泄忿，斥为预闻。过鄂往见，面言其故，并未绝交，乃腾播恶声，似有仇怨，殊不可解。当此危疑时局，遏冤杜祸，均惟宪台是赖。宪素荷恩知，不敢不告。伏求密察婉释，无任企祷。遵宪。铣。

致陈三立函

（光绪二十七年 1901年）

　　别三年矣，今日乃得公消息，此真临别握手时梦想所不到之事也。戊戌九月，由沪回粤，闻公举家往庐山，乃由邮局寄一缄于九江探询，想此函必付浮沉矣。函中无他言，但有寄粤信住址耳[1]。山县僻陋，见闻稀阔。上年八月，于报中惊闻尊公老伯大人捐馆之耗，念苏子瞻祭司马温公文有云："上为天下恸，下以哭其私。"抚膺悼心，不可言状。回忆丁戊之间，公居母丧时光景，恨不得插翼飞去，一伸慰唁，然犹冀其讹传也，久而知为确耗。又知公家已移居江城，同乡中有宦于江洲者，因寄一缄，乃函到而其人于十月间已奉差万安。来函述公景况，则云既于腊月往郑，且挈眷俱去，尔后益无从通问讯矣[2]。尊公究得何病？别时于湘舟中洒泪满袖，云相见无时，宪视为甚易。何意闲云野鹤竟不获再奉篮舆也。是年八月廿九日得来电云：将往庐山，以后野鹤闲云，相见较易。已安葬否？有葬齿诗传诵人口？系与太夫人合葬否？或言所卜墓在南昌山中，然否？生平奏疏、公牍并手著诗文有定稿否？想一时未付刊刻也[3]。公家今住何处？有恒产否？想未必能自赡给。于岁需几何？能支持否？师曾举操何业？赐复时望一一详之也。

　　弟于戊戌七月晦日到沪后，又患脾泄，病困中一切如梦，并不知长安弈棋有许多变局。至八月六日读训政懿旨，十三日得杀士抄报，乃知有母子分党变故，然亦谓于己无与也。至十七日得湘电，有沧胥及溺之语，虽稍稍震惧，然犹谓过甚之辞。至廿三日，知湘中官吏一网打尽，始有馀波及我之恐。明晨

---

① "闻公举家往庐山"至"但有寄粤信住址"，《人境庐杂文钞》无。
② "回忆丁戊之间"至"无从通问讯矣"，《人境庐杂文钞》无。
③ "已安葬否"至"未付刊刻也"，《人境庐杂文钞》无。

未起，即已操戈入室，下钥锁门矣。当时上海道亦不知其奉何公文，初迫之入城，继增兵围守，擎枪环立，若临大敌，如是者三日。至廿六日，得总署报云："查明康未匿黄处，上意释然，已有旨放归矣。"或言弹劾者多，终以事无佐证得脱于罪。或又言某某初匿于日本使馆，或传为初匿于出使日本之馆，致生歧误，至今尚未知所犯何事也。

到沪病忽增，日泻数次，气喘而短，足弱几不能小立。医生或虑其不治。然从此日见减轻，久而始知身本无病，直以长沙卑湿，日汲白沙井寒水，致生积冷。当时服公药，虽仅能支持一时，而不足以扫除积病。临别前一夕，忽然失音，则以服燥烈药太过之故。至洞庭湖始复本音，旋服附桂一剂，音又失[1]。到沪后停药，因水土已易，即渐渐复原。九月到家，将养数月，即如常矣。

所居地电报局均不能通。平生故人以党祸未解，亦无敢寄书慰问者。庚子之春，党狱又作，沈鹏、陈鼎、吴式钊相继斥逐。尔时合肥督粤，迭次以函电召邀，颇疑与党事有涉，不能不冒险一行。及到省相见，乃以设警察、开矿产之事相委。然事无可为，一意辞谢。及归，而团匪之变作矣。乱作以来，浮云苍狗，世态奇变，多出意外，而鄙人乃深山高卧，一切无干。追念三年中长沙之病，苟不奉使他往，迁延一二月，必死于楚。若使在楚无病，奉攒程来京之诏，迅速驰往，计到京之期，正在祸作之先，即幸而无事，浮沉在京，亦必与团拳之难，与直谏同死。当上海道看管，沪上西人义勇议定，苟有大变，即劫之出海，如听蔡钧入城之请，或亦死于道中乱刃。乃屡次濒死而卒不死，不知彼苍苍者生我之何用也？弟平生凭理而行，随遇而安，无党援，亦无趋避，以为心苟无瑕，何恤乎人言，故亦不知祸患之来。自经凶变，乃知孽不必己作，罪不必自犯，苟有他人之牵连，非类之诬陷，出于意外者。然自有此变，益以信死生之有命、祸福之相倚。弟未知将来死所何在！前尘影事，原不必再记，然死生亦大故，故不觉舰缕为公言之。相见何日？思之黯然。

据吴天任《清黄公度先生遵宪年谱》，参校钱仲联辑《人境庐杂文钞》（《文献》第八辑）

---

[1] "至洞庭湖"至"音又失"夹注，据《人境庐杂文钞》补。

致梁启超函

（光绪二十八年四月　1902年5月）

公所撰南海传，所谓教育家、思想家，先时之人物，均至当不易之论。吾所心佩者，在孔教复原，耶之路得，释之龙树，鼎足而三矣。儒教不灭，此说终大明于世，断可知也。吾意增二条，曰博大主义，非高尚主义；变动主义，非执一主义。又欲易去儒字曰非柔巽主义。向读此条，深为敬服。意谓孔子没后二千余年，所谓得不传之学于遗经者，惟此足以当之。但所恨引证尚少，其重魂主义一条尤鲜依据，能张皇其说否？

吾年十六七始从事于学，谓宋人之义理、汉人之考据，均非孔门之学。《诗集》中开宗明义第一章，所谓"均之筐箦物，操此何施设"者也。而其时于孔子之道，实望而未之见，茫乎未有知也。及闻陋宋学、斥歆学、鄙荀学之论，则大服，然其中亦略有异同。其尊孔子为教主，谓以元统天，兼辖将来地球及无数星球，则未敢附和也。往在湘中，曾举以语公，谓南海见二百年前天主教之盛，以为泰西富强由于行教，遂欲尊我孔子以敌之，不知崇教之说久成糟粕，近日欧洲，如德、如意、如法，法之庚必达，抑教最力。于教徒侵政之权，皆力加裁抑。居今日而袭人之唾余以张吾教，此实误矣！公言严又陵亦以此相规，然尔时公于此见固依违未定也。楚人素主排外，戊戌三四月间，保教之说盛行，吾又虑其因此而攻西教，因于南学会演说，意谓世界各教宗旨虽不同，而敬天爱人之说则无不同然。耶之言曰："吾实天子。"回之言曰："吾为天使。"佛之言曰："天上地下，惟我独尊。"惟孔子独曰："可与天地参，可以赞天地之化育，我不过参赞云尔。"实则"参赞"之说，兼三才而一之，真乃立人道之极，非各教之托空言者可比之。孔子之天，异于佛而近于耶。佛之天多，故以己为尊，而以天为从。耶之天独，故尊天为父，而以己从之。今尊孔子而剿用佛说，曰以元统天，于理殊未安也。人类不灭，吾教永存，他教断不得撼而夺也。且泰西诸国，政与

112

教分，彼政之善，由于学之盛。我国则政与教合。分则可藉教以补政之所不及，合则舍政学以外无所谓教。今日但当采西人之政、西人之学，以弥缝我国政学之敝，不必复张吾教，与人争是非、校短长也。演此说时，似公已离湘，不审闻之否？当时樊锥之徒颇不谓然，而湖北之谭敬甫、梁节庵则谓吾推外教与孔子并尊，罪大不可逭也。

年来复演此意成一论，言孔子为人极，为师表，而非教主。凡世界教主，无论大小，必嚣嚣然树一帜以告之人曰："从我则吉，否则凶。"释迦令人出家，而从之人极乐国；耶稣教人去其父母、妻子、兄弟、姊妹之乐，而从之生于天国。余谓此乃半出家。其后教徒变为教僧尼，不娶妻，不嫁人，亦本此也。挛诃末操一经、一剑，以责人曰："从我则升天堂，不从则人地狱。"此皆教主之言。而孔子第因人施教，未尝强人以必从也。耶稣出而变摩西之说，释迦兴而变婆罗门之说，摩诃末兴而变摩尼之说，皆从旧说中创新学，自立为教。而孔子则于伏羲、文周之卦，尧舜之典，禹汤之谟诰，未尝废之也。此与改制之说不甚符。虽然，《公羊》改制之说吾信之，谓六经皆孔子自作，尧舜之圣为孔子托辞，吾不敢信也。

各教均言天堂、地狱，独孔子于事鬼神曰："未能事人，焉能事鬼！"于明器曰："人生而致死为不仁，之死而致生为不智。"而其教人则曰："朝闻道，夕死可矣。"曰："死而后已，不亦远乎！"天之生人，自古及今未有异也。谓将来秉赋胜于前人，竟能确知天堂、地狱之确有可凭，此未必然，均之不可知。古之人愚，非天堂不足以劝，非地狱不足以诫，故彼教以孔子为不知天道，而陋之为小。后之人智，知天堂之不可求，于耶稣再冉升天之说，今既不之信，西人以距离之远近求天，谓耶稣即如炮弹之速率，至今犹不及半也。何况于后来。后来格致日精，教化日进，人人知吾为人身，当尽人道于一息尚存之时，犹未敢存君子止息之念，上不必问天堂，下不必畏地狱，人人而自尽人道，真足以参赞天地。圣门中如子路之结缨，曾子之易箦，及启手启足、鸟死鸣哀二章，其了然去来，比禅门之坐化者，有过之无不及也。世界至此，人理大行，势必舍一切虚无元妙之谈，专言日用饮食之事，而孔子之说胜矣。佛言佛法有尽。尝为之反复推求，惟此时为佛法灭时也。古之儒者言卫道，今之儒者言保教。夫必有仇敌之攻我，而后乃从而保卫。耶稣禁设一切偶像之禁，佛斥九十六外道之说，回回于异道如希腊、如波斯，拒之尤力，故他教皆有魔鬼。大哉孔子，包综万流，有党无仇，无所谓保卫也。且所谓保卫者，又必有科仪礼节独异于他教，乃从而保之卫之，俾不坠于地。赞美和华，千人唱和，耶之礼仪也；宝象庄严，香花绕拜，释之礼仪也；牛娄礼拜，豚犬不食，回之礼仪也。大哉孔子，修道得教，无所成名，又何从而保卫之？既无教敌，又不设教规，保之卫之，于何下手？至孔子所言之理，具在千秋万世、人人之心。人类不灭，吾道必昌，何藉于保卫？今忧教之灭而唱保教，犹之忧天之堕、地之陷，而欲维持之，亦贤知之过矣。

其大略如右，以之示弟侄辈。彼习闻演孔保教之说，未遽信也。

近见《丛报》第二篇，乃惊喜相告，谓西海东海，心同理同，有如此者，仆自顾何人，安敢言学。然读公之论，于已有翻案进步之疑，于人有持矛挑战之说，故出其一二以相证。仆之于公，亦犹耶之保罗、释之迦叶、回之士丹而已。"中国新民"当出公手。万一非公所作，别有撰著之人，亟欲闻其姓名，又欲叩公之意见也。

吾读《易》，至泰、否、同人、大有四卦，而谓圣人于今日世变，由君权而政党，由政党而民主，圣人不啻先知也。以乾下坤上为泰，言可大可上之理也。以坤下乾上为否，则指未穷未变时之事矣。由否而同人，为离下乾上。由同人而大有，为乾下离上。序卦之意可见也。而谓圣人之贵民、重文明、重大同，圣人不啻明示也。大有一卦，当与比对看，坤下坎上为比 ䷇，刚得尊位，五阴从之，君权极盛时也，而其卦不过曰比。大象明之曰：先王以建万国、亲诸侯，自天祐之。系辞曰"履信、思顺、尚贤"，非民主而何？俟乾下离上为大有 ䷍，柔得尊位，而上下应之，此民权极盛时，其卦乃为大有，于大象赞之曰："君子以遏恶扬善、顺天休命。"且比之上六曰"比之无首"。由坎之险陷来。大有之上六曰"自天祐之，吉，无不利"，由离之文明来。圣人之情见乎辞矣。所尤奇者，孔子系辞曰："方以类聚，物以群分，吉凶生矣。"此非生存竞争、优胜劣败之说乎？在天成象，在地成形，变化见矣。此非猴为人祖之说乎？试思此辞，在天地开辟之后，成男成女之前，有何吉凶变化之可言？而其辞如此。若谓品物既生，有类有群。此类此群，自生吉凶。由吉凶而生变化，而形象乃以成。达尔文悟此理于万物已成之后，孔子乃采此理于万物未成之前，不亦奇乎！往严又陵以乾之专直，坤之翕辟，佐天演家质力相推之理。吾今更以此辞为天演之祖。公闻之不当惊喜绝倒乎！二十年前客之罘，与李山农言及孔子乘桴浮海欲居九夷之奇。山农谓："孔子虽大圣，然今之地圆，大圣亦容有不知。"余曰："固然！然《大戴礼》已有四角不掩之语矣。且孔子即不知地圆，而考之群经，实未尝一言地方也。"山农大笑，今并举以博一粲。若谓以西学缘附中学，煽思想之奴性而滋益之，则吾必以公为《山海经》之山膏矣。

凡上所云，公意苟有所指驳，或有所引申，请删润其文，而藏匿其名字，如纪年论之作○○○曰为宜。至祷，勿忘。

《清议报》胜《时务报》远矣。今之《新民丛报》又胜《清议报》百倍矣。《清议报》所载，如《国家论》等篇，理精意博。然言之无文，行而不远。计此报三年，公在馆日少，此不能无憾也。惊心动魄，一字千金。人人笔下所无，却为人人意中所有，虽铁石人亦应感动。从古至今，文字之力之大，无过于此者矣。罗浮山洞中一猴，一出而逞妖作怪，东游而后，又变为《西游记》之孙行者，七十二变，愈出愈奇。吾辈猪八戒，安所容置喙乎，惟有合掌膜拜而已。前言误矣。李鸿章[1]

　　　　　　　　　　据中国国家图书馆藏《黄公度先生手札》

---

① 手稿无下文。

致梁启超函

（光绪二十八年五月　1902年6月）

（前略）二十世纪中国之政体，其必法英之君民共主乎。胸中蓄此十数年，而未尝一对人言。惟丁酉之六月初六日，对矢野公使言之。矢野力加禁诫。尔后益缄口结舌，虽朝夕从公游，犹以此大事，未尝一露，想公亦未知其深也。

仆初抵日本，所与游者多旧学，多安井息轩之门。明治十二三年时，民权之说极盛。初闻颇惊怪，既而取卢梭、孟德斯鸠之说读之，志为之一变，以谓太平世必在民主，然无一人可与言也。及游美洲，见其官吏之贪诈，政治之秽浊，工党之横肆，每举总统，则两党力争，大几酿乱，小亦行刺，则又爽然自失，以为文明大国尚如此，况民智未开者乎？因于所著学术中《论墨子》略申其意。又历三四年，复往英伦，乃以为政体必当法英，而着手次第，则又取租税、讼狱、警察之权分之于四方百姓；欲取学校、武备、交通谓电信、铁道、邮递之类。之权归之于中央政府，尽废今之督抚藩臬等官，以分巡道为地方大吏，其职在行政，而不许议政。上自朝廷，下至府县，咸设民撰议院为出治之所。初仿日本，后仿英国。而又将二十一行省分画为五大部，各设总督，其体制如澳洲、加拿大总督；中央政府权如英主，共统辖本国五大部，如德意志帝之统率日耳曼全部，如合众国统领之统辖美利坚联邦，如此则内安民生，外联与国，或亦足以自立乎。

近年以来，民权自由之说遍海内外，其势长驱直进，不可遏止；而或唱革命，或称类族，或主分治，亦嚣嚣然盈于耳矣。而仆仍欲奉主权以开民智，分官权以保民生，及其成功，则君权、民权两得其平。仆终守此说不变，未知公之意以为然否？已不能插翼奋飞，趋侍左右，一往复上下其议论，甚愿公考究而指正之也。

　　天下哗然言学校矣，此岂非中国之幸。而所设施、所经营，乃皆与吾意相左：吾以为非有教科书，非有师范学堂为之先，则学校不能兴，而彼辈竟贸然为之，一也；吾以为所重在蒙学校、小学校、中学校，而彼辈弃而不讲，反重大学校，二也；吾以为所重在普通学，取东西学校通行之本，补入中国地理、中国史事，使人人能通普遍之学，然后乃能立国，乃能兴学，而彼辈反重专门学，三也；吾以为《五经》、《四书》当择其切于日用、近于时务者，分类编辑为小学、中学书，其他训诂名物归入专门，听人自为之，而彼辈反以《四书》、《五经》为重，四也；吾以为学校务求其有成，科举务责人以所难，此不能兼行之事。今变学校乃于《十三经》外更责以《九通》、《通鉴》，毕世莫能究其业，此又束缚人才之法也，而彼辈乃兼行科举，五也；吾以为兴学所以教人，授官所以任人，此不能一贯之事，今学校乃专为翰林、部曹、知县而设，然则声、光、化、电、医、算诸学，将弃之如遗乎，抑教以各业，俟业成而用之治民莅事乎？而彼辈仍用取士官人之法施之于学校，六也。且吾意此朝廷大政，断非督抚所能画强而治者。如有用我，以是辞之。
（后略）

据中国国家图书馆藏《黄公度先生手札》

致梁启超函

（光绪二十八年八月二十二日　1902年9月23日）

饮冰室主人函丈：

前月之杪，草草发一缄，以待函不至，谬谓为邮政过渡时代，乃发缄。三日即奉七夕后一夕惠书，惊喜过望，一日三摩挲，不觉又四十五回矣。以发书论似乎密，待后函至而后复，又虑其过疏，辄将函中所既及者分条胪举，藉以娱公。

所商日课，公未能依行，谓叩门无时，难以谢客，吾亦无以相难。今再为公酌一课程，除晨起阅报，晚间治学，日日不辍外，就寝迟，则起必迟；见光少，则热亦少，而身弱矣。于月、火、水、木四曜日草文，于金曜作函，于土曜见客，见学生尤便，彼亦得半日闲也。且偕见比独见不特师逸而功倍，亦使仁人之言，其利更溥也。公自榜于门曰某日见客。此固泰西贤劳之通例也。过客不在此限，亦可。于日曜游息。此实为养生保身第一善法，万望公勉强而行之，久则习惯矣。若兴居无节，至于不克支持，不幸而生疾，弃时失业为尤多，乃近于自暴自弃矣，乌得以自治力薄推诿哉！杀君马者，路旁儿，戒之戒之。

公言《新民报》独力任之尚有馀裕，闻之快慰。欲求副手，戛戛其难，此亦无怪其然。崔灏题诗，谪仙阁笔，此乃今日普天下才人、学人，万口一声认为公理者，况于亲炙之者乎？虽然，东学界中，故多秀异，即如昙花一出，不特无婢学夫人之诮，且几几乎有师不必贤于弟子之叹矣！公稍待之，必有继起者。尤俊异者，乞标举其名，列其所长以示我，当记之箧中，以志歆慕。怪哉！怪哉！快哉！快哉！雄哉！大哉！崔嵬哉！滂沛哉！何其神通，何其狡狯哉！彼中国唯一之文学之《新小说报》，从何而来哉？东游之孙行者，拔一毫毛，千变万态，吾固信之。此新小说、此新题目，遽陈于吾前，实非吾思议之所能及。未见其书，既使人目摇而神骇矣。吾辈钝根，即分一派出一话，已有举鼎绝膑之态。公乃竟有千手千眼，运此广长舌于中国学海中哉！具此本领，真可以造华严界矣。生平论文，以此为最难，故亟欲先睹为快。同力合作，共有几人，亦望示其大概。

报中有韵之文，自不可少。然吾以为不必仿白香山之《新乐府》、尤西堂之《明史乐府》。西堂以前，有李西涯乐府，甚伟。然实诗界中之异境，非小说家之枝流也。当斟酌于弹词粤讴之间，或三、或九、或七、或五，或长短句，或壮如陇上陈安，或丽如河中莫愁，或浓至如焦仲卿妻，或古如成相篇，或俳如俳技辞。即"骆驼无角，奋迅两耳"之辞也。易乐府之名而曰杂歌谣，弃史籍而采近事。至其题目，如梁园客之得官，京兆尹之禁报，大宰相之求婚，奄人子之纳职，候选道之贡物，皆绝好题也。此固非仆之所能为，公试与能者商之。吾意海内名流，必有迭起而投稿者矣①。

广智初次寄书既到，以后由此间直接，不必公费神矣。托敬堂尤便。敬堂尚未接局信，然吾促之往，渠亦愿行也。今后日本板之书，请直寄汕头洋务局，可期速到，省我盼望。《新民报》一出版即寄汕，尤盼。香港恒茂所托人已他往，且多转折，故必迟迟。有要密函，照前函所开，寄港裕和泰转州在勤堂黄老爷（不必名）收，必到。

作书既至此，忽接八月初三日手书。所奉各函，以此为最速，殊惊喜也。闻哥伦比亚学校转延马鸣大师，极为欣慰，亟盼其成。此缄既甚长，不能再增益之，稍留俟异日再详复矣。

吾有一物能令公长叹、令公伤心、令公下泪，然又能令公移情、令公怡魂、令公释憾。此物非竹非木，非书非画，然而亦竹亦木，亦书亦画。于人鬼间抚之可以还魂，于仙佛间宝之可以出尘，再历数十年，可以得千万人之赞赏，可以博千万金之价值。仆于近日，既用巨灵擘山之力，具孟子超海之能，歌《楚辞》送神之曲，缄縢什袭，设帐祖饯，复张长帆，碾疾轮，遣巨舶，载之以行矣！公之见此，其在九月、十月之交乎？

迩来遵体安否？如何？阿龙必日益长大矣。惟珍重自爱，千万千万！

布袋和南　中秋后七日

---

① 吴天任《清黄公度先生遵宪年谱》节录至此，自"广智初次寄既到"起下文无。

纸尚未尽，非吾辈作书通例。搁笔吸淡巴菰数口，忽念及演义，报得一题曰“饮冰室草《自由书》，烧炭党结秘密会”。公谓佳否？具此本领，足以作《小说报》、读《小说报》否？

据中国国家图书馆藏《黄公度先生手札》

致梁启超函

（光绪二十八年八月 1902年9月）

《国学报》纲目，体大思精，诚非率尔遽能操觚。仆以为当以此作一《国学史》，公谓何如？公言马鸣与公及仆足分任此事，此期许过当之言，诚不敢当。然遂谓无一编足任分撰之役者，亦推诿之语，非仆所敢出之。公谓养成国民，当以保国粹为主义，当取旧学磨洗而光大之。至哉斯言！恃此足以立国矣。虽然，持中国与日本校，规模稍有不同。日本无日本学，中古之慕隋唐，举国趋而东；近世之拜欧美，举国又趋而西。当其东奔西逐，神影并驰，如醉如梦。及立足稍稳，乃自觉己身在亡何有之乡，于是乎国粹之说起。若中国旧习，病在尊大，病在固蔽，非病在不能保守也。今且大开门户，容纳新学，俟新学盛行，以中国固有之学，互相比校，互相竞争，而旧学之真精神乃愈出，真道理乃益明，届时而发挥之，彼新学者或弃或取，或招或距，或调和，或并行，固在我不在人也。国力之弱，至于此极，吾非不虑他人之挽而夺之也。吾有所恃，恃四千年之历史，恃四百兆人之语言风俗，恃一圣人及十数明达之学识也。公之所志，略迟数年再为之，未为不可。此大事，后再往复，粗述所见，乞公教之。

吾所谓不喜旧学，范围太广，公纠正之，是也。实则所指者，为道咸以来二三巨子所称考据之学、义理之学、词章之学耳。六月中复公书中，有时中孔子，固欲取旧学而光大之也。公倘以此段刊入论学笺中，且将演孔字藏起；所论忠孝，乃犯天下之大不韪，亦暂秘之。凡书中有伤时过激语，亦乞随意删润。盖其中多对公语，非对普天下人语。且向来作函，随手缮写，未尝起草，故其文亦多粗率，公自改之，勿贻公羞。屡易名最妙。

近方拟《演孔》一书，书凡十六篇，约万数千言，其包涵甚广，未遂成书者，因其中有见之未真、审之未确者，尚待考求耳。今年倘能脱稿，必先驰

乞公教，再布于世。

　　公所著《黄梨洲》，仅见于扪蝨之谭，然已略得大概。吾意书中于二千年来寡人专制政体，至于有明一代，其弊达于极点，必率意极思，尽发其覆，乃能达梨洲未言之隐、无穷之痛。梨洲之《原君》，固由其卓绝过人之识，然亦由遭遇世变，奇冤深愤，迫而出此也。每读其书，未尝不念环祭狱门锥刺狱卒时也。明中叶后，有一李贽者，所著之书，官书目中，谓其人可杀，其书可焚，其板可毁，特列存目中以示戒。谅其论政必多大逆不道之语，论学必多非圣无法之言。公见之否？旧学中能精格致学者，推沈梦溪，声、光、化、电、力、气无一不有。其使辽时，私以蜡以泥模塑地图，即人里鸟里之说，亦其所创也。前有《梦溪笔谈》一书存尊处，今必鸟有矣。然此书尚可购觅，日本应亦有之。他日必有人表而出之。康熙间有刘献廷，亦颇通各科学。然寻其所言，当由西教士而来，不过讳言所自耳。非如梦溪之创见特识，无所凭藉，自抒心得也。

　　留学生事，吾意两国交涉，有同文、兴亚会诸君子调停其间，必有转圜。若彼国竟蔑弃之，则苍苍者有意倾我黄种矣。殆不然也。至于大龟果否曳尾而去，究未敢卜也。言至此，为学生惜，为国事痛，又重自伤悼矣！①

据中国国家图书馆藏《黄公度先生手札》

---

① 以下手稿残缺。

致严复函

（光绪二十八年秋　1902年秋）

别五年矣！戊戌之冬，曾奉惠书并《天演论》一卷。正当病归故庐，息交绝游之时，海内知己，均未有一字询问，益以契阔。嗣闻公在申江，因大著作而得一好姻缘，辄作诗奉怀，然未审其事之信否也。诗云："一卷生花《天演论》，因缘巧作续弦胶；绛纱坐帐谈名理，似倩麻姑背痒搔。"团拳难作，深为公隐忧。及闻公脱险南下，且欣且慰，然又未知踪迹之所在，末由致候起居，怀怅而已①。

《天演论》供养案头，今三年矣。本年五月获读《原富》，近日又得读《名学》，隽永渊雅，疑出北魏人手。于古人书求其可以比拟者，略如王仲任之《论衡》，而精深博则远胜之。此书不足观，然汉以前辨学而能成家者，只此一书耳。又如陆宣公之奏议，以体貌论，全不相似，然切理餍心，则略同也。而切实尚有过之也。《新民丛报》以为文笔太高，非多读古书之人，殆难索解，公又以为不然。弟妄参末议，以谓《名学》一书，苟欲以通俗之文，阐正名之义，诚不足以发挥其蕴。其审文度义，句斟字酌，盖非以艰深文之也，势不得不然也。观于李之藻所译之名理，索解更难，然后知译者之废尽苦心矣。至于《原富》之篇，或者以流畅锐达之笔为之，能使人人同喻，亦未可定。此则弟居于局外中立，未敢于二说者遽分左右祖矣。公谓正名定义，非亲治其学，通彻首尾，其甘苦末由共知，此真得失心知之言也。

公又谓每译一名，当求一深浅广狭之相副者，其陈义甚高。然弟窃谓悬此格以求，实恐求之不可得也。以四千馀岁以前创造之古文，所谓"六书"，

---

① 以上文字《人境庐杂文钞》无。

又无衍声之变，孳生之法，即以书写中国中古以来之物之事之学，已不能敷用，况泰西各科学乎？华文之用，出于假借者，十之八九，无通行之文，亦无一定之义，即如郑风之忌，齐诗之止，楚词之些，此因方言而异者也。墨子之才，荀子之案，随述作人而异者也。乃至人人共读如《论语》之仁，《中庸》之诚，皆无对待字，无并行字，与他书之仁与义并，诚与伪对者，其深浅广狭，已绝不相侔，况与之比较西文乎①？

今日已为二十世纪之世界矣，东西文明，两相接合，而译书一事，以通彼我之怀，阐新旧之学，实为要务。公于学界中又为第一流人物，一言而为天下法则，实众人之所归望者也。仆不自揣量，窃亦有所求于公：

第一为造新字，中国学士视此为古圣古贤专断独行之事，于武曌之撰文、孙休之命子，坐之非圣无法之罪。殊不知《仓颉》一篇，只三千馀文，至《集韵》、《广韵》多至四五万，其积世而增益，因事而制造者多矣。即如僧字塔字，词章家用之，如十三经内之字矣，而岂知其由沙门、桑门而作僧，由鹘图、窣堵而作塔，晋魏以前无此事也。次则假借；金人入梦，丈六化身，华文之所无也，则假"佛时仔肩"之佛而为佛。三位一体，上升天堂，华文之所无也，则假"视天如父"，"七日复苏"之义而为耶稣。此假借之法也。次则附会；塞之变为释，苾蒭之变为比丘，字本还音，无意义也，择其音之相近者而附会之。此附会之法也。次则谐语；单足以喻则单，单不足以喻则兼，故不得不用谐语。佛经中论德如慈悲，论学如因明，述事如唐捐，本系不相比附之字，今则沿习而用之，忘为强凑矣。次则还音；凡译意则遣词，译表则失里，又往往径用本文，如波罗密、般若之类。又次则两合。无一定洽合之音，如冒顿、墨特、阏氏、焉支，皆不合，则文与注兼举其音，俾就冒与墨、阏与焉之间两面夹出，而其音乃合。此为仆新获之义，无以名之，故名之曰两合。荀子有言："命不喻而后期，期不喻而后说，说不喻然后辨。"吾以为欲命之而喻，诚莫如造新字，其假借诸法，皆荀子所谓曲期者也。一切新撰之字、初定之名，于初见时，能包综其义，作为界说，系于小注，则人人共喻矣。

第二为变文体。一曰跳行，一曰括弧，一曰最数，一、二、三、四是也。一曰夹注，一曰倒装语，一曰自问自答，一曰附表附图。此皆公之所已知已能也。公以为文界无革命，弟以为无革命而有维新。如《四十二章经》，旧体也，自鸠摩罗什辈出，而内典别成文体，佛教益行矣。本朝之文书，元明以后之演

_____

① "于古人书求其可以比拟者"至"况与之比较西文乎"，《人境庐杂文钞》无。

义，皆旧体所无也，而人人遵用之而乐观之。文字一道，至于人人遵用之乐观之，足矣。凡仆所言，皆公所优为，但未知公肯降心以从、降格以求之否①？

据吴天任《清黄公度先生遵宪年谱》，参校钱仲联辑《人境庐杂文钞》（《文献》第八辑）

---

① "凡仆所言"至"降格以求之否"，《人境庐杂文钞》无。

致梁启超函

（光绪二十八年十一月一日　1902年11月30日）

公欲作曾文正传，索仆评其为人。仆以为国朝二百馀年，应推为第一
流，即求之古人，若诸葛武侯，若陆敬舆，若司马温公，若王阳明，置之伯仲
之间，亦无愧色，可谓名儒矣，可谓名臣矣。虽然，仆以为天生此人，实使
之结从古迄今名儒、名臣之局者也。其学问能兼综考据、词章、义理三种之
长。旧学界中卓然独立，古文为本朝第一。然此皆破碎陈腐、迂疏无用之学，于今日泰
西之科学、之哲学未梦见也。郭筠老渐知此意。彼见日本坊肆所卖书目，惊骇叹诧，谓此皆
《四库》目中所未有，曾贻一函，询日本学问勃兴之状何如。其功业比汉之皇甫嵩，唐之郭
子仪、李光弼为尤盛。然彼视洪杨之徒，张总愚陈玉成之辈，犹僭窃盗贼，而
忘其为赤子，为吾民也。仁宗之治川楚教匪也，诏曰："自古只闻用兵于外国，未闻用兵于吾
民。蔓延日久，多所杀戮。是兵是贼，均吾赤子。"故教匪不行献俘礼，不立太学纪功之碑。文正乃
见不及也。此其所尽忠以报国者，在上则朝廷之命，在下则疆吏之职耳。于现在
民族之强弱，将来世界之治乱，未一措意也。所学皆儒术，而善处功名之际，
乃专用黄老，取已成之功而分其名于鄂督官文；遣百战之勇而授其权于淮军
李鸿章，是皆人所难能。生平所尤兢兢者，党援之祸，种族之争，于穆腾额忘
其名，不甚确。之参劾湘军也，亟引为己过；于曾忠襄之弹纠满人也，即逼使告
退。今后世界文明大国，政党之争，愈争愈烈，愈益进步。为党魁者甘为退
让，必无事能成矣。其外交政略，务以保守为义，尔时内乱丝棼，无暇御外，
无足怪也。然欧美之政体，英法之学术，其所以富强之由，曾未考求。毋乃华
夷中外之界未尽泯乎？甚至围攻金陵，专用地窖，而不愿购求轮船、巨炮。比
外人之通商为行盐，以条约比盐引，谓当给人之求，令推行于内地各省，则尤
为可笑者矣。一生笃志守旧，然有二事甚奇。以长江水师立功，而所作《水师

诏忠祠记》，乃以为不变即无用，视彭刚直胜百倍矣。遣留学生百人于美国，期之于二三十前归为国用。苟此公在今日，或亦注意变法者与，未可知也。然不能以未来之事概其生平也。凡吾所云云，原不可以责备三四十年前之人物。然窃以为史家之传其人，愿后来者之师其人耳。曾文正者，论其两庑之先贤牌位中，应增其木主，其他亦事事足敬，然事事皆不可师。而今而后，苟学其人，非特误国，且不得成名。文正之卒在同治末年，尔时三藩未亡，要地未割，无偿款，无国债，轨道、矿山、沿海线之权未授之他人。上有励精图治之名相，文祥。下多奉公守法之疆臣，固俨然一大帝国也。文正逝而大变矣。吾故曰："天之生文正，所以结前此名臣、名儒之局者也。"佛言："谤我者死，学我者死。"若文正者，不可谤又不可学者也，不亦奇乎？

作此段毕，自读一过，颇许为名论，知公之读之，共击节叹赏也必矣。继又念望公之意见，或者即与我同，亦未可知。本此意以作一传，可以期国势之进步，可以破乡俗之陋见，湘人尤甚，湘之士大夫尤甚。其价值决不在《李鸿章》一传之下也。

公所述狄梁公之言，其意则是，而时固未可，吾不能为梁公也。自吾少时，绝无求富贵之心，而颇有树勋名之念。游东西洋十年，归以告诗五曰："已矣！吾所学屠龙之技，无所可用也。"盖其志在变法、在民权，谓非宰相不可，为宰相又必乘时之会，得君之专，而后可也。既而游欧洲，历南洋，又四五年归，见当道者之顽固如此，吾民之聋聩如此，又欲以先知先觉为己任，藉报纸以启发之，以拯救之。而伯严苦劝之作官，既而幸识公，则驰告伯严曰："吾所谓以言救世之责，今悉卸其肩于某君矣！"然自顾官卑职陋，又欲凭借政府一二人，或南北洋大臣以发摅之，又苦无其人。而吴季清又谓："与其假借他人之权，不如自入政府，自膺疆吏之为愈。"吾笑谢之。及戊戌新政，新机大动，吾又膺非常之知，遂欲捐其躯以报国矣！自是以来，愈益挫折，愈益艰危，而吾志乃益坚。盖蒿目时艰，横揽人材，有无佛称尊之想，益有舍我其谁之叹！公读至此，必骇诧曰：不意此我老乃发此言。然公之所见急于求退者，乃旧日之我。盖尔时所怀抱，一则无所凭借；二则国势之艰危未至此极；三则未知人材之消耗如此其甚也。今且问公，仆作是语，公有以易之否？

数年闭门读书以广智，习劳以养生。早夜奋励，务养无畏之精神，求舍生之学术，一有机会，投袂起矣！尽吾力为之，成败利钝不计也。虽然，吾仰视天俯画地，仍守以待之而已。求而得之，是吾丧我，吾不为也。苟终无可为之时，是天厌之，吾亦不受咎也。吾之不欲明与公等往来者，以为使公等头颅无可评之价，盗贼无可指之名。昭雪褒示，或者终在吾手，故姑且濡忍以待时。虽然，弃而不可留者，年也；流而不知所届者，时势也。再阅数年，加富尔变而为玛志尼，吾亦不敢知也。公忍待之。

鼓勇同行之歌，公以为妙。今将廿四篇概以抄呈。如上篇之敢战，中篇之死战，下篇之旋张我权，吾亦自谓绝妙也。此新体，择韵难，选声难，着色难。日本所谓新体诗何如？吾意其于旧和歌，更易其词理耳，未必创调也。便以复我。虽然，愿公等之拓充之、光大之也。诗由《军国民篇》来，转以示奋翮生。

小说中之杂歌谣，公征取之至再至三，吾何忍固拒？此体以嬉笑怒骂为宜，然此四字乃非我所长，试为之，手滑又虑伤品，故不欲为。《军歌》以外有《幼稚园上学歌》十首、《五禽言》五章，庚子五月为杜鹃也。即当录寄，渐可敷衍，馀且听下回分解矣。

征诗必有佳作，吾代征之仓海君，即忻然诺我，闻已有《新乐府》二三十寄去。事征之十年以来，体略仿十七字诗云，收到否？此公又以《汨罗沉》四篇附寄，乞察存。

戊己庚辛汇抄近体诗凡八九十首，并附以跋，以《清议报》之时代之体裁最相宜也。分卷与否，听编者自主，不必拘也。诗藏箧中，不肯示人。然既已矢诸口，形诸歌咏矣。即以诗论，吾谓杜、李玉溪、苏、陆足并驾齐驱。然恐公读之，又诧为近体所未有也。技痒难熬，故难终秘。虽然，此诗布于世，于世界诗界或不无小补。使人知为仆诗，则于仆有妨碍也。愿公深讳其名。讳之之法，于诗勿置一词，但云不知何许人，于同居至好中亦秘之，庶几可也。三年以前，君平草报，有"赫赫宗周，褒姒灭之，几丧其元，霍子孟云"，使我至今心悸。

公欲将浏阳砚之拓本征诗，此砚之赠者、受者、铭者，会合之奇，遭遇之艰。乃古所未有，吾谓将来有千金万金之价值者此也。公之它之名偶一用之，而用之于此者，因取友必端之语也。既已补铭而刊刻之矣，若于搨本中讳此三字，使世人妄相推测，转为不宜。公之自序，但云由武昌或京师不知为何如人寄来，殆古之伤心人也。再过二三年乃实征之，更有味也。张君处已达意，渠感喜至极，是乃吾甥，砚非其手藏，补铭乃其手刻耳。

重伯昔誉吾书，谓"当世足与抗行者，惟任老耳，张廉卿、李仲约不足道也。"吾告以平生未尝习书，坚不肯信。既论知其语实，乃叹曰："唐以下无此笔法。沛公殆天授，非人力也。"天下嗜痂之癖有如此者，吾不敢述以告人云，今又证明之，益使我颜汗矣！公书高秀渊雅，吾所最爱。《人境庐诗》有一序，公所自书，平生所宝墨妙，以此为最。

每作公书，则下笔飒飒有声，滔滔汩汩，无少休歇。然作他人之书，万万不能尔意者。公之精魂相感召，即有足跳、手擎、奇丑之物来襄助我耶！公以寄我书为纵欲之具，吾亦觉吾所大欲节之太苦，忽发一大愿，每日作公书四千言，以一月为期，袭《左传》铸刑书之月、之名，书于日记，曰寄任书之月。此十万言出于吾手，入于公目，何乐如之！此事不必有，然此愿不可无也。

将搁笔矣，忽念及一解颐语。伯严近有书，语及公，称为"输入文明第一祖"。又云："君平尝语人云：'某公理想、学识为吾所不及。惟吾所著述，较有娘家耳。'今此公亦有娘家矣！君平又作何语耶？"仆复之曰："诚然。然将来产育宁馨儿，将似舅耶，抑绳祖耶？刻犹未敢知也。"吾前函君平论译事，请其造新字、变文体。后得一信片云："来书妙义环生，所以相期者甚厚，岂固欲相发乎？复书不宜草草，然又不能不需时"云云。今三月矣，公倘有函，语之曰有人见此明信，今复之否？若得其允诺，将二书抄示，亦近日学界中一大观也。

尚有一事奉托者，明春来日本留学者，一为小儿，十五岁，汉文有文气矣。一小孙，年十岁，仅识字。当令大小儿携之来，饮食起居有人照料，但乞公为谋一学堂，以何为宜耳。一堂弟，年二十三四，颇开通，但其意欲兼谋可供旅费之一席。仲雍则往东往西未定也。公得此函，为我一商，先以复我。公往美后，到横滨当觅何人，并乞订定。馀容续布。即叩道安。

尊夫人及阿龙并候。

布袋和南　十一月朔日发

据中国国家图书馆藏《黄公度先生手札》

致梁启超函

（光绪二十八年十一月十一日 1902年12月10日）

饮冰主人惠鉴：

上月廿八日作函甫千馀言，得公箱根两书，当即作复，于月朔发，并附抄戊己、庚辛诗八九十首，想邀览矣。日来复缮前函，书不过六千馀言，计费小时十一时之久，间以他事，二日乃卒业。而公日草稿万言，何其敏速惊人如此。记长沙时，一夕由义宁座中偕归，既丙夜矣，凌晨披衣起，公遣人以上义宁书见示，凡万馀言，七小时耳。人之度量相越不可以道里计，固如此哉！

昨初七日，又得箱根第三书。十日之间贻书者三，仆之感喜何如矣。此种不长不短之函，不十分累公，我得之增十分喜慰，感谢何已！

菊花砚近必收到矣。仆前言将"公之它"三字一一揭出，但云不知为何许人。今公意欲将三字藏过，仆复视字在纸末，藏过亦无迹，未审近已揭出否？仆必作一歌，但不能立限，须俟兴到时为之耳。吾意既表于铭中也。顷已将揭本示沧海君。渠甚高兴。此君诗真天下健者，渠自负曰："二十世纪中必有刻黄邱合稿者。"又曰："十年之后，与公代兴。"论其才调，可达此境，应不诬也。吾集中固有与公交涉之诗，丙申四月有赠诗六首，似曾录以示公，或是时公意不属，忘之矣。己亥有《怀人诗》一首，容再录上之。前寄《聂将军歌》，其中涂乙之字，欲以空格代之。明晨太后诏懿旨六七行。吾之五古诗，自谓凌跨千古；若七古诗，不过比白香山、吴梅村略高一筹，犹未出杜、韩范围。公所见既多，异日再下一评语，极乐闻之。《幼稚园上学歌》以呈鉴，或可供《小说报》一回之材料也。所谓恩物者尚未叙人，因孩儿口中难达此情状耳，后再改补。

《新小说报》初八日已见之，仅二旬馀得报，以此为最速，缘汕头之洋务局中每有专人飞递故也。果然大佳，其感人处竟越《新民报》而上之矣。仆所最赏者，为公之《关系群治论》及《世界末日记》。读至"爱之花尚开"一语，如闻海上琴声，叹先生之移我情也。《新中国未来记》表明政见，与我同者十之六七，他日再细评之，与公往复。此卷所短者，小说中之神采、必以透切为佳。之趣味耳。必以曲折为佳。俟陆续见书，乃能言之，刻未能妄测也。仆意小说所以难作者，非举今日社会中所有情态一一饱尝烂熟出于纸上，而又将方言谚语一一驱遣，无不如意，未足以称绝妙之文。前者须富阅历，后者须积材料。阅历不能袭而取之，若材料则分属一人。将《水浒》、《石头记》、《醒世因缘》以及泰西小说，至于通行俗谚，所有譬喻语、形容语、解颐语，分别钞出，以供驱使，亦一法也。公谓何如？《东欧女豪杰》，笔墨极为优胜，于体裁最合。总之，努力为之，空前绝拘之评，必受之无愧色。

《新罗马传奇》又得读"铸党"、"纬忧"二出，乐极乐极。公不草此稿，吾不忍请人督责，公肯出此稿，吾当率普天下才人感谢公。

公往泰东，何时首塗？每念及此，若与公作远别者，殊可笑也。所谓生计上基础是某会所纠资否？公所询支那，支那当以五十万元作根据，多多则益善也。厂应在芜湖，因转运便，所用之白泥，又去芜湖近而去九江远也。前寄雏形数件，公收到否？胜此任者，意中尚无其人。此外以支木作圆台及各式几，以摹本假蒙坐几，作窗帘、作内车帷，内假尤佳。以象牙作一切妇女儿童玩具。总而言之，则以华人美丽之物，仿西人通行之式，以上等手工制造之耳。于粤人尤宜。公今新到地为吾旧游地，今近二十年矣。各工人犹能识吾名，其上等之豪商老店，兼能述吾政事。一领事无权之官，仆在任四年，自问无一事如吾意者，而吾民乃讴思若此。仆从前答复铁香先生函曰："观此知循吏亦大易为。"因念中国之民正如失母断乳之婴儿，有人噢咻之、哺字之，不论何食，即啼声止而笑颜开矣。吾所经历如美之领事官，湘之保卫局，其感戴皆出吾意外也。可怜可哀，搁笔三叹！

留学生事，每念之心伤。监督必代公使任，其有无，无关系，彼国举动如此，使人增长自立心，无如今日孩童国，不能不依赖人耳。曲徇政府，不如优待学生。与其缴一时之利，不如计将来大益，图全局幸福。公何不作一文以儆醒之？此刻为学生计，仍以东游为便。吾一幼儿年十五岁，能通汉文矣，一小孙年十岁，上学已五六年，既识字，亦略通文义。公为我筹画人何校为便。

吾令小儿率之来，其饮食起居有人照料，公但为我择地择师耳。又有一弟进学矣，颇开通，意欲游学而兼一可省旅费之馆。小儿失学，年长而不中用，使之东游，欲以游历拓其学识耳。公速复我。东行后问何人，并指示之。惟自爱。不宣。

　　十一月十一日　布袋和南

据中国国家图书馆藏《黄公度先生手札》

致梁启超函

（光绪二十八年十一月 1902年12月）

今日乃洒泪雪涕为公言一事，即保卫局之事也。自吾随使东西，略窥各国政学之要，以为国之文野，必以民之智愚为程度。苟欲张国力、伸国权，非民族之强，则皮之不存毛将焉傅？国何以自立？苟欲保民生、厚民气，非地方自治，则秦人视越人之肥瘠，漠不相关，民何由而强？早夜以思府县会会议，其先务之亟矣。既而又思，今之地方官受之于大吏，大吏又受之于政府，其心思耳目，惟高爵权要者之言是听。即开府县会，即会员皆贤，昌言正论，至于舌敝唇焦，而彼辈充耳如不闻，又如何？则又爽然自失，以为府县会亦空言无益。既而念警察一局，为万政万事根本。诚使官民合力，听民之筹费，许民之襄办，则地方自治之规模隐寓于其中，而民智从此而开，民权亦从此而伸。此管子作内政、寄军令之意也。怀此有年而未能达，入湘以后，私以官绅合办之说告之义宁，幸而获允，则大喜。开局以来，舆论翕然无异辞，则又大喜，谓此后可以扩充如吾之所大欲矣！乃不幸而政变遂作，虽以成效大著，群情悦服之故，鄂督入告之言云尔。不能昧良心而废众论，此局岿然独存，然既已名存而实亡矣！

团拳乱起，乘舆播迁，警察之说盛行于国中。近日奉旨，饬各省照袁世凯所奏，不准不办，岂非幸事。以经济家所许为要需，政治学所认为公益，以及中外商民，同心希望之善政，似宜大用大效，小用小效矣。而湖北一局啧有烦言，乃至京僚联名会请裁撤，则又何故？盖警察者，治民之最有实力者也。苟无保民之意贯注于其中，则以百数十辈，啸聚成群之虎狼，助民贼之威，纵民贼之欲。苛政之猛，必且驱天下于大乱。仆以为警察善政不归于乡官区长之手，而归于行政官，此亦泰西文明美犹有憾之证也。仆以为以民卫民，以民保民，此局昉之于中国，他日大同之盛，太平之治，必且推行于东西各国也。而今之中国遂无望矣。悲夫！悲夫！仆怀此意，未对人言。无端为复生窥破，仆为之一惊，恐此说明而挠阻之者多耳。今密以告公，然仍望公勿布之于世。一息尚存，万一犹得，藉乎以报我国民亦未可定。苟不幸，事终不成。仆遂赍志殁，愿公作一传，详述此意以告天下，或者东西大国采而行之，仆虽死亦必瞑目矣。仆告义宁父子曰："今者时势，即将古今名臣传、循吏传中之善政一一举办，亦无补于民，无补于国。"伯严愕然问故，仆徐告之曰："今之督抚，易一人则尽取前政而废之，三十年来所谓新法，比比然矣。必官民合办，费筹之于民，权分之于民，民食其利、任其责，不依赖于官局，乃可不撤，此内政也。万一此地割隶于人，民气团结，或犹可支持。即不幸，力不能拒，吾民之自治略有体制，扰攘之时祸患较少，民之奴隶于人者，或不至久困重僇，阶级亦较易升。譬之为家长者，令子若孙，衣食婚嫁之资，一一仰给于父兄，力又不能给，不如子若孙之能自成立明矣。"议遂定，然仆于此寓民权，终未明言也。此段上三纸勿刊布为恳。

自尧舜以来逮于今日，生长于吾国之民，咸以受治于人为独一无二之主义。其对于政府不知有权利，实由对于人群不知有义务也。以绝无政治思想之民，分之以权，授之以政，非特不能受，或且造邪说而肆谤诬，出死力以相抗拒。以如此至愚极陋之民，欲望其作新民，以新吾国，其可得乎？合群之道，始以独立，继以群治，其中有公德，《新民说》、《公德篇》云："吾辈生于此群之今日，当发明一种新道德，求所以固吾群、善吾群、进吾群之道，未可以前王先哲所罕言，遂自画而不敢进也。"至哉言乎！有实力，有善法，前王先圣所以谆谆教人者，于一人一身自修之道尽矣，于群学尚阙，然其未备也。吾考中国合群之法，惟族制稍有规模，古所谓"宗以族得民"是也。然仁至而义未尽，思谊明而法制少，且今日无论何乡何村，其聚族而居者并不止一族，讲画太明，必又树党相争，其流弊极于闽、粤械斗而犹未已。故族制之法，施之今日，殊不切于用。吾又尝思之，中西风俗同异者多，将来保吾国粹以拒彼教者，必在敬祖宗一事。今姑不具论，附识于此。其他有所谓同乡者、同寮者、同年者，更有所谓相连之姻戚；通谱之弟兄者，太抵势利之场，酬酢之会，以此通人情而已，卑卑无足道也。其稍有意识者为商会、即某某会馆，潮州人最有规模，会馆馆长颇近于领事。为业联，吾粤省最多，如玉工、缝工、纸花工之类，近颇有力，有欧洲工党举动。然亦不足自立。其合群之最有力量，一唱而十和，小试而辄效者，莫如会党。自张陵创立五斗米教以来，竟以黄巾扰破季汉。其后如宋之方腊，明之徐鸿儒，近日之洪秀全，皆愚妄无识之徒，而振臂一呼，云合响应，其贻害遍天下，其流毒至数世而犹未已。彼果操何术以致此哉？其名义在平等，其主义在利益均分、忧患相救而已。法可谓良，而挟之仅以作贼，则殊可痛也！吾以为讲求合群之道，当有族制相维相系之情，会党相友相助之法，再参以西人群学以及伦理学之公理，生计学之两利，政治学之自治，使群治明而民智开、民气昌，然后可进以民权之说。仆愿公于此二三年之《新民报》中，巽语忠言，婉譬曲喻。三年之后，吾民脑筋必为一变，人人能独立、能自治、能群治，导之使行，效可计日待矣。即曰未能人人知独立、知自治、知群治，授之以权而能受，授之以政而能达，亦庶几可以有为。至于议院之开设，仆仍袭用加藤弘之之说，以为今日尚早，今日尚早也！

公之所唱民权、自由之说皆是也。公言中国政体，征之前此之历史，考之今日之程度，必以英吉利为师，是我辈所见略同矣。风会所趋，时势所激，其鼓荡推移之力，再历十数年、百馀年，或且胥天下而变民主，或且合天下而戴一共主，皆未可知。然而中国之进步，必先以民族主义，继以立宪政体，可断言也。

公所草《新民说》，若权利，若自由，若自尊，若自治，若进步，若合群，皆腹中之所欲言、舌底笔下之所不能言。其精思伟论，吾敢宣布于众曰：贾、董无此识，韩、苏无此文也。然读至冒险、进取、破坏主义，窃以为中国之民不可无此理想，然未可见诸行事也。二百馀年，政略以防弊为主，学术以无用为尚。有明中叶以后，直臣之死谏诤，党人之议朝政，最为盛事。逮于国初，馀风未沫，矫其弊者，极力划削，渐次销除，间有二三骨鲠强项之臣，必再三磨折，其今夕前席、明夕下狱，今日西市、明日南面者，踵趾相接，务催抑其可杀不可辱之气，束缚之，驰骤之，鞭笞之，执乾纲独断之说，俾一切士夫习为奴隶而后心安。其文字之祸，诽谤之禁，穷古所未有。由是愚懦成风，以明哲保身为要，以无事自扰为戒，父兄之教子弟，师长之训后进，兢兢然伸明此意，浸淫于民心者至深。故上至士夫、长吏、官幕、军人，乃至吏胥、走卒、市侩、方技、盗贼、偷窃，其才调意识，见于汉唐历史、宋明小说者，今乃荡然乌有。总而言之，胥天下皆瞎懵无知、碌碌无能之辈而已。以如此无权利思想、无政治思想、无国家思想之民，而率之以冒险进取，耸之以破坏主义，譬之八九岁幼童授以利刃，其不至引刀自戕者几希！

公又以为英国查理士第一国会之争，法国路易弟十六革命之祸终不能免。非不知此事之惨酷，而欲以一时之苦痛，易千万年之和平。吾之以民权、自由之说鼓荡末学，非欲以快口舌。吾每一念及，鼻酸胆战，吾含泪而道也。嗟夫！至矣哉仁人之言。吾诵公言，亦为之鼻酸胆战也。虽然，欧洲中古以来，其政治之酷，压制之力，极天下古今之所未见。赋敛之重，刑罚之毒，不待言矣。动辄设制立限，某政某事为某种人不应为，某权利为某种人不应享。至于宗教之争，社会之禁，往往株连瓜蔓，死于缧绁，死于囹圄，死于焚戮者，盈千累万，数至不可胜计。校之中国，惟兴王之待胜朝，霸者之戮功臣，奸雄之锄异己，叔季之兴党狱，间有此祸，他无有也？教化大行，民智已开。固压力愈甚，专制力愈甚，其反动力亦愈甚。彼其卢骚《民约》之论入于脑中，深根固蒂，不可拔矣。一旦乘时之会，遂如列风猛雨、惊雷怒涛之奋激迅疾，其立海水而垂天云，固其宜也。

吾不敢谓中国压制之不力，然特别之事恒有之，普通之力不如此其甚。吾非不知中国专制之害，然专制政体之完美巧妙，诚如公语。苟时非今日，地无他国、无立宪共和之比校，乃至专制之名习而安之亦淡焉。忘今以中国麻木不仁、痛痒不知之世界，其风俗之敝，政体之坏，学说之陋，积渐之久，至于三四千年，绝不知民义、民权之为何物。无论何事，皆低首下心，忍而不辞；虽十卢骚、百卢骚、千万卢骚至口瘏手疲，亦断不能立之立、导之行也。日本之开国会也，享其利而未受其害，东人以为幸事。然吾考其原因，将军主政六七百年，及德川氏之季，诸藩联合，以尊王讨幕为名，王室尊矣，幕府覆矣，而一切大政，仍出于二三阀阅之手。于是，浮浪之士，失职之徒，乘间抵隙，本万机决于公论之誓，以法国主义为民倡，深识远虑者从而和之，当局者无说以易此，迁延展转，国会终不得不开。其事之成也，有相因而至之机会也。然其得免于祸也，亦足见断头之台，长期之会，非必不能免之，阶级不可逃之天蘖也。

二十世纪之中国，必改而为立宪政体。今日有识之士，敢断然决之，无疑义也。虽然，或以渐进，或以急进，或授之自上，或争之自民，何塗之从而达此目的，则吾不敢知也。吾辈今日报国之义务，或尊主权以导民权，或唱民权以争官权，一致而百虑，殊途而同归，迹若相非，而事未尝不相成。嗟夫！

吾读公"以乙为鹄，指甲趋乙"之函，吾读公"不习则骇，变骇成习"之说，有以窥公之心矣。以公往往过信吾言，怀此半年未与公往复者，虑或阻公之锐气，损公之高论也。而今日又进一言者，以无智不学之民，愿公教导之、诱掖之、劝勉之，以底于成，不愿公以非常可骇之义，破腐儒之胆汁，授民贼以口实也。公之目的固与我同，可无待多言，愿公纵笔放论时，少加之意而已。天祚中国，或六五年，或四三年，民智渐开，民气渐昌，民力渐壮，以吾君之明，得贤相良佐为之辅弼，因势而利导之，分民以权，授民以事，以养成地方自治之精神。征论英法，即日本二十年来政党相争之情。况吾亦乌有焉，真天下万国绝无仅有之事也。

踔厉奋发，忧勤兢惕，以冀同心协力，联合大力，以抗拒外敌。即向来官民之界，种族之界，久存于吾人心目间者，尚当消畛域，泯成见，调和融合，以新民命而立国本。而反纷纷然为蛮触之争、鸡虫之斗，何其量之狭而谋之浅也。彼之横纵交错，布其势力范围于我之各行省、各属地、各外藩者，既俨然以地主人自命，其视吾政府犹奴隶，视吾民人犹奴隶之奴隶，有识之士所为痛心疾首者也。今不自因为奴隶之奴隶，又未能养成地主人之资格，学为地主人之本领，乃务与奴隶争彼，或者左袒奴隶，以攻击奴隶之奴隶，抑摧灭奴隶之奴隶而并驱奴隶，患不可胜言也。譬之一家舆台皂隶，日喧呶于左右者之侧，有不勃然大怒，挥而斥之乎？有能默尔而息，置之不问者乎？

日本当明治二十七八年，政党互讧，上下交争，几酿大祸。及与我开战，乃并力一向，忽变阋墙而为御外。初不愿过取之民，舌剑唇枪，两肆攻击。马关会议，反责成国民力筹二万万银元，以充战费，众无异辞。诚知今日大势，在外患不在内忧也。今五大洲之环而伺我者，协而攻我者，不独日本日夜伺吾隙，以微吾利。而爱国之士反唱革命分治之说，授之隙而予之柄，计亦左矣。今之二三当道，嚣嚣然以识时务自命者，绝不知为国民，由国民之为何义，天赋人权之为何物，民约之为何语，谬以为唱民权必废君主，唱民权必改民主。积其科名官职，富贵门第，腐败不堪之想，一意恢张官权，裁抑民权，举一切政事，沟而画之，别而白之曰：此官之权，于民无与也。果若人倘若不幸，彼政府诸公顽固如故，守此不变，勒固不予；而民智既开，民力既壮，或争之而后得，或夺之而后得，民气日张，民权亦必日伸。以物竞天择、优胜劣败之理，推之其变态，吾不知其结果，吾敢断言也。公以播此理想，图报效于国民，冀以其说为消弭祸患之良药。仆以为由此理想而得事实，祸患因而不作，此民之幸，即公之功也。又虑其说为制造祸患之毒药。仆以为民已有智，民既有力，而政府固勒之权，祸患末由而弭，此政府之责，非公之咎也。吾辈唯自尽国民一分子之义务而已。

若夫后生新进爱国之士有唱革命者、唱类族者、主分治者，公亦疑其非矣。吾姑无论理之是非、议之当否，然决其事之必幸无成也。西乡隆盛之起师也，斩竿木、荷穰锄而从者数万人，全国之民响应者十之二三，归向者十至七八。而以一少将扼守熊本，卒不能越雷池一步，展转而困毙，是何也? 政府有轮船、有铁轨、有枪炮，而彼皆无之也。故论今日政府之弱可谓极矣! 而以之防家贼、治内扰，犹绰有馀裕也。事无幸成，徒使百数十英豪、万数千良儒，血涂原野，骸积山谷，非吾之所忍闻，反诸爱国者之初心，亦必悔其策之愚拙、事之孟浪也。即幸而事成，而取一家之物，而又与一家；畏一路之哭，而别行一路。以今日之愚族，亦万不能遽跻于强台。以暴易暴，不知其非，吾恐扰攘争夺，未知其所底止也。且吾辈处此物竞天择至剧至烈之时，亟亟然图所以自存，所以自立者，固不在内患而在外攘。今日之时，今日之势，诚宜合君臣上下、华夷内外，此四字用古代名词。言势必所谓官者，绝不取之于民族，如上古封建之世卿，欧洲中叶之贵族，印度四种之刹帝利而后可。果若人言，又必今日为民听其愚昧，明日入官，即化为神圣而后可。果若人言，又必以二三千神圣之官，率此四百兆愚昧之民，驱之出生人死，安内排外，无所不能而后可。果使普天之下胥变为牛马世界、犬鸡世界、虫蚁世界也，彼其说可行也。若犹是人民世界也，吾知此蚩蚩无知之民，始居于无民之国，继变为无国之民，是不啻为渊驱鱼，为丛驱爵也，是直为天下列强之虎之伥、之鬼之魔也，是中华之罪人，是大清国之乱臣贼子也。虽然，今之新进后生、爱国之士，知彼辈之必误天下。恶彼辈之说，矫彼辈之论，铤而走险，急何能择? 乃唱为革命、类族分治诸说，其志可哀，其事可悲。然以今日之民，操此术也以往，吾恐唱革命者，变为石敬瑭之赂外，吴三桂之请兵也；唱类族者，不愿汉族、鲜卑族、蒙古族之杂居共治，转不免受治于条顿民族、斯拉夫民族、拉丁民族之下也；唱分治者，忽变为犹太之灭，波兰之分，印度、越南之受辖于人也。吾非不知时危事迫，无可迁延，持缓进之说者，将恐议论未定，而兵既渡河，揖让救火，而火既燎原。虽然，此壤劫、此厄运，由四五千年积压而来，由六七大国驱迫而成，实无可如何也。公以为由君权而民政，一度之破坏终不可免，与其迟发而祸大，不如速发而祸小。仆以为由蛮野而文明，世界之进步，必积渐而至，实不能躐等而进，一蹴而几也。吾不征往事，征之近日，神拳之神、义民之义，火教堂、戮教民、攻使馆之愚，其肇祸也如此；顺民之旗，都统之伞，通事之讹索，士夫之献媚，京师破城之歌舞，联军撤退之挽留，共遭难也如彼；和议告成，赔款贻累，而直隶之广宗，湖南之辰州，四川之成都、夔州，又相继而起，且蔓延于一省，其怙恶也复如此。以如此之民，能用之行革命、类族分治乎？每念中国二千年来专制政体，素主帝天无可逃、神圣不可犯之说，平生所最希望专欲尊主权，以导民权，以为其势校顺，其事稍易。戊戌新政，新机动矣，忽而变政，仍以为此推沮力寻常所有也。既而团拳祸作，六飞播迁，危急存亡，幸延一发，卒下决意变法、母子一心之诏，既而设政务处，改科举，兴学校，联翩下诏，私谓我辈目的庶几可达乎。今回銮将一年，所用之人、所治之事、所搜括之款、所娱乐之具、所敷衍之策，比前又甚焉！展转迁延，卒归于绝望，然后乃知变法之诏，第为辟祸全生，徒以之媚外人而骗吾民也。设有诘于我者，谓公之所志，尚能望政府死灰之复然乎？抑将坐视国家舟流而不知所届乎？仆亦无辞可答也。茫茫后路，耿耿寸衷，忍泪吞声，郁郁谁语！而何意公之《新民说》遂陈于吾前也，罄吾心之所欲言、吾口之所不能言，公尽取而发挥之。公试代仆设身处地，其惊喜为何如矣！已布之说，若公德、若自由、若自尊、若自治、若进步、若权利、若合群，既有以入吾民之脑，作吾民之气矣；未布之说，吾尚未知鼓舞奋发之何如也。此半年中，中国四五十家之报，无一非助公之舌战，拾公之牙慧者，乃至新译之名词，杜撰之语言，大吏之奏摺，试官之题目，亦剿袭而用之。精神吾不知，形式既大变矣；实事吾不知，议论既大变矣。嗟夫！我公努力，努力本爱国之心，绞爱国之脑，滴爱国之泪，洒爱国之血，掉爱国之舌，举西东文明大国国权、民权之说输入于中国，以为新民倡，以为中国光，此列祖列宗之所阴助，四万万人之所托命也。以公今日之学说、之政论布之于世，有所向前之能，有惟我独尊之概，其所以震惊一世，鼓动群伦者，力可谓雄，效可谓速矣。然正以此故，其责任更重，其关系乃更巨。举一国材智之心思、耳目专注于公，举足左右，便分轻重。彼之恢张官权，裁抑民权者，公驳击之、指斥之可也。听其自消自灭、自腐自朽、自溃自烂，亦无不可也。公所唱自由，或故为矫枉过直之。然使彼等唱自由者，拾其唾馀，如罗兰夫人所谓天下许多罪恶，假汝自由以行，大不可也。公所唱民权，或故示以加倍可骇之说。然使彼等唱民权者得所借口，如近世虚无党，以无君、无政府为归宿，大不可也。一言兴邦，一言丧邦，芒芒禹域，惟公是赖。求公加之意而已。

吾草此函，将敛笔矣。吾哀泪滂沱，栖集笔端。恍若汉唐宋明之往事，毕陈于吾前，举凡尽忠殉国、仗义兴师，无数之故鬼新鬼、亡魂毅魄，乃至亡国之君、亡国之君之妃后、亡国之君之宗族，呜呜而哭，一齐号咷，若曰："吾辈何不幸，居于专制之国，遭此革命之祸也！"吾热血喷涌，洋溢纸上；又若英德日意之新政，毕陈于吾前，举凡上下议院、新开国会，无数之老者少者、含哺鼓腹，乃至吾国万岁、吾民万岁、吾君万岁之声，熙熙而来，一片升平，若曰："吾辈何幸，而生于立宪之国，享此自治之福也！"吾亦不自知若何而感泣，忽辍笔而叹也；若何而蹈舞，遂投笔而起也。嗟夫！孰使我哀哀至于此？吾憾公；孰使我喜喜至于此？吾又德公。书不尽言，吾复何言？

新民师函丈

老少年国之老少年百拜！

列国横纵六七帝，斯文兴废五千年。黄人捧空撑空起，要放光明照大千。

青者皇穹黑劫灰，上忧天堕下山积。三千六百钓鳌客，先看任公出手来。

此丙申四月赠公诗六首之二。此纸未尽，仿《新民报》例，附识于末。

据中国国家图书馆藏《黄公度先生手札》

致梁启超函

（光绪三十年七月四日　1904年8月14日）

饮冰主人惠鉴：

自今年惊蛰至立夏，积阴雨凡六十日。仆肺疾增剧，日坐愁困中，几不能凭几案亲笔砚。寻常肺病畏寒患喘，仆则畏雨，盖呼吸湿气，转输不灵也。此患得于伦敦蒙务中，经星坡、湖南二次病而增甚，今则老而益弱矣。然苟得空气干燥之地住居一二年，或犹可望治。四月以后，渐有起色。

得公上海所递书，循环捧读十数次。往时见公函，每惊喜踊跃，如杜陵手提骷髅之诗，可以愈疟。而此次转增我愁闷，盖以公失意之事多，忏悔之心切，亦使我怅惘而不知所措也。函中语长心重，诚非仆所敢当，所商榷云云，亦未易作答。坐是之故，忽忽又逾两月。比又得公南旋不见之诗，益知爱我之切，若一一按照前函而复，诚非数万言所能罄。今姑仿前约三百字之例，每一相思，辄作数十行商一二事，意倦兴尽，亦听其中止，藉以慰公之情，亦良胜于无也。

公之归自美利坚而作俄罗斯之梦也，何其与仆相似也。当明治十三四年，初见卢骚、孟德斯鸠之书，辄心醉其说谓太平世必在民主国无疑也。既留美三载，乃知共和政体万不可施于今日之吾国。自是以往，守渐进主义，以立宪为归宿，至于今未改。仆自愧无公之才、之识、之文笔耳。如有之，以当时政见宣布于人间，亦必如公今日之悔矣！仆前者于立宪之说，且缄闷而不敢妄言。然于他人之提唱革命，主持类族，闻之而不以为妄，谓必有此数说者各持戈矛，互相簧鼓，而宪政乃得成立。仆所最不谓然者，于学堂中唱革命耳。此造就人才之地，非鼓舞民气之所。自上海某社主张其说，徒使反动之力破坏一切，至于新学之输入、童稚之上进，亦大受其阻力，其影响及于各学堂、各书坊，有何益矣？若章、邹诸君之舍命而口革，有类儿戏,又泰西诸国之所未闻也。公之所唱未为不善,然往往逞口舌之锋,造极端之论,使一时风靡而不可收拾。此则公聪明太高、才名太盛之误也。东西诸国距离太远,所造因不同而分枝滋蔓,递相沿袭者,益因而歧异,乃欲以依样葫芦收其效果,此必不可能之事。如见日本浪士之侠,遂欲以待井伊者警告执政;见泰西景教之盛,亦欲奉孔子而尊为教皇,此亦南海往日之误也。

公自悔功利之说、破坏之说之足以误国也,乃一意返而守旧,欲以讲学为救中国不二法门。公见今日之新进小生,造孽流毒,现身说法,自陈己过,以匡救其失,维持其弊可也。谓保国粹即能固国本,止非其时,仆未敢附和也。如近日《私德篇》之胪陈阳明学说,遂能感人,亦不过二三上等士夫耳。言屡易端,难于见信,人苟不信,曷贵多言!仆为公熟思而审处之,诚不如编教科书之为愈也。于修身伦理,多采先秦诸子书,而益以爱国、合群、自治、尚武诸条,以及理化、实业各科,以制时宜,以定趋向。斯宾塞有言:“民德不进,弊或屡易其端,而末由杜绝。”至哉斯言。仆近者见日本人之以爱国心、团结力,摧克大敌也。专以普及教育为目的,既发端于一乡,并欲运动大吏,使遍及全省。虽责效过缓,然窃谓此乃救中国之不二法门也。当道能提挈之、辅助之固善,否则乡之士夫,相应相求,亦或可造此规模。不幸而吾民之知、德、力未及建立,而吾国遂亡。然人格略高,求所以保种,而兴灭或亦稍易。往日《时务报》盛行,以后仆即欲以编辑大业责成于公,而展转未获所愿。今日仍愿公专精于此事,其收效实远且大也。

前读《管子传》,近见《墨子学说》,多有出人思想外者。益叹智愚之相去何啻三十里哉!仆尝谓自周以后,尊崇君权,调柔民气,多设仪文阶级,以保一家之封建,致贻累世之文弱,召异族之欺凌者,实周公之过也。至周末而文胜之弊尽见矣。于学术首唱反对者为老子,然老子有破坏而无建设。其所企慕者,乃在太古无为之治耳。至墨子而尚同、尚贤,乃尽反周道,别立一宗矣。于政治首立异说者为管子,然管子多补苴而少更革。以《管子》、《周礼》互相参校,大概可睹。至商鞅而教战教耕,乃尽废周制,而一扫刮绝矣。是四子者,皆指周公为的而迭攻之。而孔子则介乎四子之间者也。曰通三统,曰张三世。于文献也有征,杞征宋之言;于礼之损益也,有继周之想;其于周公不必尽反,亦不必尽从,尝疑梦见周公,盖因有不合者,仰而思之,乃征于梦也。若不过于墙见舜,弹琴见文,此思古幽情，虽衰老亦能为之，何必兴叹哉！盖一协于时中而已。

自周以后，始有儒称，实成周时庠序中教师之名耳。《周礼·太宰》四曰："儒以道得民。"注曰："儒，诸侯保民有六艺以教民者。"又《大司徒》四曰："联师儒。"注曰："师儒，教以道艺者。"其道在优柔和顺，以教民服从为主义，是周公创垂之教也。《礼记·儒行》释文："儒之言，优也，和也。"言能安人能服人也。《说文》："儒，柔也。"《广雅·释诂》："儒，柔也。"《素问》名曰："枢儒。"注："儒，顺也。"是皆历世相传之古训。甚至《广雅·释诂》："一儒愚也。"《荀子·修身》偷儒，注儒谓"儒弱畏事"。《礼记·玉藻》："儒者所畏"注："儒，弱也。"则儒字益不堪问矣。若我孔子，则综九流、冠百家，不得以儒术限。儒乃孔子之履历，非孔子之道术，汉儒亦多未明白。然汉以前训诂家，尚无以儒为孔子道者。惟《淮南子·俶真训》，儒墨乃始列道而议。高诱注："儒谓孔子道。"然此注乃为此语而发，非通论也。闻南海有儒为孔子所建国号之语。是亦见释迦之创佛教，耶稣之创天主教、摩诃末之创回教，误以为儒教亦孔子所创也。世以周孔并称，误矣！误矣！公之《变迁论》以南北分学派，以空间说。此论不甚确，盖论地理而证以学派则可，论学派而系以地理则窒碍多矣！仆之此论，由周初以逮战国，以时间说。公谓此有当于万一否？幸纠正之。

光绪三十年七月初四日

此稿未完，下期再续。

据中国国家图书馆藏《黄公度先生手札》

致梁启超函

（光绪三十一年一月十八日 1905年2月21日）

饮冰主人惠鉴：

腊八日聚数友啜粥，得士果函，中有公书外，有阿龙造象，又时务学堂留学诸君公赠撮影。为我致谢。前有诗云："国方年少吾将老，青眼高歌望汝曹。"为我诵之。今腊不尽只三日矣。又得公书及秉三西京所发函，爆竹声中，屠苏酒畔，挟此展读，半年岑寂，豁然释矣。前方函告由甫，讯公所以疏阔之故，得此札已喜又忧。喜则喜吾之病中《纪梦诗》既入公耳，且与秉三促膝读之。《己亥杂诗》，公以为"成连之琴，足移我情"，此数字直入吾心坎中，安得尽发箧中诗，博公赞辞，作我良药也！忧则忧公意兴萧索，杂坐于秉三、皙子之间，神采乃不如人，面庞亦似差瘦也。

熊罴男子，最赏其神骏，戊戌别后，竟能超然事外，如申屠蟠之不罹党祸，可谓智矣。汉口之役，吾日日为渠忧，继见党碑所刻，刊章所素，并无其名，乃始心安。渠欲于汕头会我，亦拟得电后，天晴日暖，当力疾买舟一行。今尚未得电，知必以其家催归，径由沪返湘矣。顷草一函，托狄楚卿转寄，以慰其相思之殷。至见面筹商各节，弟之一身，如此痼疾，不堪世用，此可无庸议。若论及吾党方针、将来大局，渠意盖颇以革命为不然者。然今日当道实既绝望，吾辈终不能视死不救。吾以为当避其名而行其实，其宗旨：曰阴谋，曰柔道；其方法：曰潜移，曰缓进，曰蚕食；其权术：曰得寸则寸，曰辟首击尾，曰远交近攻。今之府县官所图者，一己之黜陟耳，一家之温饱耳。吾饵之饲之，牢之笼之，羁縻之，左右之，务使彼无内顾之忧，无长官之责，彼等偷安无事，受代而去，必无有沮吾事者。继任者便沿袭为例，拱手以事权让人矣。其尤不肖者，搜索其劣迹以要挟之，控诉于大吏以摘去之。总之，二百馀年，朝廷所以驭官之法，官长上求保位，下图省事之习，吾承其弊，采其隐，迎其机而利用之。一二年间吾之羽翼既成，彼地方官必受吾指挥而唯命是听矣。异日相见，再倾筐倒箧而出之。公先抄此纸，藏其名而密告之，何如？

近得南海落机山中所发书，嘱以寄公。今递来一阅，他日仍以还我。前岁获一书，言事事物物与吾同，无丝毫异者。所著《官制考》，屡索品题，如所谓保国当中央集权，保民当地方自治，此真所见略同者。二十年来，吾论政体即坚持此见，壬寅所寄缄曾略表之。即圣贤复起，亦必不易此语。惟此函所云："中国能精物质之学，即霸于大地。"以之箴空谭则可，以此为定论则未敢附和也。渠谓民主革命之说，在今日为刍狗，在欧洲则然，今之中国原不必遽争民权。苟使吾民无政治思想，无国家思想，无公德，无团体，皮之不存毛将焉傅？物质之学虽精，亦奚以为哉？

所惠《中国之武士道》、杨序极精博，为吾致意。《中国国债考》，均得捧读。以公之才识，无论著何书，必能风靡一世。吾有一三十年故友，谓公之文有大吸力，今日作此语，吾之脑丝筋随之而去；明日翻此案，吾之脑丝筋又随之而转，盖如牵傀儡之丝，左之右之，惟公言是听。吾极赞其言。吾论诗以言志为体，以感人为用。孔子所谓兴于诗，伯牙所谓移情，即吸力之说也。此二书皆救世良药，然更望公降心抑志，编定小学教科书，以惠我中国，牖我小民也。

公二年来所谋多不遂，公自疑才短，又疑于时未可。吾以为所任过重，所愿过奢也。当公往美洲时，吾屡语由甫，事未必成。但以吾离美日久，或者近年华商其见识力量能卓然自立，则非所敢知耳。今读公《新大陆游记》，则与弟在美时无大异，所凭借者不足以有为，咎固不在公，公之咎在出言轻而视事易耳。公今年甫三十有三，年来磨折，苟深识老谋，精心毅力随而增长，未始非福。七年来所经患难不足以挫公，盖祸患发之自外，公所持之理足以胜之。惟年来期望不遂，则真恐损公豪气，耗公精心矣。

公学识之高，事理之明，并世无敌。若论处事，则阅历尚浅，襄助又乏人。公今甫三十有三，欧美名家由报馆而躐居政府者所时有，公勉之矣！公勉之矣！

弟所患为肺管微丝泡，舒缩之力不能完全，此在今日医术中，尚无治疗之方。然诚能善于摄养，或好天时，或善地时，自调停，亦不至遽患伤生，惟不能任事矣。余之生死观略异于公，谓一死则泯然澌灭耳；然一息尚存，尚有生人应尽之义务，于此而不能自尽其职，无益于群，则顽然七尺，虽躯壳犹存，亦无异于死人。无辟死之法而有不虚生之责，孔子所谓"君子息焉，死而后已"。未死则无息已时也。公谓何如？

此缄初作在腊底，雷雨时行，继以积阴，凡二十日，无一日晴。此在去岁时，必阁笔枯坐矣。今犹能作此数纸，可知稍愈于前矣。犹有病间时，公读此亦可稍慰。各努力自爱。不布所怀。

布袋和南　正月十八日

据中国国家图书馆藏《黄公度先生手札》

《日本国志》
评述

《日本国志》叙

　　《周礼》小行人之职，使适四方，以其万民之利害为一书，礼俗政事教治刑禁之顺逆为一书，以反命于王。其《春官》之外史氏，则掌四方之志。郑氏曰："谓若晋之《乘》，楚之《梼杌》是也。"古昔盛时，已遣辖轩使者于四方，采其歌谣，询其风俗。又命小行人编之为书，俾外史氏掌之，所以重邦交、考国俗者，若此其周详郑重也。自封建废而为郡县，中国归于一统，不复修遣使列邦之礼，若汉之匈奴、唐之回纥，国有大事，间一遣使；若南北朝，若辽、宋、金、元，虽岁时通好，亦不过一聘问、一宴飨而已。

　　道咸以来，海禁大开，举从古绝域不通之国，皆鳞集麇聚，重译而至。泰西通例，各遣国使，互驻都会，以固邻好，而觇国政。内外大臣迭援是以为请，朝廷因遣使巡视诸国，至今上光绪元、二年间，遂有遣使驻扎之举。丙子之秋，翰林侍讲何公实膺出使日本大臣之任，奏以遵宪充参赞官。窃伏自念今之参赞官即古之小行人、外史氏之职也。使者捧龙节，乘驷马，驰驱鞅掌，王事靡盬，盖有所不暇于文字之末。若为之僚属者，又不从事于采风问俗，何以副朝廷咨诹询谋之意。既居东二年，稍稍习其文，读其书，与其士大夫交游，遂发凡起例，创为《日本国志》一书。朝夕编辑，甫创稿本，复奉命充美国总领事官，政务靡密，无暇卒业，盖几几乎中辍矣。乙酉之秋，由美回华，星使郑公既解任，继之者张公，仍促余往，而两广制府张公，又命遵宪为巡察南洋诸岛之行。遵宪念是书弃置可惜，均谢不往。家居有暇，乃闭门发箧，重事编纂，又几阅两载，而后书成。凡为类十二，为卷四十。

　　昔契丹主有言："我于宋国之事，纤悉皆知；而宋人视我国事，如隔十重云雾。"以余观日本士夫，类能读中国之书，考中国之事；而中国士夫，好谈古义，足已自封，于外事不屑措意。无论泰西，即日本与我，仅隔一衣带

148

水,击柝相闻,朝发可以夕至,亦视之若海外三神山,可望而不可即,若邹衍之谈九州,一似六合之外荒诞不足论议也者,可不谓狭隘欤?虽然,士大夫足迹不至其地,历世纪载又不详其事,安所凭藉,以为考证之资,其狭隘也亦无足怪也。窃不自揆,勒为一书,以其体近于史志,辄自称为外史氏,亦以外史氏职在收掌,不敢居述作之名也。抑考外史氏掌五帝三王之书,掌四方之志,今之士夫亦思古人学问,考古即所以通今,两不偏废如此乎?书既成,谨志其缘起,并以质之当世士夫之留心时务者。

光绪十三年夏五月　黄遵宪公度自叙

可挽回，盖非一朝一夕之故，所由来渐矣。极藤原氏之横，贿赂遍于朝廷，田园遍于通国，而诸国吏治废弛，盗贼蜂起，所在武人横行肆扰。当是时，源、平二氏数镇东边，每用武人以奏功效，因袭之久，既如君臣，诸国武士，半其隶属。宝龟中议汰冗兵，百姓堪弓马者，专习武艺，以应征调。至贞观、延喜之后，百度弛废，上下隔绝。奥羽、关东之豪民，辄坐制乡曲，藏甲畜马，自称武士。而自藤原氏执政，官多世职，将帅之任，每委之源、平二家，于是所在武士，分属源、平；源、平用之若其臣隶。而诸藤原氏犹未之悟也，方且以门阀相高，以格例为政，鄙视武士，不列齿数，虽立战功，吝而不赏。然一遇有事，仍委之源、平二氏，二氏各发隶属赴之，如探物于囊，莫不立办。诸藤利其便也，又且延为爪牙，倾排异己，乃至父子兄弟争执朝权，于劫一朱器台盘，亦令调兵相助。忠实长子忠通，次子赖长。忠通方为摄政，忠实欲令让于赖长，请之法皇，不可。忠实怒曰："摄政，朝廷所授，氏长者，吾所与。"乃令左卫门尉源为义遣兵入忠通第，夺传家重器朱器台盘，以授赖长。逮乎保元之乱，则上皇倚源氏，朝廷倚平氏，互相争斗。平氏仆而源氏起，大权复移于将门矣。嗟夫！上至圣武，下迄源、平，藤氏之执朝权者，凡二十馀人，历四百馀载，虽未有新莽、曹操其人敢于僭窃者，而骄纵奢逸，召祸酿乱，终举其千岁不拔之基授之于向所奴隶之武人，而藤原氏亦与王室俱衰共颓，仅存空名，不亦哀哉！

一、在将门擅权，变郡县为封建。上古国郡置造长，奉方职者，百四十有四，犹封建也。孝德时，废国造，置国司，任国守者六十有六，犹变封建为郡县也。于是郡县七道治以守介，而在朝之官有田、有食封、多者不过三千户。有功田。有大功者始许世袭。自相门执权，封户日多，各国庄园居其十八，守介所治一二而已。故国司常不赴任，举其地方豪族武人以自代。源赖朝兴，国司置守护，田园置地头，督赋税、备寇贼，武人任职遍六十州，总其权于帅府，封建之势始矣。北条氏因其旧制，守护之任，犹得考课，易置如古之国司，然往往因袭，传之子孙，渐成封建之势。建武中兴，以新田、足利诸族有灭北条氏功，思以土地收人心，概以一姓连跨数州，名虽守护，实则封建。足利氏叛，乃夺诸氏所有予子弟功臣，令其世袭。士马出于斯，刍粮出于斯，争战出于斯，封建之势成矣。足利氏之初，务以大封啖将士，迨所志已遂，而雄藩尾大，势不可制。及其衰也，内臣构难，外国党援，狼吞虎噬，反以自毙。织田氏起于陪臣，一时部将多属英杰，攻略所得，辄以分赏。其志盖欲尽锄故国取而代之也。丰臣氏继兴，见织田氏所志甚难而功不克成，于是又变一法焉。兵威所加，但求降服，苟能归附，即还故封。虽蟠踞八九州者，亦因而抚之，不少杀削。以故一时群雄咸俯首听命，然而身没未几，海内分崩。盖日本封建之事，足利氏未享其利，而先承其弊；织田氏欲去积世之弊，而未及图其利。丰臣氏苟贪一日之利，而未能祛其弊。至德川氏，而封建之局乃一成而不变焉。德川氏之盛时，诸侯凡二百六十馀国。既分封土地，得众建力少之意，复广植子弟，为强干弱枝之谋，而又据其险要，操扼吭拊背之势，令诸侯筑邸第，质妻孥于江户，间岁则会同于东，使诸侯恋于室家，疲于道路，有所牵制而不敢逞。以故父老子弟不见兵革，世臣宿将习为歌舞，弦酒之欢溢于街巷，欢虞酣嬉，二百馀载，可谓盛矣。夫源氏种之，织田氏耕之，丰臣氏耘之，至德川氏而收其利。柳子厚曰："封建之势，天也，非人也。"岂其然乎？抑非德川氏之智勇，不克收此效乎？然如岛津之萨摩，毛利之长门，锅岛之肥前，始于足利、织、丰之间，袭于德川之世，族大宠多、兵强地广，他日之亡关东而覆幕府，又基于此。斯又人事之所不及料者矣。

一、在处士横议，变封建为郡县。自将军主政六七百载，王室之危甚于赘旒，北条、足利二世最为悖逆，然卒未有躬僭贼而干大统者。盖既已居其实，不必争其名，且存之则我得挟以驱人，废之则人将挟以谋我。此或奸雄窃贼操术之工者，而王室一线之延，正赖以不坠，得以成今日中兴之业。当将军主政时，尊之曰幕府，曰霸朝，甚则称国主，称大君，称国王。足利义满称臣于明，受封曰日本王。义满后又赠太上皇号，德川家宣与朝鲜国书，自称曰日本国王。而自将军以下，大夫臣士，士臣皂隶，皂隶臣舆台，各分其采邑，以养家族。举国之食租衣税者，臣将军之臣，民将军之民久矣，夫不复知有王室矣。德川氏兴，投戈讲艺，文治蒸蒸，亲藩源光国始编《大日本史》，立将军传、家臣传，以隐寓斥武门、尊王室之意。又以为伯夷者，非周武而忠殷室者也。因躬行让国，慨然慕其为人，为之立祠于家。光国又尝表章楠正成之墓曰："呜呼！忠臣楠子之墓。"其后，山县昌贞、高山正之、蒲生君平，或佯狂涕泣，或微言刺讥，皆以尊王之意鼓煽人心。昌贞，号柳庄，甲斐人。尝著《柳子》十三篇，以拟《孙子》。首篇曰《正名》，谓："名不正则言不顺。今以神圣大统之所属，亿兆瞻仰之所归，屈于一武人，名之不正孰甚焉！"后与竹内武部聚徒讲武，有上变者告其考究江户、甲斐两城要害，举动非常，卒坐是伏诛。正之，字仲绳，上野人，慷慨多奇节，有泣癖，语王室式微则泣，闻边防有警则泣，访南朝蒙尘诸将殉难之迹则泣，谭孝子节妇忠臣义仆之事则泣。每入京师，必先至二条桥，遥望阙稽首曰："草莽臣正之昧死再拜。"后西游，自刃于久留米旅寓。君平，名秀实，下野人。尝作《今书》，论赋役之弊；作《山陵志》，以寓尊王；作《不恤纬》，以寓攘夷。路过东寺，见足利尊氏像，大声数其罪，鞭之数百乃去。上书幕府。有司以非布衣所宜言，议处之重法，有解之者乃免。君平自此号默默斋，不复言事。既而，源松苗作《国史略》，赖襄作《日本政记》、《日本外史》，崇王黜霸，名分益张。而此数君子者，肖子贤孙，门生属史，张皇其说，继续而起。盖当幕府盛时，而尊王之义浸淫渐渍于人心，固已久矣。外舶纷扰，幕议主和，诸国处士乘间而发，幕府方且厉其威棱，大索严锢，而人心益愤，士气益张，伏萧斧、触密网者，不可胜数。前者骈戮，后者耦起，慨然欲伸攘夷尊王之说于天下，至于一往不顾，视死如归，何其烈也！迨幕府愈治愈棼，威力日绌，萨、长、肥、土诸藩群起而承其敝，而诸国处士又潜结公卿，密连大藩，以倾幕府。逮乎锦旗东指，幕臣乞降，而中兴功臣之受赏，由下士而跻穹官者，相望于册，又可谓巧矣。故论幕府之亡，实亡于处士。德川氏修文偃霸，列侯门族，生长深宫，类骨缓肉，柔弱如妇女，即其为藩士者，亦皆顾身家、重禄俸，惴惴然惟失职之是惧。独浮浪处士，涉书史，有志气，而退顾身家，浮寄孤悬，无足顾惜。于是奋然一决，与幕府为敌，徇节烈者于此，求富贵者于此，而幕府遂亡矣。前此之攘夷，意不在攘夷，在倾幕府也；后此之尊王，意不在尊王，在覆幕府也。嗟夫！德川氏以诗书之泽，销兵戈之气，而其末流祸患，乃以《春秋》尊王攘夷之说而亡，是何异逢蒙学射，反关弓而射羿乎？然而北条、足利、织田、丰臣诸氏，皆国亡而族灭，独德川氏奉还政权以后，犹分田授禄，赏延于世，而东照之宫、日光之庙，朝廷犹岁时遣币以祀其先，斯又诸士之所以报德川氏者也。若夫高山蒲生诸子，明治初年下诏褒赠，赏其首功，烈士之灵，九京含笑，亦可以少慰也夫。

一、在庶人议政，倡国主为共和。尊王之说自下倡之，国会之端自上启之，势实相因而至相逼而成也。何也？欲亡幕府，务顺人心，既亡幕府，恐诸藩有为德川氏之续者，又务结民心，故国皇五誓，首曰万机决于公论。论者曰：此一时权宜之策，适授民以议政之柄而不可夺。数年以来，叩阍求请促开国会者，纷然竞起，又有甚于前日尊王之说。余尝求其故焉。盖自封建以后，尊卑之分，上下悬绝。其列于平民者，不得与藩士通婚嫁，不得骑马，不得衣丝，不得佩刀剑，而苛赋重敛，公七民三，富商豪农，别有借派；间或罹罪，并无颁行一定之律，畸轻畸重，惟刑吏之意。小民任其鱼肉，含冤茹苦，无可控诉。或越分而上请，疏奏未上，刀锯旋加，瞻仰君门，如天如神，穷高极远，盖积威所劫，上之于下，压制极矣。此郁极而必伸者，势也。维新以来，悉从西法，更定租税，用西法以取民膏矣；下令征兵，用西法以收血税矣；编制刑律，用西法以禁民非矣；设立学校，用西法以启民智矣。独于秦西最重之国会，则迟迟未行，曰国体不同也，曰民智未开也，论非不是，而民已有所不愿矣。今日令甲，明日令乙，苟有不便于民，则间执民口曰西法西法；小民亦取其最便于己者，促开国会亦曰西法西法。此牵连而并及者，亦势也。重以外商剥削、士民穷困、显官失职之怨望，新闻演说之动摇，是以万口同声，叩阍上请，而不能少缓也。为守旧之说者曰，以国家二千馀载，一姓相承之统绪，苟创为共和，不知将置主上于何地，此一说也。为调停之说者曰，天生民而立之君，使司牧之，非为一人，苟专为一人，有兴必有废，有得必有失，正唯分其权于举国之臣民，君上垂拱仰成，乃可为万世不坠之业，此又一说也。十年以来，朝野上下之二说者，纷纭各执，即主开国会之说，为迟为速，彼此互争；或英或德，又彼此互争，喧哗嚣竞，哓哓未已。而朝廷之下诏己以渐建立宪政体许之民，论其究竟，不敢知矣。

卷四　邻交志一·华夏

外史氏曰：余闻之西人，欧洲之兴也，正以诸国鼎峙，各不相让。艺术以相摩而善，武备以相竞而强，物产以有无相通，得以尽地利而夺人巧。自法国十字军起，合纵连横，邻交日盛，而国势日强，比之罗马一统时，其进步不可以道里计云。其意盖谓交邻之有大益也。余因思中国，瓜分豆剖，干戈云扰，莫甚于战国七雄。而其时德行若孟、荀，刑名若申、韩，纵横若苏、张，道德若庄、列，异端若杨、墨，农若李悝，工若公输，医若扁鹊，商若计研、范蠡，治水若郑白、韩国，兵法若司马、孙、吴，辩说若衍、龙，文词若屈、宋，人材之盛，均为后来专家之祖。一统贵守成，列国务进取。守成贵自保，进取务自强，此列国之所由盛乎！特其时玉帛少而兵戎多，故未见交邻之益耳。日本之为国，独立大海中，于地球万国，均不相邻，宜其闭门自守，民至老死不相往来矣。然而入其国，问其俗，无一事不资之外人者。中古以还，瞻仰中华，出聘之车，冠盖络绎。上自天时地理、官制兵备，暨乎典章制度、语言文字，至于饮食居处之细，玩好游戏之微，无一不取法于大唐。近世以来，结交欧美，公使之馆，衡宇相望，亦上自天时地理、官制兵备，暨乎典章制度、语言文字，至于饮食居处之细，玩好游戏之微，无一不取法于泰西。当其趋而东也，举国之人趋而东；及其趋而西也，举国之人又趋而西。乃至目营心醉，口讲指画，争出其所储金帛以购远物，而于己国之所有，弃之如遗，不复齿数，可谓骛外也已。由前之弊，论者每病其过于繁缛，失则文弱；由后之弊，论者又病其过于华靡，失则奢荡。交邻果有大益乎？抑天下之事利百者弊十，势必有相因而至者乎？然以余所闻，日本一岛国耳，自通使隋唐，礼仪文物居然大备，因有礼义君子之名。近世贤豪，志高意广，竞事外交，骎骎乎进开明之域，与诸大争衡。向使闭关谢绝，至今仍一洪荒草昧未开之国耳，则信乎交邻之果有大益也。抑日本自将军主政七百馀年，一旦太阿倒持之柄拱手而归之于上，要其尊王之说，即本于攘夷之论。攘夷之论所由兴，即始于美舰俄舶迭来劫盟时也。则其内国之盛衰，亦与外交相维系云。作《邻交志》，上篇曰华夏，附以朝鲜、琉球为外篇，下篇曰泰西。

卷七　邻交志四·泰西

外史氏曰：泰西诸国，互相往来，凡此国商民寓彼国者，悉归彼国地方官管辖，其领事官不过约束之、照料之而已。唯在亚细亚，领事得以己国法审断己民，西人谓之治外法权，谓所治之地之外而有行法之权也。治外法权始于土耳其，当回都全盛时，西灭罗马，划其边境与欧人通商，徒以厌外政纷纭，遂令各国领事自理己民，固非由威逼势劫与之立约者也，故其弊犹小。而今日治外法权之毒，乃遍及于亚细亚。余考南京旧约，犹不过曰设领事官管理商贾事宜与地方官公文往来而已，未尝曰有犯事者归彼惩办也。盖欧西之人皆知治外法权为天下不均不平之政，故立约之始，犹不敢遽施之我。迨戊午岁，与日本定约，遂因而及我，载在盟府，至于今，而横恣之状，有不忍言者。当日本立约时，幕府官吏未谙外情，任其鼓弄。而美国公使为定约稿，犹谆谆告之曰："此治外法权，两国皆有所不便，而今日不能不尔，愿贵国数年后急改之。"其后岩仓、大久保出使，深知其弊，亟亟议改。而他国皆谓日本法律不可治外人，迁延以至于今。夫天下万国，无论强弱，无论大小，苟为自主，则践我之土，即应守我之令。今乃举十数国之法律并行于开港市场一隅之地，明明为我管辖之土，有化外之民干犯禁令，掉臂游行，是岂徒卧榻之侧客人鼾睡乎？条约之言曰"领事与地方官会同公平讯断"，无论其徇情偏纵也，即曰执法如山，假如以外国人斗殴杀吾民，各交付其国领事，则英律禁狱三年，佛律禁锢百日、罚佛狼百；美律徒刑八十日；俄律徒刑一年，兰律徒刑三十日。而我国杀外国人，则论抵命，且责偿金矣。同罪异罚，何谓公平！假又华商英商同设一银场，负债甚巨，闭店歇业。彼英商者以一纸书告其领事，曰家产尽绝，彼即置身事外。而华商，则监狱追捕，或且逮其妻孥，及其兄弟矣。同事异处，又何谓公平！既已许之不由地方官管辖，刑罚固有彼轻此重之分，禁令又有彼无此有之异，利益又有彼得此失之殊，彼外人者，盖便利极矣。而我之不肖奸民，冒禁贪利，图脱刑网，辄往往依附影射，假借外人，以遂其欲。彼南洋诸岛寄寓之华人，不曰英籍，则曰兰籍；更何异于为丛驱爵乎？此诚我之大不便者也。不公不平之事，积日愈多，则吾民之怨愤日深。通商以来三十馀年，耦俱相依，猜嫌不泯，而士大夫、细民论外事，辄张目裂眦，若争欲割刃于外人之腹而后快心者，虽由教士之横，烟毒之深，亦未始非治外法权有以招之也。此亦似非外国之利也。虽然明知其不便，今欲改而更张之。彼外人者，习于便利，狃于故常，必有所不愿。且以各国人情、风俗、宗教、政治之不同，一旦强使就我，其势又甚难，而现行条约隐忍不改，流毒之深，安有穷期？窃以为今日之势，不能强彼以就我，先当移我以就彼。举各国通行之律，译采其书，别设一词讼交涉之条。凡彼以是施，我以是报，我采彼法以治吾民，彼虽横恣，何容置喙？而行之一二年，彼必嚣然以为不便，然后与之共商，略仿理藩院蒙古各盟案件，以圈禁罚赎代徒流笞杖，定一公例，彼此照办，或庶几其有成乎！若待吾国势既强，则仿泰西通行之例，援南京初立之约，悉使商民归地方官管辖，又不待言矣。至于近日租界之案，有华人与华人交讼，彼领事亦觍然面目并坐堂皇参议听断者；有烟馆赌博，我方厉禁，而租界为逋逃主萃渊薮肆无忌惮者，斯又法外用法，权外纵权，为条约之所未闻，章程之所不及。我总理衙门与英法公使议，有洋泾浜设官章程十条。是皆由于地方官吏巽懦瞻徇，一若举租界之地方人民亦与别国领事共治之。吾恐各国外部且不料领事之纵恣如此也。莫急之务，尤亟当告之公使，达之外部，扫除而更张之。

卷九　天文志

外史氏曰：自地而上，皆天也。日月之照，星辰之明，天之覆万国者，莫不同也。苍苍者，其正色耶。舟车之所至，人力之所通，海之所际，地之所载，万国之观天，亦莫不同也。所未同者，各国推步之法耳。余观中国之志天文者有二：一在因天变而寓修省。自三代时，已有太史，所职在察天文、记时政，盖合占候纪载之事而司以一人，故每借天变，以儆人事。《春秋》本旧史而纪日食。后世史志因之，因有日食修德，月食修刑之说。前代好谀之主，有当食不食，及食不及分，讽宰相上表，率百寮而拜贺者，其谬妄固不必言。而圣君贤主，明知日月薄蚀，缠度有定数，千百年可推算而得，然亦不废救护之仪、省惕之说者，诚以敬天勤民，实君人者之职，而遇灾修省之意，究属于事有裨，故亦姑仍旧贯，而不废举行，此中自有深意也。彼外人者，不足语此，遂执天变不足畏之说，概付之不论不议矣。一在即物异而说灾祥。自伏胜作《五行传》，班孟坚以下踵其说，恒雨、恒旸、恒燠、恒寒、恒风，皆附会往事，曲举证应。其他若荧惑退舍，宋公延龄，三台告坼，晋相速祸；以及德星之聚颍川，使星之向益州，客星之犯帝座，皆一一征验，若屈伸指而数庭树，毫厘之不爽者，何其妄也！夫星辰之丽天，为上下四方，前后古今之所共仰，而人之一身，不啻太仓之一稊米，乃执一人一时之事以为上应列宿，有是理乎？余观步天之术，后胜于前。今试与近世天文家登台望气，抵掌谈论，谓分野属于九州，灾异职之三公，必有鄙夷不屑道者，盖实验多则虚论自少也。若近者西法推算愈密，至谓彗孛之见，亦有缠道，亦有定时，则占星之谬，更不待辩而明矣。日本之习天文者甚少，日月薄蚀，以古无史官，阙焉不详。而星气风术之家，中古惟一安倍晴明精于占卜，后亦失传，故占验均无可言；即有之，要不足道也，今特专纪其授时之法。考日本旧用中历，今用西历，皆袭用他人法，其推步又无可称述，第略志其因革耳。若乃体分濛渶，色著青苍，则刘知几有言："今之天即古之天也，必欲刊之国史，施于何代不可也。"余亦以为外国之天，犹中国之天也，苟欲限以方隅，志之何地，亦不可也。作《天文志》。

卷一三　职官志一

外史氏曰：世儒议《周官》，或真或伪，纷如聚讼。其诋之尤力者，则曰刘歆以媚莽，苏绰以乱周，王安石以误宋。一若苍姬六典，苟袭其说，必贻乱阶者。夫莽之矫揉造作，侮圣蔑经，不足论矣。宇文氏特借《周官》官号以粉饰治具耳，于国之治乱无与也。若夫荆公，当北宋积弱以后，慨然欲济以富强；又恐富强之说为儒者所排击，于是附会经义，以间执儒者之口。其误宋也，乃借《周礼》以坚其说，并非信《周礼》而欲行其道也。然而世之论者纷纷集矢于经矣。宋欧阳公者，号知治体，其论《周礼》，谓六官之属，见于经者五万馀人，而里闾县鄙之长、军师卒伍之徒，仍不与焉。王畿千里之地，为田几井，容民几家，王官王族之国邑几数，民之贡赋几何，而又容五万人者于其间，其人不耕而赋，将何以给之？则疑其设官之繁如此。或者伸其说，又谓《周礼》举市廛门关，山林川泽，所有鸟兽鱼鳖、草木玉石，一切货贿之属，莫不设之厉禁而尽征之。入市有税，入门有税，入关有税，避而不入即没入之，地所从产又官守而以时入之，是则天之所生，地之所长，人之所养，俱入朝廷，不留一丝毫之利以与民。虽王莽之虐，恐其力亦不能悉如书中所载，以尽行其厉民之事，则又疑其赋敛之重如彼。然以余观泰西各国，其设官之繁，赋敛之重，莫不如是。而其国号称平治者，盖举一国之财，治一国之事，仍散之一国之民，故上无壅财，国无废政，而民亦无游手。然则一切货贿之税，即以养此五万馀人。以是知《周礼》固不容疑也。泰西自罗马一统以来，二千馀岁具有本末。其设官立政，未必悉本于《周礼》，而其官无清浊之分，无内外之别，无文武之异；其分职施治，有条不紊，极之至纤至悉，无所不到，竟一一同于《周礼》。乃至卝人之司金锡，林衡之司材木，匡人撣人之达法则、诵王志，为秦汉以下所无之官，而亦与《周礼》符合，何其奇也！朱子谓《周官》如一桶水，点滴不漏。盖综其全体，考其条目，而圣人制作之精意乃出。苟执其图便己私之说，以贻误责《周礼》，《周礼》不任受过也。嗟夫！圣人制作之精，后世袭其一二语以滋贻误，或遂诋为渎乱不经之书，斥为六国阴谋之说。古人有言，"礼失而求诸野"，则曷不举泰西之政体而一证其得失也？日本设官，初仿《唐六典》；维新之后，多仿泰西。今特详志之，以质论者，作《职官志》。

卷一四　职官志二

外史氏曰：自将军奉还政权，其时主少国疑，未能收太阿之柄归于独断，不得不仍以西京世族、强藩巨室参与政事，故太政官之权特重。日本官职，不叙正一位。当中叶时，国皇每亲临政所，裁决万机，盖太政官中即以国皇居首坐，然其事出于御裁者少矣。副岛、板垣之请起民撰议院也，谓方今政权上不在帝室，下不在人民，而独归于有司。此论一倡，众口嚣嚣，群欲仿西法以开国会，或斥为巨藩政府，或指为封建馀威，虽出于嫉妒、怨忿者之口，然萨、长、肥、土皆于国家有大勋劳，一国之大权必有所归，势重者权归之，固有不得不然者在乎？今特谱维新以来大臣、参议更替表，俾觇国势者览观焉。

卷一五　食货志一

外史氏曰：余读历代史《食货》诸志，于户口之编审，田亩之丈量，赋税之征收，府库之出纳，钱法之铸造，亦只言其大概。于国家全盛，则曰"家给人足"；于国家末造，则曰"比户虚耗"。苟欲稽其盈虚盛衰之况，则无所依据以确知其数。至于一国之利害，与外国相关系，如通商出入、金银滥出之事，则前古之所未有，尤历史之所不及。余观西人治国，非必师古，而大率出于《周礼》、《管子》。其于理财之道，尤兢兢致意，极之至纤至悉，莫不有册籍，以征其实数。其权衡上下，囊括内外，以酌盈剂虚，莫不有法。综其政要，大别有六：国多游民，则多旷土，农一食百，国胡以富？群工众商，皆利之府，欲问地利，先问业户，是在审户口；惟正之供，天经地义，洒血报国，名曰血税。以天下财治天下事，虽操利权，取之有制，是在核租税；权一岁入，量入为出，权一岁出，量出为入，多取非盈，寡取非绌，上下流通，无壅无积，是在筹国计；泰西诸国尽负国债，累千万亿数无涯际，息有重轻，债别内外，内犹利半，外则弊大，是在考国债；金银铜外，以楮为币，依附而行，金轻于纸，凭虚而造，纸犹敝屣，轻重由民，莫能柅止，是在权货币；输出输入，以关为口，利来利往，以市为薮，漏卮不塞，势且倾踣，虽有善者，何法能救，是在稽商务。六者兼得，则理财之道得，而国富矣；六者交失，则理财之道失，而国贫矣。日本维新以来，尤注意于求富，然闻其国用，则岁出入不相抵，通商则输出入不相抵。而当路者竭蹶经营，力谋补救。其用心良苦，而法亦颇善。观于此者，可以知其得失之所在矣。作《食货志》。

卷一七　食货志三·国计

外史氏曰：天生民而立之君，使司牧之，亦惟以天下之财治天下之事，而理财之道得矣。秦汉以降，君尊而民远，少府、水衡、琼林、大盈，天子各谋其私藏，凡以供声色宴游之费者，惟内官宦寺得司其出入，虽宰执未尝过问。为百姓者不知国用之在何所，但以为日竭膏脂以供上用；而仁人智士深知财聚民散之害，又深恶以聚敛病民者，尽出于怀利事君之小人，由是相引为大戒。有国家之责者，君不敢复问有无，臣不敢复言兴利，而先王治国理财之道，反尽失矣。财也者，兆民之所同欲，政事之所必需者也。竭天下以奉一人，固万万其不可，诚能以民之财治民之事，以大公之心行一切之政，则上下交利而用无不足。秉国钧者，其何可讳而不言。

余考泰西理财之法，预计一岁之入，某物课税若干，某事课税若干，一一普告于众，名曰预算。及其支用已毕，又计一岁之出，某项费若干，某款费若干，亦一一普告于众，名曰决算。其征敛有制，其出纳有程，其支销各有实数，于预计之数无所增，于实用之数不能滥。取之于民，布之于民，既公且明，上下孚信。自欧罗巴逮于米利坚，国无小大，所以制国用之法。莫不如此。

臣尝读靳辅筹饷裕民之疏，谓："我朝理财之道，尚未复三代之古，盖入关定鼎之初，薄赋免徭，务在寡取而节用。即明知官吏俸薄，亦尚沿胜国俸钞折领之弊，姑仍旧贯而无所变革。然国用实有不足，为官吏者终不能毁家以纾国，竭私以报公，究不得不仍取诸民，不过于常赋之外变为火耗、秤馀一切之陋规。封疆大吏知地方税轻不足用，官吏俸薄不足赡，有明知其非法而不忍裁撤者。陋规极多之地，每省有十数州县，彼处脂膏以自润者，饱囊盈橐，一若分所应得。若硗瘠之地，上官悯其贫，必为之调剂，而贪饕官吏侵吞干没之不已，更百端为例外之求。彼以枵腹从公为名，辄巧取横征屡倍于正供，朝廷一无所利。而小民实受其害。余窃以为不如清查耗羡，核减陋规，明取之之为愈也。"臣伏维圣清家法，至仁极俭，内府之所需，曾不以问诸户部，成宪昭垂，二百馀载，大公无私，可谓至德矣；然而小民未之知也。乾隆以后，协饷日益繁，欠粮日益多，杂税日益免，河工、宗禄名粮之数日益钜。当嘉庆中叶，已屡诏廷臣，集议筹饷。咸、同之间，群盗毛起，逮乎克平，费饷盖不可胜数。至于近日，又筹海防，虽增加关税、厘金，而国用犹入不抵出；然而小民亦未之知也。我祖若父，蒙国家深仁厚泽久矣，谁非赤子，具有天良。往岁大乱之后，追念平日箪食壶浆，以迎王师者，不知凡几，足见朝廷恩德维系于民者至深。然蚩蚩者民，胼手胝足，日竭其力，以供租税，而国用所在，曾不得与闻。谬以为吾民膏血，徒以供上官囊橐。一旦有事，设法课税，令未及下，而小民惊相告语，已有惘然失措者。上下阻隔，猜疑横起，欲谋筹饷，势处至难。古人有言曰："藏之人思防之，帷之人思窥之。"余又以为不如举国用之数公布之于民之为愈也。臣考三代以来，损上益下，寡取薄敛，未有如我大清者，然国用不足，亦以今日为尤甚。雍正乾隆间，议以耗羡为养廉，盖实有见乎用之不足，不得不取之如额。而卅年以来，二三名大吏有通提一省杂供储为公用者，亦以通筹统计，势不得不尔。势不得不尔，则不如分别朝廷之上计，州县之留支，核需用之额明取之，即举应用之款实销之，并列所用之数公布之。以修庶政，以普美利，以昭大信，一举而数善备焉，是在谋国者经理之而已。余昔读《周礼》，见夫天官、地官之司财货者，几于无地不赋，无物不贡，无人不征，无事不税，极至纤至悉，有后世桑宏羊、孔僅、蔡京、王黼之徒不肯为者。始疑周公大圣，不应黩货至此。既而稽六官所属五万馀人，无员额者尚不在内，乃知大府颁赐，凡官府都鄙之吏、转移执事之人，在官受禄者如此其多。以某赋治某事，又有定式，则一一仍散之民。朝廷固未留丝毫以自私也。窃意其时以岁终制用之日，必会计一岁之出入，书其贰行，悬之象魏，使庶民咸知。彼小民周知其数，深信吾君吾上无聚敛之患，凡所以取吾财者，举以衣食我，安宅我，干城我，则争先恐后，以纳租税矣。君民相亲，上下和乐，成周之所以极盛也。

日本近仿泰西治国之法，每岁出入书之于表，普示于民，盖犹有古之遗法焉。譬若一乡之中迎神报赛，敛钱为会，司事者事毕而揭之曰某物费几何，某事费几何，乡之人咸拱手奉予钱，且感其贤劳矣。此理财之法之最善者也。嗟夫！古昔封建之世，官物输之民，力役征之民，上之人垂拱其上，彼小民之事宜若可听民自为。而自古圣人必为之经理无端，而料民身家，征民粟帛，多取而民不为怨，亦信其以我之财治我之事故耳。三代圣王平天下、理财之道，不过举流通之财，行均平之政，无他道也。况夫今日，凡百官府之用，力役之征，无不出资而购之，颁禄以募之，国用之繁，盖十倍于古人。诚使以大公之心行一切之法，即令小民怀私，有怫欲而逆情者，尚当强而行之。况又沿习陋规，小民既已收纳，第取官吏之中饱为朝廷之正供，即以分给民之奉公者，吾民若之何不愿乎？夫三代之良法美意，秦汉后之不欲行者，举所用以普示之民，则不便君上之行私故也。以本朝至公之家法，其何惮而不行！祖宗知用之不足，而安于寡取者，开创则民信未孚，承平则国帑未匮，势不极，法不变故也。以今日值多事之秋，履至艰之会，则不变其何待！彼不愿核出入之数明取之、实用之、公布之者，不谓此为纷扰多事，即谓此为聚敛言利，殆为相沿之陋规，阴便其额之无定，得以上下其手，百端侵渔；阳利其用之不敷，得以推诿敷衍，无所事事，坐视政事之弛废，国家之贫乏，小民之困穷而漠然不顾，如秦越人之视肥瘠焉，而天下之患，将日久而日深矣。嗟夫！

卷一八　食货志四·国债

外史氏曰：中国未闻有国债也。周既东迁，王室衰微，赧王负债至筑台避之，天下后世以为耻笑，而周室亦随而倾覆矣。顾余考秦西诸国，莫不有国债，债之巨者，以本额计，至八亿万磅之多；以利息计，乃至岁出二千七百万磅；以全国岁入计，乃至尽五六年、或七八年；或十馀年犹不足以偿；以全国户口计，乃至每人负债一百一十馀元，可谓夥矣。欧罗巴古时遇国库匮乏，则预揣其租税所入，借之富豪以应急需。其偿期甚迫，给利甚重，此特出于一时济急之方耳。其后，意大利共和政府始立方法，以借国债。西班牙、佛兰西仿而行之。及荷兰叛西班牙，广借国债以应军需，卒收其效而成独立之国。于是国债盛行。西历一千六百八十八年，英国亦募债。战争迭起，积年增多，至一千八百七十年，英吉利负债八亿万磅，佛兰西五亿五千万磅，俄罗斯三亿万磅，美利坚合众国五亿三千二百四十万磅。其他各国，莫不有债。即以英国而论，岁出利息二千四百二十七万磅，岁入租税七千一百四十五万磅，计十一年全额乃能偿清。当时全国户口三千八百万人，每人分计负债有一百一十馀元之多云。

世人皆谓西戎乐战，穷兵黩武，惟意所欲，盖由于府帑之充溢，金谷之富饶，此其说误矣。既而知其国债之巨，又谬疑府藏空虚，国计窘迫，一若负债累累不可计长久者，抑又非也。泰西诸国必预计一岁出入之款，量出为入，无所蓄积。国家一旦有大兵革、大政事，乃大开议院，议加征重赋。重赋加征之不足，于是议借债。余偿考其故，大概有二：一则内忧外患，纷争迭起，因以师旅，重以饥馑。当全国人民安危之所系，则议借债，此则暂纾目前之急，不得已而为之。如荷兰之叛西班牙、米利坚之拒英吉利是也；一则汽车、铁路、治河、垦田，经始大利，必集巨款，为全国人民公益之所关，则议借债。此则预计后来之利，有所为而为之。如日耳曼之开矿山、俄罗斯之造铁路是也。夫有国家者，既不能如人之一身有恒产，有生计，亦不能竭国家所有而抵偿于人。负债既重，终不能不分其负担于人民，取偿于租税。租税过重，民不能堪，国必随弱。故国债一事，非出于治穷无术，则实不应举。荷兰因负债过巨、横征暴敛以还国债，卒以弱国。虽然，因军事而借，则譬如祖父艰难拮据，为子孙图生业，所负之债已不能偿，而责偿于子孙，为子孙者，自不得辞。由公益而借，则譬如工场田野，荒芜不治，召集农工为之垦辟，即以其垦辟所得之利以养农工，农工亦与分其利。故因一时窘迫，势出于不容已，偶一为之，亦不妨也。泰西政体，君臣上下，休戚相关，富家巨室，知国家借债，所以卫我室家，谋我田庐，而同袍同泽，并力合作之气，一倡百和，未尝不辇金输粟，争先而恐后，则其称贷也不难。逮夫事既平定，出资者岁给馀息，尚有微利，与自营生计无异，则其征偿也亦不迫。既为诸国习见之事，又非计日促偿之款，第分其岁入之一二以为子金，则其供息也亦不甚累。又况富商巨室，屡输于公，则下之于上，患难与同，忧乐与共，相维相系之义日益深，而国本日益固。西人每谓社稷可灭，而国不可亡，国债亦居其一端。是故内国之债，虽高如山阜，浩如渊海，西人视之若寻常，不为怪也。

若夫外国之债，则泰西之谈经济者，皆比之蟊蠹，动色相戒，即时会方殷、后益极大，犹不敢不周详审重，极之计穷策尽而后举事。盖内国债虽有利有害，楚人失之，楚人得之，其利害系于一国；外国债则利在一时而害贻于他日，且利在邻国，而害中于本邦，但使借债过一千万，则每岁供数十万之息，比之古人和戎岁币犹有甚焉。近者如土耳其，如埃及，皆以负债之故，国库匮乏，岌岌可危，其覆辙可鉴也。而或者西人乃谓弱小之国，利于借债，负债愈重，则所借之大国，虑其损失，必加保护，而国可赖以不亡。嗟夫！有国家者，设想至此，是所谓自暴自弃，不足有为者矣！尚足与言哉！尚足与言哉！

卷一九　食货志五·货币

外史氏曰：楮币可以便民，不可以罔利者也。苟使持数寸脆薄之物，使天下之人饥藉以食，寒藉以衣，露处藉以安居，则造之易而赍之轻，天下之至便，无过于此矣；无如其不可。何也？金也，银也，铜也，是亦寒不可以为襦，饥不可以为粟，穴处不可以为屋，而天下之人奔走而求之，且萃五大部洲嗜欲不通、言语不达之辈，不约而同以此为利，则以布帛菽粟之不可交易，乃择一物之贵而有用者为币以适用，而金银铜实为适宜。若以楮为币，则直以无用为有用，虽以帝王之力，设为金银铜交易之禁，严刑峻法，驱迫使行，而势有所不能。且夫在唐有飞券，在宋有钞引，今银行钱店，罗列于市廛，人亦争出其宝货以易空楮。经商四海者，携尺寸之券，虽在数万里海外，悉操之则获，不异于载宝而往。于是禁飞券、禁钞引，必嚣然以为不便。而欧洲各大国，又有国家公立之银行，富商巨室举其家所有之金银，大者牛车，小者褓负，实输于其中，予一张之纸，则珍宝而藏之。日本初用楮币也，值相等者，价或重于真金，蚩蚩细民，给予钱则拒，给予纸则受，亦安在楮币之无用？今日不可行者何？曰以楮币代金银，则可行；指楮币为金银，则不可行也。有金银铜，使楮币相辅而行，则便于民；无金银铜，凭虚而造，漫无限制，吾立见其败矣。挽近以来，物侈用糜，钱之直日轻，钱之数日多，直轻而数多，则其致远也难。成色有好丑，铸造有美恶，权量有轻重。民有交易，奸诡者得上下其手，以肆其诈伪。而金银铜之便以用者，又憎其繁重矣。代以楮币，则以轻易重，以简易繁，而人争便之。虽以中人之资，设市易银，纸币尚足以行，况以国家之力，有不趋之若鹜者乎？诚使国家造金银铜约亿万，则亦造楮币亿万示之于民，明示大信，永不滥造，防其赝则为精美之式，救其朽则为倒钞之法，设为银行以周转之，上下俱便，此经久之利也。

日本自明治四、五、六年，金银铜三货并铸，计值六千馀万，当时纸币八千馀万。虽其数既浮，民尚利之。既有萨摩之乱，骤加纸币二千六百万，加以银行之增发，公债之充溢，核楮币之数过于真钱几亿万。即使金钱不流出，而增造无艺，浮数过巨，势不得不贱；况又益以输入过多、金银滥出之害乎？前之以一元易金银货一元者，浸假而十一，浸假而十二，至今则十三四乃能易矣。金、元、明之行钞不过百年，及其弊也，钞百贯值钱一文耳，乃至不足偿楮墨之费。美利驾之行纸币，法兰西之行纸币，皆为时不久，值千值万之纸币，至不能谋一醉。今日值十之三四，将来殆不可问也。寻前明及美、法之弊，终至拉杂摧烧，废弃不用，转而用金银。吾稽日本新铸之货，多流出海外，存于国中者，不可问也。全国上下所流通者，纸币已耳。一旦不用，殆将转而易布帛菽粟矣。纸币日贱，物价日昂，贫民之谋生者日难于一日，既有岌岌不可复支之势。然以本国之币购本国之产，自相流转，尚可强无用为有用；购他国之货，则非以货易货不可矣。若或不幸，饥馑洊臻，敌国乘隙，终不能复举无用之楮币以购菽粟，以储枪炮，诚未知其税驾之何所也。《诗》有之曰："譬彼舟流，不知所届。"其今日日本纸币之谓乎？吾将拭目以观其补救之方也。

卷二〇　食货志六·商务

外史氏曰：古所谓理财之道，所以谆谆然垂戒者，要不外乎财聚民散。盖天地生财，止有此数，上盈则下虚，上益则下损，民膏民脂，日竭于上，饥寒交迫，父不能有其子，君不能有其臣，天下之大乱作矣。自古圣帝明王，未有不以聚敛为戒者也。虽然鹿台之财，武王因之；琼林之库，唐祖因之。失国者以聚敛，得国者即以其聚敛散之于民，而四海犹不知于穷困事变之极。逮夫今日，乃有祸患百倍于聚敛，至于民穷财尽，虽有圣贤，实莫如何者，是则尧、舜、禹、汤、文、武、周、孔之所不及料、所不及言者也。是何也？曰金钱流出海外也。挽近之世，弱肉强食，彼以力服人者，乃不取其土地，不贪其人民，威迫势劫，与之立约，但求取他人之财以供我用，如狐媚蛊人，日吸其精血，如短蜮射影日，中其荼毒，以有尽之财，填无穷之欲。日朘月削，祸深于割地，数倍于输币，百倍于聚敛，又不待言也。既经明效大验者，印度则亡矣，埃及则弱矣，土耳其则危矣。欧洲大国皆知其然，必皇皇然合君臣上下聚族而谋之：欲我国之产广输于人国，则日讨国人以训农，以惠工，于是有生财之道。欲我国所需悉出于我国，不必需者禁之绝之，必需者移种以植之，效法以制之，于是乎有抵御之术。欲他国之产勿入于我国，则重征进口货税，使物价翔贵，人无所利，于是乎有保护之法。凡所以殚精竭虑，析及秋毫者，诚见夫漏卮不塞。十数年后，元气剥削，必将胥一国而为人奴矣。

日本自开港通商以来，其所得者，在力劝农工，广植桑茶，故输出之货骤增；其所失者，在易服色，变国俗，举全国而步趋泰西，凡夫礼乐制度之大，居处饮食之细，无一不需之于人，得者小而失者大，执政者初不料其患之一至于此也。迩年来，杼柚日空，生计日蹙，弊端见矣。全国上下，知金钱流出之大害，乃汲汲然议改条约，欲加进口之税，免出口之税，庶以广财源而节财流，而大势败坏不可收拾，悔之晚矣。虽知其既晚，挽回于将来，补救于万一，及今犹可为也。今核明治五年至十二、三年海关出入之数，先详货币，次胪物品，次别国名，皆为提纲择要，比较数年以来，使天下之人晓然知其得失利害之所在。嗟夫！日本与诸大国驰骋，而十年之间，流出金钱乃逾亿万之多，其何以支？痛念兄弟之国窘急，若此不禁，为之太息而流涕也。而或者犹曰：是第据五港关吏报告之书，尚有流出金钱，不具于此者，则益非余之所敢知矣。

卷二一　兵志一·兵制

外史氏曰：开创多尚武，而守成则尚文；乱世多尚武，而治平则尚文；列国多尚武，而一统则尚文，自昔然矣。然而弛备者必弱，忘战者必危。自古右文之朝，莫如周成。周之初，三监胥靖，四夷宾服，而周公之戒成王曰："其克诘尔戎兵，以陟禹之迹，以行于天下。"言备之不可已也；况于今日之列国，弱肉强食，眈眈虎视者乎？欧洲各国，数十年来，竞强角力，迭争雄霸，虽使车四出，槃敦雍容，而今日玉帛，明日兵戎，包藏祸心，均不可测。各国深识之士，虑长治久安之局不可终恃，皆谓非练兵无以弭兵，非备战无以止战。于是筑坚垒，造巨舰，铸大炮，日诘国人，朝夕训练，务使外人莫敢侮。东戍巴邱则西城白帝，务使犬牙交错之国，度权量力，相视而莫敢发。中国之论兵，谓如疾之医药，药不可以常服，所谓不得已而用兵也。泰西之论兵，谓如人之有手足，无手足不可以为人，所谓兵不可一日不备也。余尝旷观欧洲近日之事，益叹古先哲王以穷兵黩武为戒，其用意至为深远。澳、德、意、法，稽其兵籍，俱过百万。假使驱此数百万之兵，俾就业于农工商，岂不更善？夫竭百农工商之力，仅足以养一兵，必使亿万之农工商，竭蹶于畎亩之中，竞争于锥刀之末，徒以之坐耗于兵，筋力疲于锋镝，金银销于炮火，而尔猜我忌，迭增其数，尚无已时，自非好武佳兵，其弊乌至于此！然而事变之极，已至此极，虽使神圣复生，必不能闭关而治。无闭关之日，即终不能有投戈讲艺、解甲归田之日，虽百世可知也。嗟夫！今日之事，苟欲禁暴戢兵，保大定功，安民、和众、丰财，非讲武不可矣。日本维新以来，颇汲汲于武事，而其兵制多取法于德，陆军则取法于佛，海军则取法于英，故详著之。观此亦可知欧洲用兵之大凡，作《兵志》，为目三，曰兵制，曰陆军，曰海军。

外史氏曰：中国三代，寓兵于民，无事则耕，有事则战。其不用也，举天下皆力农桑之民；其用也，举万乘皆决射御之士，兵与食俱无不足，其规模可谓善矣。然自战国以后，齐有技击，秦有锐士，即已兼用召募之法。暨唐府兵制坏，用张说之议，遂专用募兵。自是以后，民出食以养兵，兵出力以卫民，相沿至今，而兵与民遂不可复合。儒者好言古制，徒见唐宋养兵蠹国病民，骄惰无用，遂慨然思复三代之旧。不知募兵之害固大，以言乎征调，军书所至，鸡犬为空，邑里萧条，田园芜废，观于新安折臂之翁，石壕捉人之吏，民困于役，如此其甚，法安得而不变？夫古人用兵之日少，兵食出于一，即兵与民不必分；后世用兵之日多，兵食不得不分，即兵与民亦不能复合。征兵之变为募兵，盖亦世变所趋，不能不尔，非独中国，天下万国亦莫不然也。

然余考欧洲近日兵制，乃又由募兵而复为征兵。其法：男子二十使应征，四十五十而免役，少者壮而老者退职，老者退而少者又入营，故兵无羸弱之忧。其常备之兵有定额，即养兵之费亦有定额，然历三年即一人之饷得二兵之用，历六年即一兵之饷得三兵之用，故粮无虚糜之患。当为常备，民即为兵；训练既精，兵复为民。无事则全国之兵皆农工商，有事则全国之农工商皆兵，故国无虚耗之恐。观其按籍而稽，应时而调，同于古人料民之法。然所调之兵，仅征其力役，而兵之衣粮器械，皆别取其奉给于民，盖斟酌于征兵、募兵二法，各去其流弊而用其长，而又以时而训练，分年而更代，此非数百年穷研实践，未易得此精密之法也。日本仿此法，行之八年，虽未尝争战于邻国，而削平内乱，屡奏其功，数年之后，必更可观，亦可谓善变矣。

中国自唐宋至今，多用募兵，而募兵之法，固有不可骤变者，将旗一树，万夫云集，不患无兵，亦自有不必行此法者。余特以为抽换教练之法，似可采而用之也。国家岁糜千余万兵饷以养绿营，迨洪杨事起，乃至胥天下之兵无一可用。当事者有鉴于此，始创为练勇为兵之法。近年以来，稍稍精强，然国家既竭饷以养有用之勇，仍糜饷以养无用之兵，其何以持久？且今日之勇，固皆百战劲卒，可为干城；然再历十年，则此辈又且衰老，更何以善其后耶？嗟夫！今天下万国，鹰瞵鹗视，率其兵甲皆可横行，有国家者不于此时讲求兵制，筹一长久之策，其可乎哉！

卷二六　兵志六·海军

外史氏曰：英吉利之海军，盖天下莫强焉。当罗马强盛时，英王仅能备兵分戍海岸。其后多为三十对、四十对之小棹船，数之五六千，以之称强。及第七世显理王，西历一千四百八九十年间。始造大船。第八世显理王始专设海军省。一千五百十二年。为近日海军兵制之权舆。迨第一查勒士，一千六百一二十年间。遂造巨舰，能备巨炮百尊。及王维廉，遂有兵船一百七十三艘。一千七百年。女王安尼嗣立，复与法战，其数益增。自蒸气之用广移之于行船，一变而为车轮，一千七百七十年始用火轮船。再变而用螺旋船。自火轮船出，海军为之一变，然车轮夹船不便于战，若遇敌舟连发巨炮，则已船为轮轨所碍，每至伤败。后螺旋船出，英国于一千八百四十三年特造舟试之，知其神益甚多，乃定螺旋为常备舰。螺旋即暗轮，分作三四瓣，每瓣具向背之势，如螺旋焉。自造炮之技愈精，船身薄不足御，一变而为蒙铁，当英法助土攻俄之战，竟用蒙铁船为浮炮台，其法以铁板盖覆外面，至一千八百六十年乃用之航海。船傅以厚四英寸之铁，法国创之，英国效之，及与美国战，常用此舰。他船终不能敌，于是各国争相效仿矣。再变而为铁甲船，其始不过厚四英寸、五英寸之铁，而各国竞造大炮，乃又加厚焉。现在英国一等战舰六号，其尤者十六至二十四英寸，其次者十二至十四英寸，二等战舰十一号，其尤者十至十二英寸，其次者八至十二英寸，若四五寸之铁，今又列为五六等战舰矣。自战舰之制日坚，炮力薄不足摧，一变而用巨炮，始多用百馀尊四十五十尊之炮。然炮多势必轻小，轻小则弹近而力薄，是一船虽收多炮之用，曾不能敌一巨炮之中。于是炮船兴焉。炮不必多，不过四尊，亦或二尊，而炮重至三十八吨。当南北美利坚合战时，北专以巨炮胜南也。再变而用环击炮。从前船上备炮多在左右，然专击一偏，运转不得自如，近多置于船之首尾上下，四旁可轰击，英国之罗窝丹舰创为之。夫英之海军，固已强矣。然余观数十年以来，屡变屡迁，日新月异，苟泥守其旧制，乌能强盛如此乎？

其船坚炮利，固天下所共知。余考其所以致胜之由，又有三焉：一曰兵权统于将。夫设险守国，厄要分屯，此乃陆军之制耳。若茫茫大洋，曾无畔岸，飙轮飞驰，瞬息千里，苟事权不统于一，则顾此失彼，击首遗尾，鲜不败矣。英之海军，均归海军卿节制，平时之巡察各洋，保卫属土，战时之分遣诸将，统率舰队，虽在数万里外海，电信飞传报，顷刻即达，莫不如身之使臂，臂之使指，其将旗所翻，包举四海有如此者！一曰将材出于学。古所谓"运用之妙存乎一心"者，以言乎兵法之不可泥古耳，非谓兵之不必学也。况今日造炮驶船，皆属专门，苟以不教民战，虽有炮，虽有船，不举而委之敌、弃之水者几希。即曰借材异国，而争战事起，皆守局外中立之条，咸解约去矣，仓猝遣将，能不误事？英则自太子、亲王、贵族子弟，皆使受兵学。风声所树，人人尚武，以得隶兵籍为荣。其教之之法，既详且备，而量能而授，循格而升，复无人不称职之弊。一遇有事，在商船、在外国者，咸在尺籍，应归调遣，其家颇牧而户孙吴，材不胜用有如此者。一曰器用储于国。非木无以成材，非铁无以济用，有木与铁而无谙熟之工匠，重大之机器，宽宏之船坞，亦无以舒急。战事一起，各国咸居局外，不得济军需，败则不可复振矣。英则官用既足，而平时日讨国人以搜军实，故民间造船之厂，铸炮之局，林立于国中。当与俄交战时，六年之间，公私并举，共造大小战舰炮船二百三十馀号。其取诸宫中，用无不足有如此者。夫是以摧西班牙，败法兰西，蹙俄罗斯，伏和兰，吞印度，侮我亚细亚，无往而不利也。

日本三岛之国，有似乎英，欲如英之强，固万万其不能。然当今之时，列国环视，眈眈虎视，故虽艰难拮据，亦复费二千万之金银，竭蹶经营，以成此一军，可谓知所先务矣。英国国会上院上其国王书曰：西历一千七百七年。"欲英吉利安富尊荣，愿吾王于万机中，以海军一事为莫急之务，至要之图。"嗟夫！有国家者其念兹哉！其念兹哉！

卷二七　刑法志一

　　外史氏曰：上古之刑法简，后世之刑法繁；上古以刑法辅道德故简，后世以刑法为道德故繁。中国士夫好谈古治，见古人画像示禁、刑措不用，则罜然高望，慨慕黄农虞夏之盛，欲挽末俗而趋古风，盖所重在道德，遂以刑法为卑卑无足道也。而泰西论者，专重刑法，谓民智日开，各思所以保其权利，则讼狱不得不滋，法令不得不密。其崇尚刑法，以为治国保家之具，尊之乃若圣经贤传。然同一法律，而中西立论相背驰。至于如此者，一穷其本，一究其用故也。余尝考中国之律，魏晋密于汉，唐又密于魏晋，明又密于唐，至于我大清律例又密于明。积世愈多，即立法愈密，事变所趋，中有不得不然之势，虽圣君贤相，不能不因时而增益。西人所谓民智益开则国法益详，要非无理欤？余读历代史西域、北狄诸传，每称其刑简令行，上下一心，妄意今之泰西诸国亦当如是。既而居日本，见其学习西法如此之详。既而居美国，见其用法施政，乃至特设议律一官，朝令夕改，以时颁布，其详更加十百倍焉，乃始叹向日所见之浅也。泰西素重法律，至法国拿破仑而益精密。其用刑之宽严，各随其国俗以立之法，亦无大异。独有所谓《治罪法》一书，自犯人之告发，罪案之搜查，判事之预审，法廷之公判，审院之上诉，其中捕拿之法、监禁之法、质讯之法、保释之法，以及被告辩护之法、证人传问之法，凡一切诉讼关系之人、之文书、之物件，无不有一定之法。上有所偏重，则分权于下以轻之；彼有所独轻，则立限于此以重之，务使上下彼此权衡悉平，毫无畸轻畸重之弊。窥其意，欲使天下无冤民，朝廷无滥狱。呜呼！可谓精密也已。余闻泰西人好论"权限"二字，今读西人法律诸书，见其反复推阐，亦不外所谓"权限"者。人无论尊卑，事无论大小，悉予之权，以使之无抑；复立之限，以使之无纵，胥全国上下同受治于法律之中，举所谓正名定分，息争弭患，一以法行之。余观欧美大小诸国，无论君主、君民共主，一言以蔽之，曰以法治国而已矣。自非举世崇尚，数百年来观摩研究、讨论修改，精密至于此，能以之治国乎？嗟夫！此固古先哲王之所不及料，抑亦后世法家之所不能知者矣。作《刑法志》。

卷三二　学术志一

　　外史氏曰：余观周秦间，儒者动辄曰孔墨，曰儒墨。以昌黎大儒，推尊孟氏，谓不在禹下，而亦有孔必用墨，墨必用孔之言。窃意墨子之说，必有以鼓动天下之人使之尊信者。今观于泰西之教，而乃知之矣。余考泰西之学，其源盖出于墨子。其谓人人有自主权利，则墨子之尚同也；其谓爱汝邻如己，则墨子之兼爱也；其谓独尊上帝，保汝灵魂，则墨子之尊天明鬼也。至于机器之精，攻守之能，则墨子备攻备突、削鸢能飞之绪馀也。而格致之学，无不引其端于《墨子·经》上下篇。当孟子时，天下之言半归于墨，而其教衍而为七，门人邓陵、禽猾之徒，且蔓延于天下。其入于泰西，源流虽不可考，而泰西之贤智推衍其说，至于今日而地球万国行墨之道者，十居其七。距之辟之于二千馀岁之前，逮今而骎骎有东来之意。呜呼！何其奇也。余足迹未至欧洲，又不通其语言文字，末由考其详。顾余闻东西之人盛称泰西者，莫不曰其国大政事、大征伐，皆举国会议、询谋金同而后行；其荐贤授能，拜爵叙官，皆以公选；其君臣上下，无疾苦不达之隐，无壅遏不宣之情；其人皆乐善好施，若医院，若义学，若孤独园，林立于国中。其器用也，务以巧便胜；其学问也，实事求是，日进而不已。其君子小人，皆敬上帝，怵祸福；其法律，详而必行；其武备，修而不轻言战。余初不知其操何术致此，今而知为用墨之效也。

　　余读《墨子》诸篇，每引尧、舜、禹、汤之事以证其说。其说之善者，容亦有合于吾儒；而独其立教之要，旨专在于尚同、兼爱，则大异。彼谓等天下而同之，撒遂万物而利之。天下之人，喜人人得自伸其权，自谋其利，故便其说之行而乐趋之。交相爱则交相利，苟利于众则同力合作，故事易举；无所甚亲于父兄，无所甚厚于子孙，故推其爱于一国。而君臣上下，无甚差别，相维相系，而民气易固。学问则相长也，工巧则相示也，故互相观摩，互相竞争，而技艺日新。而又虑其以同禅同无所统而易于争乱也，故称天以临之，使人人知所敬而不敢肆，由是而教诫修焉。明法以范之，立义以制之，使人人知所循而不敢逞；讲武以防之，使人人有所惮而不敢犯，由是而政令肃焉，由是而武备修焉。彼欲行其尚同、兼爱之说，而精详如此，行之者其效又如此，胥天下而靡然从之，固无足怪。然吾以为其流弊不可胜言也。推尚同之说，则谓君民同权、父子同权矣；推兼爱之说，则谓父母兄弟，同于路人矣。天下之不能无尊卑、无亲疏、无上下，天理之当然，人情之极则也。圣人者知其然，而序以别之，所以已乱也。今必欲强不可同、不能兼者，兼而同之，是启争召乱之道耳！幸而今日泰西各国，物力尚丰，民气尚朴，其人尚能自爱，又恃其法令之明，武备之修，犹足以维持不败。浸假而物力稍绌，民气日嚣，彼以无统一、无差等之民，各出其争权贪利之心，佐以斗狠好武之习，纷然其竞起，天之不畏，法之不修，义之不讲，卒之尚同而不能强同，兼爱而无所用爱，必推而至于极分裂、极残暴而后已。执尚同、兼爱以责人，必有欲行均贫富、均贵贱、均劳逸之说者。吾观欧罗巴诸国，不百年必大乱。当其乱，则视君如弈棋，视亲如赘旒。而每一交锋，蔓延数十年，伏尸百万，流血千里。更有视人命如草菅者，岂人性殊哉？亦其教有以使之然也。前夫今日，争乱之事，吾已见之矣。后乎今日无道以救之，吾未知其争乱之所底止也。然则韩子之用墨，举其善而言之也。孟子之辟墨，举其弊而言之也。日本之学术，先儒而后墨。余故总论其利弊如此，作《学术志》：一、汉学；二、西学；三、文字；四、学制。

卷三二　学术志一·汉学

日本之习汉学，盖自应神时始。时阿直岐自百济来，帝使教太子菟道稚郎子以经典。十五年，又征博士王仁。帝谓阿直岐曰："汝国有愈于汝者乎？"曰："有王仁者，邦之秀也。"遂征王仁。仁始赍《论语》十卷、《千文》一卷而来。应神十五年，当晋武帝太康五年。考李暹《千文注》曰："钟繇始作《千文》。"此盖钟氏《千文》也。至继体七年，百济又遣五经博士段扬尔。十年，复遣汉安茂。于是始传《五经》。据《日本记》，以《礼》、《乐》、《书》、《论语》、《孝经》为五经。继体七年，当梁天监十二年，是时始传《书》经。相传日本有《逸书》者，谬矣。日本于孝武、光武时，均通驿使。及魏并封王赐诏，而崇神时有任那国入贡，垂仁时有新罗王子归化，当时均不闻赍归汉籍，至君房所赍之书，更荒远不可考矣。欧阳公《日本刀歌》曰："徐福行时书未焚，《逸书》百篇今尚存。令严不许传中国，举国无人识古文。"亦儒生好奇想象之辞耳。然汉籍初来时，仅令王子、大臣受学，第行于官府而已。及通使隋唐，典章日备，教化益隆。逮夫大宝，益崇斯文，自京师至于邦国，莫不有学。京师有大学，学有博士。国博士每国一人。学生大国五十人，上国四十人，中国三十人，下国二十人。自神龟以降，令博士兼三四国。学必藏经典，神护景云三年，太宰府言："此府为天下一大都会，其学徒稍众，而府中惟蓄五经，未有三史正本。志在涉猎，道尚不广，伏请列代诸史各给一本，以兴学业。"诏赐《史记》、《汉书》、《后汉书》、《三国志》、《晋书》各一部。可知五经等籍，国学皆藏之也。才必为贡人，其教之之法，有《周易》、《尚书》、《周礼》、《仪礼》、《礼记》、《毛诗》、《春秋左氏传》之七经，七经皆立之学官，《易》立郑康成、王弼注，《书》立孔安国、郑康成注，三《礼》、《毛诗》立郑康成注，《左传》立服虔、杜预注。《礼记》、《左传》为大经，《毛诗》、《周礼》、《仪礼》为中经，《周易》、《尚书》为小经。而《孝经》、《论语》则令学者兼习。《孝经》立孔安国、郑康成注，《论语》立郑康成、何晏注。宝字元年，特敕令天下，家藏《孝经》一本，若有不孝不顺者，配诸陆奥、出羽。贞观二年，敕《孝经》用明皇御注。敕曰："大唐开元十年，撰御注《孝经》，作新疏三卷。考世传郑注，比之他经，义理殊非。又稽之郑《志》，康成不注《孝经》，安国之本，梁乱而亡。今之所传，出自刘炫，事义纷荟，诵习尤难，故元宗为之训注，冀阐微言，乃敕学士佥议可否。硕德儒林，咸共嗤伏，应自今诸学官立。"考日本唯《公》、《穀》二传不列于学，后有遣唐使直讲博士伊与部家守传二传以归，于是家守初讲三传，然未建以为例。延历十七年，式部省奏："窃检唐令《易》、《书》、《诗》、三《礼》、三《传》各为一经，今请以二《传》准小经，永听教授。"诏允之。此外有算学，以《孙子》、《五曹》、《九章》、《海岛》、《六章》、《缀术》、《三开重差》、《周髀》、《九司》各为一经。有书学，以巧秀为宗，不讲字体。有律学，有音学，日本之传汉籍，有汉音，有吴音。汉音盖王、段博士之所授者；吴音则传于百济，尼法明初来对马，以吴音诵经，故吴音又呼为对马读。有唐人袁晋卿者，于天平七年从遣唐使来归，通《尔雅》、《文选》音，因授大学音博士。延历十年，诏令明经之徒习音。十七年，又诏诸读书一用汉音，勿用吴音。有天文、阴阳、历、医等学。其养之之法，于大学置劝学田数百町，以资费用；于大炊寮每日给百度饭一石五斗，以赏其劳。其取之之法，有秀才、明经、进士、明法、书算。其大学生取五位以上子孙及东西史部，谓汉直、河内、文首各姓之类。汉直之先为阿知使主，文首之先为王仁，皆出刘汉之后，累世继业，或为史官，或为博士，因赐之姓，总谓之史部。史部所居在帝城左右，故曰东西。以补于式部。国学生取郡司子弟，以补于国司。国司既试，则随朝集使造于官，至则引见于办官，并付式部试而得第。而朝廷之上自帝王，以至公卿，皆喜为诗文，以相提倡。文武帝尝谒学行释奠礼，清和帝并诏修释奠式，则叙官于五畿七道，以示尊崇圣教之意。大学、国学，皆以岁时祀先圣孔子，初称孔宣父，神护景云二年亦谥曰文宣王。大学配以先师，为颜渊；从祀者九座，则闵子骞、冉伯牛、仲弓、冉有、季路、宰我、子贡、子游、子夏也。国学专祀先圣、先师，惟太宰府学三座，为先圣、先师、闵子骞。所有典章制度，一仿唐制。而遣唐学生所得学术归，辄以教人，以故人才蔚起。延喜天历之间，彬彬乎称极盛焉。王纲解纽，学校渐废。及保元以降，区宇云扰，士大夫皆从事金革。源、平迭起，互争雄霸，一切以武断为治，无暇文字；惟足利氏尝建一校，汇藏古书而已。世所谓足利学校是也。尔时惟缁流略习之字，国家有典章词令，皆命僧徒充其役。斯文一线之传，仅赖浮屠氏得不坠地者三百馀年。逮德川氏兴，投戈讲艺，专欲以诗书之泽销兵革之气，于是崇儒重道，首拔林忠于布衣，命之起朝仪，定律令，忠出藤原肃之门，时尚未有讲宋学者。忠年十八，遂聚徒讲朱注于西京，博士舟桥秀贤曰："自古无敕许不得讲书，朝绅犹然，况处士抗颜讲新说乎！"议欲逐之。家康闻之，曰："林某可谓特达之识。"遂召见，被宠遇。俾世司学事，为国祭酒。及其孙信笃，遂变僧服，种发，称大学头，而儒教日尊。先是，文艺之事一归于僧徒，藤原肃始倡程朱学，然初亦为僧。及林信胜出，有僧人知其聪颖，强其父命之剃度，信胜坚执不可。德川氏既定国，儒者乃别立名目，然犹指为制外之徒，秃其顸，不列于士林。信笃慨然以谓"儒之道即人之道，人之外非有儒之道，而斥为制外，可谓敝俗"。乃请于德川常宪，始许种发。此元禄四年正月十四日事也。幕府既崇儒术，首建先圣祠于江户。德川常宪自书"大成殿"字于上，鸟革翚飞，轮奂俱美。诸藩闻风仿效，各建学校。由是人人知儒术之贵，争自濯磨。文治之隆，远越前古。

自藤原肃始为程朱学，肃，字敛夫，号惺窝，播磨人。初削发入释，后归于儒。时海内丧乱，日寻干戈，文教扫地，而惺窝独唱道学之说。先是，讲宋学者，以僧元惠为始，而其学不振。自惺窝惠奉朱说，林罗山、那波活所皆出其门，于是乎朱学大兴。物茂卿曰："昔在邃古，吾东方之国，泯泯乎罔知觉，有王仁氏而后民始识字；有黄备氏而后经艺始传；有菅原氏而后文史可诵；有惺窝氏而后人人知称天语圣。四君子者，虽世尸祝乎学宫可也。师其说者凡百五十人，尤著者曰林信胜、一名忠，字子信，号罗山，西京人。林春胜、一名恕，字之道，号鹅峰，信胜子。林信笃、一名戆，字直民，号凤冈，春胜子。林衡、字德铨，号述斋，本岩村城主，嗣林氏，为信胜八世孙。木下贞干、字直夫，号锦里，西京人。新井君美、字在中，号白石，江户人。室直清、字师礼，号鸠巢，江户人。柴野邦彦、字彦辅，号栗山，赞岐人。那波觚、字道圆，号活所，播磨人。山崎嘉、字敬义，号闇斋，西京人。浅见安正、字绚斋，近江人。德川光国、字子龙，号常山，水户藩主。安积觉、字子光，号澹泊斋，世仕水户藩。贝原笃信、字子诚，号益轩，世仕筑前藩。中井积善、字子庆，号竹山，大坂人。佐藤坦、字大道，号唯一斋，江户人。尾藤孝肇、字志尹，号二洲，伊豫人。古贺朴、字纯风，号精里，世仕佐贺藩。古贺煜、号侗庵、朴子。赖襄。字子成，号山阳外史，安艺人。

为阳明之学者凡六人：中江原为之首，原字惟命，号藤树，近江人。年甫十一，一日读《大学》，至"壹是皆以修身为本"，慨然曰："圣人岂不可学而至乎！"初治程朱学，既而喜阳明王氏之说，教诲弟子，以勿泥格套去胶柱之见以体认本心。又以《孝经》为标旨，揭出爱、敬二字。藤树为人温厚，无贤愚皆服其德。尝遇盗，告以姓名，贼皆投刀罗拜。又之京师道中，与舆夫说心学，舆夫感动流涕。一时称为近江圣人。其徒之善者曰熊泽伯继，字子介，号蕃山，西京人。又有伊藤维桢，字原佐，号仁斋，西京人。初潜心宋学，既而有疑，乃参伍出入，沉思有年，怳然曰："《大学》之书，非孔氏之遗书。凡明镜止水，冲漠无朕，虚灵不昧，以及体用、理气诸说，皆佛老绪馀，非圣人意也。其学专以《论语》为主，《孟子》次之。平居教学者，以明道术、达治体，乃为有用之材，而以流于记诵、骛于空文为戒。广开门户，来者辐辏。信者以为间世伟人，疑者以为陆王馀说。仁斋处乎其间，是非毁誉，怡然不问，专以继往开来为任。**不甚喜宋儒，而讲学自树一帜。其徒七十人，尤者日伊藤长允**、字元藏，号东涯，维桢子。**物茂卿之学**，荻生氏，名双松，以字行，号徂徕，又号萱园，江户人。其先有仕南朝为物部者，以官为族，称物部氏，或单称物氏。初，伊藤仁斋倡古学于平安，徂徕乃著《萱园随笔》，以距古学。既而读明人李、王之书，有所感发，以古文辞为古经阶梯，创立一家言，自称复古学，曰："古言不与今言同。遍采秦汉以上古言，玩味六经，则宋儒之妄，章章乎明矣。"又曰："道者，文章而已。六经亦此物，舍此而他求，后儒所以不知道也。"又曰："孔子之道，先王之道也。其教则《诗》、《书》、《礼》、《乐》四术。自子思、孟子与诸子争，乃降为儒家者流矣。"其教人读书，六经之外，专以《史》、《汉》。谓其言近古，易以识古人之意。其诗文专宗李、王，以步趋盛唐，视宋元人文不啻如仇雠也。所著有《论语征》、《辨道》、《辨名》等书，大詈宋儒，并及思、孟。其门人安藤东野、山县周南之辈，从而鼓荡之，声号藉甚，震撼一世。尝题孔子像赞，自称曰："日本国夷人物茂卿拜手稽首"云。由《史》、《汉》以上求经典，学识颇富。近伊藤而指斥宋儒空谈则过之。门徒六十四人，尤者曰太宰纯、字德夫，号春台，信浓人。服部元乔、字子迁，号南郭，西京人。龟井鲁、字道载，号南溟，筑前人。帆足万里、字鹏卿，号愚亭，世仕日出城主。

更有古学家，专治汉唐注疏，共六十人，尤者曰细井德民、字世馨，号平洲，尾张人。猪饲彦博、字希文，号敬所，西京人。中井积德、字处寂，号履轩，大坂人。藤田一正、字子定，号幽谷，水户人。藤田彪、字斌卿，号东湖，一正子。会泽安、字伯民，号正志斋，水户人。松畸复、字明复，号慊堂，肥后人。安井衡、字仲平，号息轩，世仕饫肥城主。盐谷世宏。字毅侯，号岩阴，江户人。

此外则为史学者，有源光国、著《大日本史》。赖襄、著《日本政记》、《日本外史》。岩垣松苗。著《国史略》。

为古文之学者，有物茂卿、赖襄、盐谷世宏、安井衡、斋藤谦、字有终，号北堂，伊势人。古贺朴，皆卓然能成一家言。

馀外则林孺、字长孺，号鹤梁，江户人。柴野邦彦、藤孝肇、室直清、太宰纯、服部元乔、山县孝孺、字次公，号周南，长门人。中井积善、中井积德、木下贞干、新井君美、安藤焕图、字东壁，号东野，野州人。佐藤坦、安积信、字思顺，号艮斋，陆奥人。柴野允升、字应登，号碧海，邦彦子。古贺煜、藤田彪、伊藤维桢、伊藤长允、中江原、松永遐年、字昌三，号尺五堂，西京人。熊泽伯继、安积觉、山崎嘉、汤浅元桢、字之祥，号常山，备前人。皆川愿、字伯恭，号淇园，西京人。赖惟宽、字千秋，号春水，襄父。贝原笃信、龟井鲁、千叶元之、字子元，号芸阁，西京人。龙公美、字君玉，号草庐，山城人。细井德民、斋藤馨、字子德，号竹堂，仙台人。长野确、字孟确，号丰山，伊豫人。藤森大雅、字纯风，号宏庵，江户人。藤泽辅、字元发，赞岐人。广濑谦、字吉甫，号旭庄，丰后人。筱崎弼、字承弼，号小竹，浪华人。坂井华、字公实，号虎山，安艺人。野田逸、字子明，号笛浦，丹后人。青山延于、字子世，号拙斋，水户人。青山延光、字伯卿，号佩弦斋，延于子。中村和、水户人。贯名苞、字君茂，号海屋，阿波人。摩岛宏、字子毅，号松南，西京人。松崎复、太田元贞、字公干，号锦城，加贺人。太田墩、字叔复，号晴轩，元贞子。朝川鼎、字五鼎，号善庵，江户人。龟田兴、字公龙，号鹏斋，上野人。山本信有、字喜六，号北山，江户人。秦鼎、字士铉，号沧浪，尾张人。春田嚣、字九泉，号直庵。苏我章、字子明，号耐轩，江户人。大桥顺、字顺藏，号讷庵，江户人，佐久间启。字子明，号象山，信浓人。

为诗词之学者，有新井君美、著有《白石诗稿》。梁田邦美、字景鸾，号蜕岩，江户人，有《蜕岩文集》。祇园瑜、字伯玉，号南海，纪伊人，有《南海集》。秋山仪、字子羽，号玉山，丰后人，有《玉山诗集》、《玉山遗稿》。菅晋师、字礼卿，号茶山，备后人，有《黄叶夕阳村舍诗稿》。赖惟柔、字千祺，号杏坪，安艺人。广濑建、字子基，号淡窗，丰后人。赖襄、梁孟纬、字公图，号星岩，美浓人，有《星岩集》。市河子静、号宽斋，上毛人。大窪天民、号诗佛，有《诗圣堂集》。柏木昶、字永日，号如亭，信浓人，有《晚晴堂集》。菊池五山。有《五山堂诗话》。

著述之富，汗牛充栋，不可胜数。今特取其说经之书，备志于后。

三百年来，国家太平，优游无事，士夫每立一义，创一说，则别树一帜。如宋明人聚徒讲学之风，为之党徒者若蚁慕膻，以千百计。及其党羽已盛，名望已成，则王公贵人，列藩侯伯，争贽束帛，馈兼金，或自称门下，或冀得其尺牍手书以为荣。其上者，拔之草茅，命参机密；其次者，广借声誉，亦得温饱。而此徒彼党，往往负气不相下，各著书说，昌言排击，即共居一门，亦有同室操戈，兄弟阋墙，以相狎侮者。甚则师弟之间，反颜相向，或隙末而削籍，或师死而背去，又比比然也。既各持其说，无以相胜，则曲托贾竖，邮呈诗文于中国士大夫，得其一语褒奖，乃夸示同人，荣于华衮。而朝鲜信使，偶一来聘，又东西奔走，求一接謦欬，以证其所学之精。其骛声气，好排挤，日本之习汉学，其弊有如此者。惟是将军专政，历数百载，举国士夫不复知有名义。自德川氏好文尚学，亲藩德川光国著《大日本史》，隐然寓斥武门、崇王室之意。其后高山彦九郎、蒲生君平、赖襄，概以此意著书立说，子孙徒党，继续而起。浸淫渐积，民益知义。逮外舶事起，始主攘夷，继主尊王以攘夷，始主尊王，皆假借《春秋》论旨，以成明治中兴之功，斯亦崇汉学之效也。

维新以来，广事外交，日重西法，于是又斥汉学为无用，有昌言废之者。虽当路诸公知其不可，而汉学之士多潦倒摈弃，卒不得志。明治十二三年，西说益盛，朝廷又念汉学有益于世道，有益于风俗，于时有倡斯文会者，专以崇汉学为主，开会之日；亲王大臣咸与其席，来会者凡数千人云。

经说书目

《读书私记》一卷，《读易图例》一卷，《周易义例卦变考》一卷，《周易经翼通解》十八卷，《复性辨》一卷，《辨疑录》四卷，《圣语述》一卷，《读易图例》一卷，《论孟古义标注》四卷，《中庸发挥标释》二卷，《大学定本释义》一卷，《语孟字义标注》二卷，《周易传义考异》九卷，《四书集注标注》六卷，《春秋胡氏传辨疑》二卷，《经说》二卷，《经学文衡》三卷，《诗经说约》二十八卷，《诗经正文》二卷，《大禹谟辨》一卷，伊藤长允著。《较定孝经》一卷，《经义捄说》一卷，《经义捄说绪馀》四卷，《古文尚书考》十卷，《中庸辨》一卷，《经说》十卷，《大学弁》二卷，《论语正义》无卷数，《孝经集览》二卷，《经义书》一卷，《古文尚书勤王师》三卷，《春秋孔志》一卷，《李鼎祚易解义疏》十八卷，《三礼古器考》三卷，《论语说》五卷，《易象义解》五卷，《书丛》十卷，《尚书勤王师》无卷数，《学庸正义》无卷数，山本信有著。《四书钞说》十二卷，《周易程传钞说》四卷，《孝经示蒙句解》一卷，《四书示蒙句解》二十八卷，《诗经示蒙句解》十八卷，《小学示蒙句解》十卷，《笔记周易本义》十六卷，《笔记易学启蒙》四卷，《笔记读易要领》四卷，《笔记书经集传》十二卷，《笔记诗经集传》十六卷，《笔记春秋胡传》四卷，《笔记礼记集说》十五卷，《笔记大学或问》一卷，《易学启蒙翼传》一卷，《家礼训蒙疏》五卷，《孝经集解》一卷，中村钦著。《大学略钞》一卷，《大学要旨》一卷，《四书五经要语钞》三卷，《论语摘语》一卷，《大学钞》一卷，《论语解》无卷数，自"学而"至"里仁"。《大学解》二卷，《中庸解》三卷，《春秋劈头论》一卷，《四书集注》十卷，《周礼》三卷，《仪礼》三卷，《孝经》一卷，《孟子养气知言解》一卷，《周易手记》六卷，《四书集注钞》三十卷，《七书讲义私考》八卷，《三礼谚解》二卷，林信胜著。《古文孝经标注》一卷，《古文孝经参疏》三卷，《大学古义》一卷，《中庸古义》一卷，《大学解废疾》、《中庸解废疾》、《古文尚书考疑》、《尚书类考》、《左氏独得》、《论语征膏肓》、《孟子说》均无卷数，《合刻四书》四卷，《论语正文》二卷，《孟子正文》七卷，《毛诗正文》三卷，《古文尚书正文》二卷，《礼记正文》五卷，片山世璠著。《四书序考》四卷，《大学启蒙集》七卷，《孟子要略》四卷，《朱易衍义》三卷，《小学蒙养集》三卷，《孝经外传》一卷，《孝经详略》二卷，《孝经刊误附考》一卷，《四书点》十四卷，《孝经点》一卷，《小学点》一卷，《五经点》十一卷，《周易本义》十卷，《易学启蒙》二卷，《论孟精义》二十八卷，《洪范全书》六卷，山崎嘉著。《古易断》十卷，《古易时言》四卷，《古易精义》一卷，《古易一家言》一卷，《古易一家言补》一卷，《古易通》无卷数，《周易精蕴》无卷数，《易学类编》三卷，《易学小筌》一卷，《梅花心易评注》一卷，《古文孝经发》三卷，《书经通考》、《国字笺左国易说》、《论语汇考》、《诗经解广》、《易学必读》均无卷数。新井祐登著。《周易本义首书》七卷，《周易私考》十三卷，《孟子谚解》三十三卷，《论语谚解》三十一卷，《易启蒙私考》四卷，《大学谚解》一卷，《诗经私考》、《书经私考》、《春秋私考》、《礼记私考》、《周易私考》、《周易程传考》、《周易程传翼》、《周易新见》均无卷数。林春胜著。《周易绎解》十卷，《易原》二卷，《蓍卜考误弁正》一卷，《书经绎解》六卷，《诗经绎解》十五卷，《诗经助字法》二卷，《左传助字法》三卷，《仪礼绎解》八卷，《大学绎解》一卷，《中庸绎解》一卷，《论语绎解》十卷，《孟子绎解》十四卷，《易学开物》无卷数，皆川愿著。《论语古训外传》二十卷，《诗书古传》三十四卷，《朱氏诗传膏肓》二卷，《周易反正》十二卷，《易道拨乱》一卷，《古文孝经孔安国传》一卷，《古文孝经正文》一卷，《论语古训》十卷，《易占要略》一卷，《春秋三家异同》、《春秋拟释例》、《六经略说》、《春秋历》均无卷数，太宰纯著。《冢注孝经》一卷，《孝经和字训》一卷，《冢注论语》十卷，《论经群疑考》十卷，《冢注家语》十卷，《冢注诗经》五卷，《冢注尚书》六卷，《冢注六记》六卷，《孟子断》二卷，《国语增注》六卷，《大学国字解》一卷，《中庸国字解》一卷，塚田虎著。《尚书证》一卷，《孝经证》五卷，《中庸证》六卷，《论语证》四卷，《诗经证》三卷，《易学简理证》、《论语人物证》、《尚书人物证》、《诗经人物证》、《九经释例》、《麟经探概》、《尔雅证》均无卷数，高桥女冈慎着。《系辞详说》三卷，《三论异同》一卷，《论语大疏》二十卷，《大学考》二卷，《易解》无卷数，《壁经辨正》十二卷，《论语作者考》一卷，《论语名义考》一卷，《中庸说》二卷，《中庸考》二卷，《九经谈》十卷。大田元贞著。《五经图解》十二卷，《书经天度辨》四卷，《书经天文图说》二卷，《周易指掌大成》无卷数，《周易一生记》五卷，《周易日用掌中指南》一名《本卦指南》。五卷，《梅花心易掌中指南》五卷，《八卦掌中指南》四卷，《易学启蒙图说》一卷，《断易指南》一名《初字掷钱钞》。十卷，马场信武著。《易术梦断》一卷，《易术传》十卷，《周易解》五卷，《易林图解》二卷，《左传占例考》一卷，《易术明画》二卷，《易术便蒙》一卷，《易术手引草》一卷，《易术妙镜》一卷，片冈基成着。《易述》、《书经述》、《诗经述》、《二礼述》、《春秋述》、《孝经述》、《论语述》、《家语述》、《礼记述》均无卷数，赤松弘著。《论语征馀言》、《周易约说》、《周易古断系辞传辨解》、《书经考》、《诗经考》、《左传考》、《国语考》均无卷数，户崎哲著。《周易说》、《尚书说》、《毛诗说》、《春秋说》、《礼记说》、《孝经说》、《论语说》、《毛诗品物考》均无卷数，古屋鼎著。《孝经集说》一卷，《大学古义》一卷，《易学弁疑》一卷，《经义折衷》一卷，《经义绪言》一卷，《论语集说》、《三礼断左氏传筮说》一卷，井上立元著。《论语新注》四卷，《论语摛》一卷，《论语会意》

一卷，《礼记说约》十五卷，《礼记节注》六卷，《孝经馀论》一卷，《诗馋》无卷数，丰岛干著。《大学小解》一卷，《中庸小解》二卷，《论语小解》七卷，《孟子小解》七卷，《孝经小解》二卷，《易经小解附卦原》七卷，《大学或问》一号《经济弁》。二卷，《孝经外传或问》二卷，熊泽伯继著。《四书之部》十卷，《四书之序》一卷，《孝经之部》一卷，《小学之部》五卷，《诗经之部》八卷，《经典馀师六经用字例》无卷数，溪世尊著。《孝经启蒙》一卷，《大学启蒙》一卷，《大学解》一卷，《大学考》一卷，《中庸解》一卷，《论语解》一卷，《乡党篇翼传》三卷，中江原著。《大学定本》一卷，《中庸发挥》一卷，《论语古义》十卷，《孟子古义》七卷，《论语字义》二卷，《周易乾坤古义》一卷，《春秋经传通解》二卷，伊藤维桢著。《卜易通商考》一卷，《增补周易通商考》一卷，《周易卦爻象解》二十卷，《周易风俗通》一卷，《周易象解》一卷，《易林独步》无卷数，吉川祐三著。《辨大学非孔书弁》一卷，《批大学弁断》一卷，《大戴礼记》三卷，《诗薮》十卷，《小学讲义》六卷，《丧礼小记》一卷，浅见安正著。《四书俚谚钞》十卷，《四书集注俚谚钞》五十卷，《孟子井田弁》一卷，《孝经增补首书》二卷，《孝经评略大全》四卷，《易学启蒙合解评林》七卷，毛利瑚珀著。《大学解》二卷，《中庸解》二卷，《论语征》十卷，《论语弁书》四卷，《辨道》一卷，《辨名》一卷，荻生双松著。《诗经国字解》十卷，《诗经古注标注》二十卷，《古文尚书标注》十三卷，《左传纂疏》六十卷，《左传鲁历考》一卷，宇野成之著。《易学通解》二卷，《易学时考指南》二卷，《易学卦象自在》三卷，《易学馀考》一卷，《岁卦断》一卷，井田龟学著。《周易郑氏注》三卷，《易乾凿度》二卷，《尚书大传》五卷，《仪礼逸经传》一卷，《订正尔雅》十卷，木村孔恭著。《三礼口诀》二卷，《四书集注》十卷，《五经》十一卷，《小学句读》四卷，《孝经大义》一卷，贝原笃信著。《诗经大训》、《诗经小训》、《诗经夷考》、《毛郑异同考》均无卷数，《诗经古传》五卷，细井德民著。《鲁论愚得解》一卷，《洪范筮法》一卷，《读易杂钞》四卷，《书十一篇傍训》一卷，《入易门庭》一卷，荻生道济著。《周易解》十卷，《书经二典解》二卷，《诗经毛传补义》十卷，《孟子解》七卷，《左传觿》十卷，冈龙白驹著。《读易要领》无卷数，《读诗要领》一卷，《孟子考证》一卷，《大学衍义考证》十卷，<small>中村明远著。</small>《周易讲义》、《四书讲义》均无卷数，《周易新疏》十卷，《大学新疏》二卷，《中庸新疏》二卷，<small>室直清著。</small>《平氏春秋》二卷，《读论语》十卷，《大学考》十卷，《易筮探赜》一卷，《孝经考》一卷，<small>诸葛氏著。</small>《大学考》、《中庸古注》、《书今文定本》、《春秋三传比考》、《小尔雅》均无卷数，<small>南宫岳著。</small>《五经集注首书》五十七卷，《小学集说钞》六卷，《春秋胡传集解》三十卷，《四书事文实录》十四卷，<small>松永遐年著。</small>《经学要字笺》三卷，《四书国字解》、《五经国字解》均无卷数，<small>穗积次贯著。</small>《大学证》、《大学考证》、《四书考证》均无卷数，<small>星野璞著。</small>《增注大学》一卷，《增注中庸》一卷，《国语订字》一卷，<small>冈岛顺著。</small>《毛诗征》一卷，《论语译》、《论语阙》无卷数，<small>龙公美著。</small>《学庸解》一卷，《论孟解》、《至诚一贯之图》均无卷数，<small>手岛信著。</small>《四书便讲》六卷，《大学全蒙释言》一卷，《孟子尽心口义》一卷，<small>佐藤直方著。</small>《易手记》二卷，《尧典和释》一卷，《古本大学校》一卷，<small>三轮希贤著。</small>《论语室》二卷，《论语堂》五卷，《孟子选》二卷，<small>河合元著。</small>《论语何晏集解》<small>植字本菅氏，古钞本。</small>二卷，《论语集解考异》四卷，《经籍通考》无卷数，<small>吉田坦著。</small>《诗经古注》二十卷，《左传异名考》一卷，《周易古注校》十卷，<small>井上通熙著。</small>《左传音释》一卷，《四书集注点》十卷，《五经》十一卷，<small>后藤世钧著。</small>《周易音义》一卷，《尚书音义》一卷，《国语略说》四卷，<small>陶修龄著。</small>《大学诸注集览》四卷，《中庸诸注集览》四卷，《论语朱氏新注正误》十卷，<small>铃木行义著。</small>《左传白文校》七卷，《仪礼图钞》无卷数，<small>服部元乔著。</small>《四书大全》二十三卷，《四书存疑点》十五卷，<small>鹈饲信之著。</small>《四书句读大全》二十卷，《七书谚解》三十八卷，<small>山鹿义臣著。</small>《大学明德之图》一卷，《四书详论》无卷数，<small>山冈元邻著。</small>《春秋七草》一卷，《左传名物解》无卷数，<small>后藤光生著。</small>《诗经名物辨解》七卷，《周易本义国字解》五卷，<small>江村如圭著。</small>《诗经图》一卷，《经说》无卷数，<small>新井君美著。</small>《易学启蒙谚解》七卷，《书言俗解》六卷，<small>榊原立辅著。</small>《孝经古点》、《大学古点》无卷数，<small>久川资衡著。</small>《韩文公论语笔解考》二卷，《论语征正文》一卷，<small>伊东龟年著。</small>《论语说薮》、《经论珠玑》无卷数，<small>入江平马著。</small>《郑注孝经》一卷，《孝经引证》一卷，<small>冈田挺之著。</small>《论语撮解》一卷，《大学私衡》一卷，<small>龟田屿著。</small>《鳌头四书集注》十卷，《小学详解》十四卷，宇都宫的著。《论语考》六卷，《左传考》三卷，宇野鼎著。《左传辑释》二十二卷，《论语集说》六卷，安井衡著。《四书通辨》八卷，伊藤元基著。《诗经小识》五卷，稻生宣义著。《大学养老编》三卷，入江忠囿著。《诗经古义》无卷数，西湖小角著。《虞书历象俗解》二卷，西川忠英著。《七经孟子考文补遗》三十一卷，山井鼎著，荻生观补遗。鼎字君彝。观字叔达，茂卿之弟，故又自称物氏。日本上毛有参议小野篁遗址，足利氏兴，因其地建学校，颇藏古书。鼎偕其友根逊志往探，获《七经孟子》古本，盖唐时所赍来者，又获宋本《五经正义》，遂作考文，物茂卿为之序。享保中，官命观等搜集诸本，为之补遗。此书已录《四库书目》，故特详之。《四书唐音弁》二卷，冈岛明敬著。《通俗四书注音考》一卷，那波方后著。《春秋传校正》三十卷，那波师曾著。《易林集注钞》二十四卷，名古屋元医著。《礼记王制地理图说》一卷，长久元珠著。《三礼仪略》四卷，村士宗章著。《五经旁训》十四卷，清田绘著。《古文孝经国字解》一卷，宫濑维干著。《五经童子问》无卷数，人见壹著。《书反正》一卷，伊藤长坚著。《孝经斋氏传》二卷，斋宫必简著。《春秋纪要》无卷数，冈崎信好著。《四书大全头书》二十二卷，藤原肃著。《孝经翼》一卷。中村和著。

外史氏曰：日本之习汉学，萌于魏，盛于唐，中衰于宋元，复起于明季，迨乎近日，几废而又将兴。盖自王、段博士接踵而来，于是有《论语》、《五经》，而人始识字。隋唐遣使，冠盖相望，于是习文章辞赋，而君臣上下始重文。惟中间佛教盛行，武门迭起，士夫从事金革，不知有儒，汉学一线之延，仅赖浮屠氏得以不坠。而迨德川氏兴，投戈讲艺，藤、林诸人，卓然崛起，于是有为程朱学者，有为陆王学者，有为韩柳之文、王李之诗者，益彬彬称极盛焉。夫日本之传汉学也，如此其久，其习汉学也，如此其盛。而今日顾几几欲废之，则以所得者不过无用之汉学，刍狗焉耳，糟粕焉耳。于先王经世之本，圣人修身之要，未尝用之，亦未尝习之也。自唐以来，惟习诗文，自明以来，兼及语录。夫辞章之末艺，心性之空谈，皆儒者末流之失，其去道本不可以道里计；而日本之学者，乃惟此是求。千馀年来，岂谓无一人焉！欲举修齐治平之道见之施行者，而以武门窃权，仕者世禄之故，朝廷终不能起儒者于草莽，破格而用之。儒者自知其无用，亦惟穷而在下者，区区掇拾而逐其末。举国之人以读书者少，群奉为难能可贵；而儒者以少为贵，遂益高自位置，峻立崖岸，诩诩然夸异于人，曰吾通汉学。而究其拘迂泥古，浮华鲜实，卒归于空谈无补。有识之士固既心焉鄙之。一旦有事，终不能驱此辈清流，使之诵经以避贼，执笔以却敌。复见夫西人之枪炮如此，轮舶如此，闻其国富强又如此，则益以汉学者流为支离无足用，于是有废之之心。其几废也，夫亦彼习汉学者有以招之也。虽然，坐井观天曰天小者，非天小也。彼徒见日本之学者，亦遂疑汉学不过尔尔。至使狂吠之士，诋諆狎侮，以儒为戏，甚且以仁义道德为迂阔，以尧、舜、孔、孟为狭隘，而《孝经》、《论语》举束高阁。其见小不足与较，吾哀夫功利浮诈之习，中于人心，未知迁流所至也。且即以日本汉学论，亦未尝无用也。今朝野上下通行之文，何一非汉字？其平假名、片假名，何一不自汉文来？传之千馀年，行之通国，既如布帛菽粟之不可一日离，即使深恶痛绝，固万万无废理。况又辞章之末艺，心性之空谈，在汉学固属无用，而日本学者，正赖习辞章、讲心性之故，耳濡目染，得知大义。尊王攘夷之论起，天下之士一倡百和，卒以成明治中兴之功，则已明明收汉学之效矣，安在其无用也耶？此其事，当路诸公宜若未忘，吾是以知汉学之必将再兴也。方今西学盛行，然不通汉学者，至不能译其文。年来都鄙诸黉，争聘汉学者为之师，而文人学士，亦不如前此无进身之阶，汉学之兴，不指日可待乎？吾愿日本之治汉学者，益骛其远大者，以待时用可也。

卷三二　学术志一·西学

　　西学之滥觞，盖始于宝永年间。德川将军家宣云，自耶稣教作乱于天草，设为厉禁，教士悉加驱逐，西书概行涂抹。及是有罗马教士若望至，幕府命新井君美就询海外事。君美始著《采览异言》一书。宝永戊子，洋舶来萨州，载教士一人，置之夜久岛而去。既而，出乞食，土人捕得，送之长崎，寻送到官，有司历问海商和兰以为罗马国人也。时家宣为储副，以问君美。君美答曰："彼来求我，苟不通言语，何以达其志？然彼亦人耳，岂同鸟语兽言，莫能悉其意也。"家宣既嗣位，遂命送致江户，使君美按验之。君美就之咨诹方俗。其人出怀中小册，检阅以答，盖西人所译日本方言也。久而益熟日本语。君美于是笔其所述，作《采览异言》，即西学之始也。君美又著有《西洋图说》、《西洋纪闻》、《西学推问》、《西学考略》、《和兰纪事》、《阿兰陀风土记》诸书。既而和兰船主至，君美复奉命私问之。嗣后船主间岁一人觐，君美辄就问，沿为例，复续为后语，世始知有和兰学。寻命医官桂川甫筑、儒官青木文藏、长崎人西川如见等，从兰人习其语言，或医术、历算等学，而前野良泽、杉田元白等诸子，各研究其术，由是西学渐行于世。自君美始倡和兰学，然以和兰字蚊脚蟹行，未易通解。文藏以为其说必有可取，特往长崎，质译者，习其书，始得蕃薯，请于官，种之各岛。民感其惠，称曰甘薯先生。文藏又习种痘方，所著有《和兰文字略考》三卷、《和兰话译》二卷。前野、杉田皆习兰医。前野氏所著有《和兰译文略》、《兰译筌》、《兰语随笔》。杉田氏所著有《解体约图》、《解体新书》行于世。有小石元俊者叹其精绝，特从前野、杉田讨论兰学。名医山胁东洋素疑兰医，论脏腑与汉说异。召元俊，使弟子数十人论难。元俊依问辨析，竟乞于官，解部刑馀尸以征之，自脏腑位置，形状及骨节微细之处，一如兰医所说。于是东洋及弟子乃服。关以西据兰说以解尸，以是为始。其后西京、大阪兰学之行，则元俊首倡之也。大槻元泽《六物新志》曰"和兰学一途草创于新井白石，中兴于青木文藏，休明于前野兰化，隆盛于杉田鹗斋。近世以兰学著者，实渊源于四先生"云。大概氏亦精兰学，所著有《兰学阶梯》、《泰西医说》、《兰说夜话》、《兰译要诀》、《环海异闻》、《泰西新话》诸书。延享元年，将军吉宗始建天文台于江户，神田又制简天仪，后迭经废置，更于浅草建二台，九段坂建一台。凡历算推步之事，悉命司掌。处士若间长涯、麻田刚立辈亦颇习西术，故当时遂采西法以改历焉。外舶迭来，海疆多事，当路者皆以知彼国情、取彼长技为当务之急。文化八年，始置翻译局于浅草，天文台中特举兰学者数名专译和兰文书，称为蕃书和解方。安政三年丙辰，又改称翻译局为蕃书调所，更于翻译之外讲授兰书。幕府寻谕：凡士人愿入学者听；又谕诸藩士有愿入学者亦听。未几，英吉利、法兰西、普鲁士、鲁西亚诸书，并令讲授，渐次设置化学、物产学、数学等三科。又命编纂英和对译书。文久二年壬戌，又改为洋书调所。六月，遣教授手传津、田真一郎、西周助于和兰留学，后二年乃归朝。遣生徒留学外国，以是为始。八月，更改校名为开成所。癸亥，又遣生徒市川文吉、小泽圭次郎、绪方四郎、大筑彦五郎等于鲁西亚留学。庆应二年丙寅，又遣生徒箕作奎吾、箕作大麓、外山舍八、市川森三郎、亿川一郎等于英国留学。是年，特聘和兰人特马为理学、化学教师。延外国人为教授，盖于此权舆。

明治元年，将军奉还政权。当幕府时，所习西学，以天文、历算、医术为宗，率以荷兰人为师。逮其末造，兼及他术，并师他国，然一二西学学校，皆为官学，诸藩犹未之知。当时，诸藩，若萨摩、若长门，皆力主攘夷，既鹿儿岛、马关战辄失利，则争遣藩士，择其翘楚，厚其资装，俾留学外国。今之当路诸公，大率从外国学校归来者也。维新以后，壹意外交，既遣大使巡览欧美诸大国，目睹其事物之美、学术之精，益以崇尚西学为意。明治四年，设立文部省，寻颁学制，于各大学区分设诸校。有外国语学校，以英语为则。先是，习外国语者，多从传教士习学，通计全国教士书塾不下数百。及是，官立语学校，民间闻风慕效，争习英语，故英语最为盛行。有小学校，其学科曰读书，曰习字，曰算术，曰地理，曰历史，曰修身，兼及物理学、生理学、博物学之浅者，益以罫画、唱歌、体操谓秋千、蹴踘之类，所以使身体习劳者。诸事。有中学校，其学科亦如小学，而习其等级之高者、术艺之精者。有师范学校，则所以养成教员，以期广益者也。自学制改习西学，苦于无师。旧日师长，惟习汉经史，而于近时之地理、历史、物理、算术，知者甚稀，故文部省议以养成教师为急务。美国有师范学校，所以教为人师者，特仿其学制，并聘其国人开师范学校。凡小学教师，皆于是撰取焉。有专门学校，则所以研究学术，以期专精者也。庚午十一月，始议置专门学科，先于所聘外国教师中举其尤者，为专门校长。壬申正月，遂开专门学校，场创置于旧静冈藩邸，大募生徒。既以生徒应募者不多，姑令闭场三月。国皇始临御学校，召集师生，亲加询问。癸酉，又改校名为开成学校。四月，设立法学、理学、工学、诸艺学、矿山学，为专门五科。定以法、理、工之三科以英语教授，诸艺学以佛语教授，矿山学以独乙语教授。五月，建筑专门讲习校于锦町。甲戌九月，改正教规，更以法学、化学、工学，分本科、豫科，别编课程。于是，生徒得入本科总计二十四人，法学九人，化学九人，工学六人，是专门生徒嚆矢也。乙亥八月，选拔文部省本校生徒十一名，命留学各国：米国九名，佛国一名，独国一名，令各于所习之学科分门研究，此专门学生留学外国之始也。**有东京大学校**，即旧幕府时之洋书调所，维新以后改称为大学南校。庚午四月，令以大坂洋学所、化学所属于南校。七月，太政官令诸藩举年十六以上二十以下之俊秀入南校，称为贡进生。其制，十五万石以上大藩三人，五万石以上中藩二人，一万石以上小藩一人。既而罢之，学中制度程课亦改革不一。至明治六年，定为法学、理学、文学三学部，于是学中规模颇近似欧美大学云。**分法学、理学、文学三学部**。各科课程分为四年，生徒阶级亦分四等定制。将来用国语教导，唯现今暂用英语，且于法兰西、日耳曼二语中兼习其一，唯法学部必兼学法兰西语。**法学专习法律**，以日本法律为主，并及法兰西律、英吉利律、唐律、明律、大清律。**并及公法**。若列国交际法、结约法、航海法、海上保险法之类。**理学分为五科：一、化学科，二、数学、物理学及星学科，三、生物学科，四、工学科，五、地质学及采矿学科**。其第一年课程，各科所习无甚异同。后三年间，则各随其体质专修一科。**文学分为二科：一、哲学、**谓讲明道义。**政治学及理财学科，二、和汉文学科**。皆兼习英文，或法兰西语，或日耳曼语。凡习文学科者，第一年课程大同小异，第二年即分科专修。**其东京医学校并隶于本校焉。此外，有工部大学校，以教电信、铁道、矿山之术；有海陆军兵学校，以教练兵、制器、造船之术**。天文中，葡萄牙船来大隅，始得鸟铳。岛主种子岛久时，命工摸造之而不成。明年，船又来，乃得其法。其后萨摩得之，雄于九州，北条氏得之，遂并关八州。庆安四年，将军家纲命北条正房就和兰人学战法及大炮、火箭之法。正房录为一书以献。然以时方治平，无讲求其术者。迨海疆事起，兰学者流争译炮术诸书，以传其法。当时水户藩源齐昭最重其器，有请销梵钟悉以铸炮之疏。信浓人佐久间启，尝作炮卦。仙台人大规盘溪亦习炮术，皆铸而试之有效。幕府既知西国兵事之精，乃遣矢田崛景、藏胜麟太郎于长崎，就和兰人学操汽船术，又遣榎本釜次郎、赤松太三郎往和兰学海军，大鸟圭介往法国学陆军，盖尔时已习西法矣。维新以后，日以扩充，遂专设兵校。馀详《兵志》中。**有农学校，以教种植**。教之物性，教之土宜，教之地质，教之栽种之法、培养之方。于劝农局设植物园，罗聚五洲种植之品，亲试验之。日本自开兰学，亦有为本草学者，第举外国异种，辨其名与其性耳，未及种植之法也。明治七年，澳国开博览会，委员津田仙从农学家荷衣伯连得三新法：一曰气筒，叠砖如筒，藏于地中，俾大气吸入土中，则地质增肥，物益茂盛。一曰树枝偃曲法，凡果实花时，取其枝之向上，以绳缚之，令其偃曲而倾下，使枝减生力，则本干长大，新芽发生，花实穰盛，一一皆如意所欲。一曰配合法，亦于果实初花时，用蜂蜜各物涂于花，使雌雄蕊合，如此则结果大而多，施之谷类，收获亦数倍。归试于国，颇有效云。**商学校，以教贸易。**教之算数，教之簿记，教之款接酬酢之法、投机射利之方。日本不惯营商，其术殊拙。维新以来，始有士族豪家从事于此者。近日商学校甚盛。**工学校，以教技巧。**多习西人以机器制作之法。凡金石草木之工，变更利器，亦多模西制。**女学校，以教妇职。**多习纂组缝纫之工，并及音乐。初，开拓次官黑田清隆归自美国，极陈教育妇女之要。政府从其言，选女子五名，命以官费留学美国。又于东京设女子师范学校，其后各地慕效，女学校益多。**凡学校，无论官立、**出于官费者为官立。**公立、**各地方郡区町村联合而设立者为公立。**私立，**出于私费者为私立。**皆受辖于文部，学规教则命文部卿监督之。**朝廷既崇重西学，争延西人为之教师。明治六七年间，各官省所聘、府县所招，统计不下五六百人。初，征诸藩贡进生留学外国，既乃择专门学生、大学生学之小成者，以官费留学。初遣留学生，择年少聪颖未尝学问者，而其中轻佻浮躁之徒，未有进益，先染恶习，政府以所费多而所得少，乃悉召还，再以学优者遣往。而各府县子弟，以私费学于外国者尤众。既广开学校，延师督教，朝夕有课，讲诵有程，而隶于学校者，有动物室、植物室、金石室、古生物室、土木机械模型室、制造化学诸品室、古器物室，罗列各品，以供生徒实地考验之用。各官省争译西书，若法律书、农书、地理书、医书、算学书、化学书、天文书、海陆军兵书，各刊官板，以为生徒分科学习之用。外交以后，福泽谕吉始译刊英文，名《西洋事情》，世争购之。近年铅制活板盛行，每月发行书籍不下百部，其中翻译书最多。各府县小学教科书，概以译书充用。明治五年，效西法，设出版条例，著书者给以版权，许之专卖。于是士夫多以著书谋利益者。现今坊间所最通行者为法律书、农书及小学教科书云。复有书籍馆，汇聚古今图书，以纵人观览。统计全国官私书籍馆为数十六所，藏和汉书凡二十六万九千六百馀卷，洋书十八万二百馀卷。馆中各有章程，有愿读某书者，悉许入览，惟不许携出。

　　博物馆，陈列欧亚器物，以供人考证。辛未五月，始于九段坂上物产园开小博览会，以物产掛田中芳男等董其事，是为博览会之始。自是年至十一年六月，所开博览会共四十五处。**新闻纸，论列内外事情，以启人智慧。**明治十一年，计东京及府县新闻纸共二百三十一种，是年发卖之数计三千六百一十八万零一百二十二纸。在东京最著名者为《读卖新闻》、《东京日日新闻》、《邮便报知新闻》、《朝野新闻》、《东京曙新闻》，多者每岁发卖五百万纸，少者亦二百万纸云。先是，文久三年，横滨既通商，岸田吟香始编杂志。同时外国人亦编《万国新闻》。明治元年，西京始刊《太政官日志》，兰学者柳川春三又于江户刊《中外新闻》，米国人某亦于横滨著《藻盐草》，然尔时世人未知其益也。四年，废藩立县，改革政体，新闻论说颇感动人心。其明岁，英人貌剌屈作《日新真事志》，始用洋纸，与欧美相类。继而，《东京日日新闻》、《报知新闻》等接踵而起，日肆论说，由是颇诽毁时政，摘发人私。政府乃设谗谤律、新闻条例，有毁成法、害名誉者，或禁狱，或罚金。然购读者益多，发行者益盛，乃至村僻荒野亦争传诵，皆谓知古知今，益人智慧，莫如新闻。故数年骤增，其数至二百馀种之多。计其中除论说、时事外，专述宗教者二十六，官令、法律六，理财、通商二十九，医学、工艺二十六，文事、兵事十九，多每日刊行者，亦有每旬、每月刊布者。又洋文新闻，英文三种、法文二种。当政府设立新闻条例之初，有《万国新志》，系以英人编纂和文，犯例而不甘受罚，谓外国人按约无遵奉日本法律之理。政府告之英国公使，谓苟如此，则日本新闻假名于外人，例将为虚设。公使从其言，乃布告英民，除英文新闻外，如以日本文刊行者，即应遵日本罚则云。附识于此。由是西学有蒸蒸日上之势。

西学既盛，服习其教者渐多，渐染其说者益众。论宗教，则谓敬事天主，即儒教所谓敬天；爱人如己，即儒教所谓仁民；保汝灵魂，即儒教所谓明德。士夫缘饰其说，甚有谓孔子明人伦，而耶稣兼明天道者。论义理，则谓人受天地之命以生，各有自由自主之道。论权利，则谓君民、父子、男女各同其权。浅学者流，张而恣之，甚有以纲常为束缚，以道德为狭隘者。异论蜂起，倡一和百，其势浸淫而未已。若夫国家政体，多采西法，则他志详之矣。

外史氏曰：以余讨论西法，其立教源于《墨子》，吾既详言之矣。而其用法类乎申韩，其设官类乎《周礼》，其行政类乎《管子》者，十盖七八。若夫一切格致之学，散见于周秦诸书者尤多。余考泰西之学，墨翟之学也，尚同、兼爱、明鬼、事天，即耶稣《十诫》所谓敬事天主、爱人如己。他如化征易，若鼃为鹑；五合水火土，离然铄金、腐水、离木；同，重体合类；异，二体不合不类，此化学之祖也。均，发均县，轻重而发绝，不均也；均，其绝也莫绝，此重学之祖也。一少于二，而多于五，说在重。非半弗斲倍，二尺馀尺，去其一；圜，一中同长；方，柱隅四谨；圆，规写攴；方，柱见股；重其前，弦其股。法，意规圆三，此算学之祖也。临鉴立景，二光夹一光，足被下光，故成景于上；首被上光，故成景于下；鉴近中，则所鉴大；远中，则所鉴小，此光学之祖也。皆著《经》上、下篇。《墨子》又有《备攻》、《备突》、《备梯》诸篇。《韩非子》、《吕氏春秋》，备言墨翟之技，削鸢能飞，非机器攻战所自来乎？又如《大戴礼》曾子曰："如诚天圆而地方，则是四角之不掩也。"《周髀》注："地旁沱四隤，形如覆槃。"《素问》："地在天之中，大气举之。"《易乾凿度》："坤母运轴。"《苍颉》云："地日行一度，风轮扶之。"《书考灵曜》："地恒动不止，而人不知。"《春秋元命苞》："地右转以迎天。"《河图括地象》："地右动，起于毕。"非所谓地球浑圆、天静地动乎？《亢仓子》曰："蜕地谓之水，蜕水谓之气。"《关尹子》曰："石击石生光，雷电缘气而生。可以为之。"《淮南子》曰："黄埃、青曾、赤丹、白礜、元砥，历岁生濒。其泉之埃，上为云，阴阳相薄为雷，激扬为电，上者就下，流水就通，而入于海。炼土生木，炼木生火，炼火生云，炼云生水，炼水反土。"中国之言电气者又详矣。机器之作，《后汉书》：张衡作候风地动仪，施关发机，有八龙衔丸，地动则振龙发机吐丸。而蟾蜍衔之。《元史》：顺帝所造宫漏，有玉女捧时刻筹，时至则浮水上，左右二金甲神：一悬钟，一悬钲。夜则神人按更而击。奇巧殆出西人上。若黄帝既为指南车，诸葛公既为木牛流马，杨么既为轮舟，固众所知者。相土宜、辩人体、穷物性，西儒之绝学。然见于《大戴礼》、《管子》、《淮南子》、《抱朴子》及史家方伎之传、子部艺术之类，且不胜引。至天文、算法，本《周髀》，盖天之学。彼国谈几何者，译称借根方为东来法。火器之精，得于普鲁斯人，为元将部下卒，彼亦具述源流。近同文馆丁韪良说："电气，道本于磁石引针、琥珀拾芥。"凡彼之精微，皆不能出吾书也。盖中土开国最先，数千年前环四海而居者，类皆蛮夷戎狄，鹑居蛾伏，混沌芒昧。而吾中土既圣智辈出，凡所以厚生利用者，固已无不备。其时，儒者能通天地人，农夫戍卒能知天文，工执艺事，得与坐而论道者，居六职之一。西人之学，未有能出吾书之范围者也。西人每谓中土泥古不变，吾独以为变古太骤。三代以还，一坏于秦之焚书，再坏于魏晋之清谈，三坏于宋明之性命，至诋工艺之末为卑无足道，而古人之实学益荒矣。大清龙兴，圣祖崛起，以大公无外之心，用南怀仁、汤若望为台官，使定时宪。经生之兼治数学者，类多融贯中西，阐竭幽隐，其精微之见于吾书者，皆无不乐用其长，特憾其时西人艺术犹未美备，不获博采而广用之耳。百年以来，西国日益强，学日益盛，若轮舶，若电线，日出奇无穷。譬之家有秘方，再传而失于邻人，久而迹所在，或不惮千金以购还之。今轮舶往来，目击其精能如此，切实如此，正当考求古制，参取新法，藉其推阐之妙，以收古人制器利用之助，乃不考夫所由来，恶其异类而并弃之，反以通其艺为辱，效其法为耻，何其隘也！

　　夫弓矢不可敌大炮，桨橹不可敌轮舶，恶西法者亦当知之，特未知今日时势之不同。古人用夏变夷之说，深入于中，诚恐一学西法，有如日本之改正朔、易服色、殊器械以从之者，故鳃鳃然过虑，欲并其善者而亦弃之，固亦未始非爱国之心。顾以我先王之道德，涵濡于人者至久，本朝之恩泽，维系于人者至深。所谓天不变道亦不变，终不至尽弃所学而学他人。彼西人以器用之巧、艺术之精，资以务财训农，资以通商惠工，资以练兵，遂得纵横倔强于四海之中，天下势所不敌者，往往理反为之屈，我不能与之争雄。彼挟其所长，日以欺侮我，凌逼我，终不能有簪笔雍容、坐而论道之日，则思所以扞卫吾道者，正不得不藉资于彼法以为之辅。以中土之才智，迟之数年，即当远驾其上。内则追三代之隆，外则居万国之上，吾一为之而收效无穷矣。曾是一惭之不忍，而低首下心，沁沁睍睍，为民吏羞乎？且器用之物，原不必自为而后用之。泰西诸国以互相师法而臻于日盛，固无论矣。日本蕞尔国耳，年来发愤自强，观其学校分门别类，亦骎骎乎有富强之势，则即谓格致之学，非我所固有，尚当降心以相从，况古人之说明明具在，不耻术之失其传，他人之能发明吾术者，反恶而拒之，指为他人之学，以效之法之为可耻，既不达事变之甚，抑亦数典而忘古人实学、本朝之掌故也已。

卷三三　学术志二·学制

以全国地为七大学区：

第一，东京府、神奈川县、琦玉县、群马县、千叶县、茨城县、橡木县、山梨县。

第二，爱知县、静冈县、石川县、岐阜县、三重县。

第三，大坂府、京都府、滋贺县、堺县、和歌山县、兵库县、高知县。

第四，广岛县、冈山县、岛根县、山口县、爱媛县。

第五，长崎县、熊本县、鹿儿岛县、大分县、福冈县。

第六，新潟县、长野县、山形县。

第七，宫城县、福岛县、秋田县、青森县、岩手县。

分司其事于府知事、县令，而受辖于文部卿。全国学校直辖于文部省。以官费支给者，称官立学校。即东京大学、东京师范学校、东京女子师范学校、东京外国语学校、大坂英语学校是也。以地方税或町村公费设置者，曰公立学校。其一人或数人以私费设置者，曰私立学校。但开设之方，仍依文部省所颁教育令而行。公立学校之兴废，必经府知事、县令裁许，其教则必经文部卿查核。私立学校则具报于府知事、县令而已。统计全国学校，据文部省报告明治十年之数。小学校凡二万五千四百五十九，其系于公立者凡二万四千二百八十一：中学校三十一、专门学校十八、师范学校九十二、外国语学校五、女子手艺学校五十八，总计盖有二万六千二百六十八所。凡儿童自六岁至十四岁，名为学龄，必使就学。学龄就学，为父母户长者任其责。苟有事故，必陈述于学务委员。儿童在学龄间，就学之日极少，不得过十六个月。教员则无论男女，必在十八岁以上。统计全国教员凡六万二千一百七十名，其中六万三百四为男子，一千八百六十六为女子。生徒凡二百二十万三千五十名，其中一百六十二万七千九百三十八名为男子，五十七万五千一百十二名为女子云。

　　凡学校皆有规则。其教科之书必经文部省查验。现今小学需用者，共一百七十四种，文部省官板五十八种，各官省官板二十八种，私板八十八种。以地理书、史略为最多，其他则物理书、动物、植物学之类。性理书、修身行善之类。经济学、言治生理财之法。化学、农商学、算学、文法学、字学。言作文习字之法。中学校教科如小学，唯所业较小学为精。专门学校专习一门，则法律学、理学、文学、农商学之类也。详《西学篇》。

　　凡生徒既入学，岁有学期，每岁约以九月入学，六月毕业。学期或分为三：冬期休业十馀日，春期休业数日，夏期休业凡二月。凡祭日、新尝祭、春秋皇灵祭之类。庆日纪元节、天长节。则给假日，曜日则给假。每岁授业，多不过二百六十日，少不减二百二十日。每日授业多不过六时，少不减三时。教师有口讲，有指画，以粉书木板悬之于壁，指以教人。其教地图之法，亦以地图悬壁间，令诸生一一记诵。别有暗射地图，仅施阑廓，分著采色，凡某水、某山、某郡、某邑，悉削而不载，而书一、二、三、四数目于其上。教者指其处，询此何地，彼何地。令一人应声答之。同学者是之则曰是，非之则曰否，既能识形胜，又便记名称，甚善法也。有笔削，有亲验。讲求化学、光学之类，必亲试其事以教人。依生徒所业，分类而教之。

　　生徒有阶级，随其业深浅，分为数级，授以各科教书。能者越级而升，次则循级以进，暴弃者则降级焉。有考试，每三月则教师鉴其勤惰，察其进退，而为小试；周年则大试，或以校长监临。既卒业，则府知事、县令亲试之，而给以卒业文凭，名曰证书。小学既卒业，进之中学，又进之专门学。大学，有法学士、理学士、文学士、医学士之名，则由东京大学校校长试而给予称号焉。其尤异者，以官费留学外国，或就试于各国大学校，既得高第，亦执其凭，夸以为荣。惟取士官人之法，则不系乎此。官学之费，咸给于官。公学之费，每岁五百三十六万四千八百七十元，有四百万以地方税、町村费及各处捐助金支给者，此皆出之人民。各府县于管内学费金，归各学区自为料理。有设赋课法者，有不设赋课法者，听其便。其中有八十二万七千一百七十三元，为公学公积银之利息。随各府县敛集金钱，贷之银行，岁收其息，是为公学公积银，计息支用，不得支及母银。现计母银七百五十二万一千四百五十九元，岁取其息以为学费。后来扩充，当日益增加。又有五十四万五千五百零四元给于官库，名为小学补助金，由文部省发各府县，使分给焉。顷以公库支绌，此款既停给矣。考西洋各国学校之费，每与军士费比较多少，以全国人民计口分算，米国学校费每人二元零二钱，军费每人一元二十九钱；瑞西学校费每人八十八钱，军费每人一元；英国学校费每人六十六钱，军费每人三元八十六钱；德国学校费每人五十一钱，军费每人二元二十九钱；澳国学校费每人三十四钱，军费每人一元三十九钱；佛国学校费每人二十九钱，军费每人四元零五钱；意国学校费每人一十三钱，军费每人一元五十七钱。依此法计算，日本则学费每人二十钱，军费每人三十一钱。其中唯美国学费多于军费云。

凡七大学区，各令建立学校。其僻陋小邑，无力设置小学校者，则联合数学校共设一教员，俾巡回教授。各町村分设小学校，必令町村人民荐举学务委员，府知事、县令择而任之。学务委员受辖于府知事、县令，举凡儿童之就学，学校之设置，皆令司掌而申报于府知事、县令。知事、令以时查察管内学事，申报于文部卿。文部卿又以时发遣吏员巡视诸学区，察其实况，分年编报，以公示于众。其海外留学生，则别有监督司其事焉。

卷三四　礼俗志一

外史氏曰：五帝不袭礼，三王不沿乐，此因时而异者也。百里不同风，千里不同俗，此因地而异者也。况海外之国，服食不同，梯航远隔者乎？骤而观人之国，见其习俗风气，为耳目所未经，则惊骇叹咤，或归而告诸友朋，以为笑谑；人之观吾国也亦然。彼此易观，则彼此相笑，而问其是非美恶，各袒己国。虽聚天下万国之圣贤于一堂，恐亦不能断斯狱矣。一相见礼也，或拱手为敬，或垂手为敬，或握手为敬，或合掌为敬。一拜礼也，或稽首为礼，或顿首为礼，或俯首为礼，或鞠躬为礼，或拍手为礼。究其本原之所在，则天之生人也，耳目口鼻同，即心同理同。用礼之节文以行吾敬，行吾爱，亦无不同。吾以为异者，礼之末；同者，礼之本，其同异有不必论者。虽然，天下万国之人之心之理，既已无不同，而稽其节文，乃南辕北辙，乖隔歧异，不可合并，至于如此，盖各因其所习以为之故也。礼也者，非从天降，非从地出，因人情而为之者也。人情者何？习惯是也。光岳分区，风气间阻，此因其所习，彼亦因其所习，日增月益，各行其道，习惯之久，至于一成而不可易，而礼与俗，皆出于其中。是故，先王之治国化民，亦慎其所习而已矣。嗟夫！风俗之端始于至微，搏之而无物，察之而无形，听之而无声，然一二人倡之，千百人和之，人与人相接，人与人相续，又踵而行之，及其既成，虽其极陋甚弊者，举国之人习以为然，上智所不能察，大力所不能挽，严刑峻法所不能变。夫事有是有非，有美有恶，旁观者或一览而知之，而彼国称之为礼，沿之为俗，乃至举国之人，展转沉锢于其中而莫能少越，则习之囿人也大矣！古先哲王知其然也，故于习之善者导之，其可者因之，有弊者严禁以防之，败坏者设法以救之，秉国钧者其念之哉！作《礼俗志》，为类十有四：曰朝会，曰祭祀，曰婚娶，曰丧葬，曰服饰，曰饮食，曰居处，曰岁时，曰乐舞，曰游晏，曰神道，曰佛教，曰氏族，曰社会。

卷三四　礼俗志一·祭祀

外史氏曰：余考日本开国以来，国之大事，莫大于祀。有大祀，有中祀，有小祀，有四时祭，每年定日行之。有临时祭。常祀之外应祭者，随时祭之。每帝践祚，必举大尝祭，典礼最重。即位之后，即简内亲王帝女也。若无内亲王，依世次简女王卜之。为伊势大神宫斋主，曰斋宫；又简内亲王为贺茂大神斋主，曰斋院，以奉祭祀。凡时祭名有十三，行之十八：曰祈年，欲令岁灾不作，时令顺序。曰镇华，三轮、狭井之二祭也。春日华散，疫疠流行，乃祭以镇。曰神衣，伊势之祭也。其神服部，斋戒精洁，以织神衣。其丝用三河赤引之神调麻绩连，亦织敷和之衣，以供神明。曰大忌，龙田、广濑之二祭也。欲令山谷之水变而为甘泽，润苗稼，有福祥焉。曰三枝，率川之祭也。其祭酒之樽，饰以三枝之华。曰风神，龙田、广濑之二祭也。欲令渗风不吹，稼穑滋登。曰月次，若庶人宅神祭焉。曰镇火，卜部之徒祭于宫城四隅，以防火灾。曰道飨，卜部之徒祭于京城四隅，以逆鬼魅，飨遏路上，使不内入。曰神尝，神衣祭日即行之。曰相尝，大倭、住吉、大神、兖师、恩智、意富、葛木鸭、纪伊日前神等是也。其神主各受官币帛而祭之焉。曰镇魂，阳气曰魂，招其所离，以镇于身体中也。曰大袚。除不祥也。

祈年于仲春，镇华于季春，神衣于孟夏、孟秋，神尝亦于孟秋，大忌于孟夏、孟秋，三枝、风神于孟夏，月次、镇火、道飨于季夏、季冬，相尝、镇魂于仲冬。祈年、月次最重，百官集于神祇官，中臣氏宣祝词，忌部氏班币帛。凡六月及十二月晦日大袚，东西史部上袚刀，读袚词，讫，百官男女咸聚袚所。中臣氏宣袚词，卜部氏为解除。若其他临时之祭，盖不可胜数也。如霹雳神祭、镇灶鸣祭、镇水神祭、御灶祭、御井祭、镇御在所祭、镇土公祭、御川水祭、镇新宫地祭、八衢祭、行幸时祭、路次神祭、堺祭、大殿祭、宫城四隅疫神祭、祈雨神祭、遣使时祭、遣使造舶木灵并山神祭之类。考《延喜式》，群神列于祀典者，盖三千一百三十二座之多。凡神宫有神户，其调庸田租，概充神宫装饰及供神，调度所需财物、所供币帛出于官。若大祀，则令国司供纳以卜定之。其祭物，有绹丝、绵、布、米、豆、酒、稻、鱼、菜、盐、果，及坯盘、案席、弓马、刀盾之类，所司长官亲加检校，必令精洁，毋许杂秽。别有御赎祭，所供物有铁人像二枚、衣二领、裤二腰、被二条等事，谓赎罪于神，令移祸于铁人也。御赎祭有一世一行者，有岁岁行之者。司祭祀者，有中臣、卜部、忌部，世其官，有祢宜、物部、猿女、内人、御巫司其事，皆给以禄。祭之先，分颁祭衣；祭之后，别给赏禄。凡斋戒，大祀一月，中祀三日，小祀一日，大祀散斋一月，致斋三日。散斋期内，诸司不得吊丧问疾，不得食肉，不判刑，不作乐。所司预告于官。官于散斋日平旦应告诸司，俾得斋戒。凡供物礼仪，有定式，有差等。中古特设神祇省一官，神祇伯之职，掌祭祀之典，领邦国之祝，凡祝部神户名籍，皆隶于此。视御巫之祷，《神祇式》九月神尝祭，十月镇魂祭，则御巫与其事。知龟卜之令，凡灼龟占吉凶，是卜部执业而统于神祇省。总判其官事。大副、少副为之贰，率其属而从事焉。神祇伯班于百寮之上，其奏事列于诸务之先，盖所以重之者如此。自王政衰微，祀典疏怠，逮乎近日，则诸教盛行，各宗其说。如耶稣教视一切神明皆若诞妄，则有以古人之祭典为鄙陋、为愚昧者。民智益开，慢神愈甚。虽然，以古先哲王之仁之智，而以禘尝治国，以神道设教，自有精义。盖其时人文草昧，所以化民成俗，不得不出于此。上以恪恭严肃事神，下以清静纯穆报上，固有非后世之所能及者矣。嗟夫！

卷三六　礼俗志三·游宴

外史氏曰：《后汉书》言倭人嗜饮食，喜歌舞，至今犹然。余闻之东人，大抵弦酒之资，过于饭蔬游宴之费，多于居室云。自桓武、嵯峨好游，赏花钓鱼，调鹰戏马，月或数举，上行下效，因袭成风。德川氏承战争扰攘之馀，思以觞酒之欢，销兵戈之气，武将健卒，皆赏花品茗，自命风流，游冶之事，无一不具。二百馀载，优游太平，可谓乐矣。然当其丸泥封关，谢绝外客，如秦人之桃花源，与人世旷隔。虽曰过于逸乐，而一国之人自成风气，要亦无害。及欧美劫盟，西客杂处，见其善居积、能劳苦，当路者始惊叹弗及。朝廷屡下诏书，兢兢焉以勤俭为务、佚荡为戒。族长以勉其子弟，官长以教其人民，虽风气渐积，难于骤挽，然可不谓知所先务乎？

卷三七　礼俗志四·神道

外史氏曰：神武之开基，崇神之肇国，崇神尊称曰御肇国天皇。神功之远征，一以神道行之。余考其创业垂统，仗剑而出师，造瓮而事神，则兵事出于神。剑曰神剑，矢曰天羽，韧曰天韧，则兵器出于神。以禊词洗罪，素戈鸣尊得罪于天祖，群神定议，去其爪发，使天儿屋命宣解除祝词以逐之根国。根国，谓下界也。神武既成帝业，使天种子命被除国中人民罪恶。害稼穑，污斋殿，谓之天罪。伤人奸淫蛊毒，谓之国罪。皆从其轻重，使请神祇而解除之。以探汤定讼，应神帝时，武内宿祢为其弟甘美内宿祢所谮，帝使二人请神于矶城川上探汤。其法，以泥置釜中煮沸，使探之。甘美内宿祢手烂，武内遂得伸冤。其后允恭帝以姓氏溷淆，亦命探汤以定真伪。则刑法亦出于神。因祀而制贡调，出于射曰弓端，出于技曰手末，崇神帝始因祀神课男女调役。则赋税亦出于神。因祀而设斋藏，沿其后而有内藏，沿其后而有大藏，则库藏亦出于神。《古语拾遗》云："当此时，帝与神相去未远，同一寝殿，神物官物，未有分别。宫内立斋藏，令斋部人世掌之。应神朝，以三韩贡献，更建内藏于斋藏旁，以分收官物，令阿知使主与百济博士王仁司其出纳，更定藏部。至雄略帝时，秦造酒领百八十种胜以纳贡，贡物充轫庭内。自此而后，诸国之调，年以盈溢，更立大藏，令苏我麻智校三藏，而秦氏司其出纳，东西汉部勘录其簿，是以秦汉之族，世为内藏、大藏主钥，此藏部之缘也。"因祀而有祝词。凡践祚则奏寿词，凡大会则奏国风，则礼乐亦出于神。历代诏书，每曰祭与政出于一，国有大事，若迁都，若迁宫，若与外国争战，必告于神。所得吴织、唐币及新罗玉帛，必供于神。时有水火、旱潦、疾疫、荒歉，必祷于神，固不独三种传国神器之赫赫在人耳目中也。余观上古之世，清静沕穆，礼神重祭，万国所同，而一切国政皆出于神道，则日本所独。世所传方士徐福之说，殆非无因欤！自崇神立国，始有规模，计徐福东来，已越百载，凡百政事，概缘饰以方士之术，当时执政者，非其子孙，或其徒党欤？曰剑，曰镜，曰玺，皆周秦制也。君曰尊，臣曰命、曰大夫、曰将军，亦周秦语也。或曰：日本上古盖无文字，所谓剑、镜、玺及大夫、将军之称，皆于传习汉文之后译而名之，不足为秦人东来之据。然考日本之传《论语》始于晋时，其编辑《国史》在隋唐间，既不用商周以前之称，又不用汉魏以后之制，则上世口耳相传，必有父老能言其故者。况若镜若玺，明明秦物，固有可据乎？

或又曰：果使徐福东来，当时应赍文字，何待数世之后百济王仁始行传授？余又以为，徐福方士，不重儒术，其所携三千男女尽属童年，不习文字，本无足怪。又其时挟书有禁，自不能径携卷册而行，斯说也亦不足为难也。尔后国政，以出纳属之秦造，以禊词属之东西汉，若有特重于秦汉人者，当亦有故也。抑余考日本诸教流行，独无道教。盖所谓神道者，即为道教，日本固早重之。彼张鲁之米教、寇谦之符箓、杜光庭之科仪，反有所不必行矣。

卷三七　礼俗志四·佛教

外史氏曰：昔韩昌黎以谏迎佛骨贬潮州，其时关东西则有丹霞然、圭峰密；河北则有赵州谂、临济元；江表则有百丈海、沩山祐、药山俨；岭外则有灵山巅。其师友几遍天下。皆以超世之才智、绝人之功力，津梁后起，以合于菩提达摩之传。当公之辟佛，为佛极盛时，故极为其难。然自公之辟佛，人人有公辟佛之说据于胸中，所谓功不在禹下者此也。是说也，余闻之阳湖恽子居云。

余考日本之僧，其倡为宗教者，尤多俊杰。日本以神建国，排神说法，势所不行，于是乎最澄、空海推佛于神，援神于佛，以佛为体，以神为用，体用归乎一源。斯说一行，而混糅神佛，举国之神，无不佛矣。食色，性也，拂人之性，亦势所难行，于是乎亲鸾不离俗，不出家，蓄妻子，茹荤酒，谓烦恼者骸，而清净者心，学佛在心而不在迹。斯说一行，而道俗无别，举国之民无不僧矣。若夫源空之净土、日莲之法华，第以口唱佛号，即为佛徒，愈卑、愈简、愈浅、愈近、愈易修而愈溺人。日本之于道，既无周公、孔子倡明之于前，又无昌黎力辟之于后。彼僧徒者，鼓其说以煽动群伦，其化日本为佛国，亦无足怪也。宋人之辟佛也精，昌黎之辟佛也粗，然僧徒不畏宋人而恨昌黎，则以昌黎焚其庐、火其书之说行，而佛教自绝也。中国之说佛也精，日本之说佛也粗，然中国佛教不如日本之盛，则以亲鸾不离俗、不出家之说行，而人人得以自便也。夫天堂地狱之说，因果报应之谈，愚夫愚妇之所易惑。天下愚夫妇多，而贤士大夫少，知愚夫妇之所敬信，迎其机而导之，顺其情而诱之，因其利便而徇之，而吾说自无不行之数。僧者，其宗指不同，而其因国俗、顺人情以施教，则无不同，可不谓聪颖桀黠之士欤？

近日耶稣教之盛，遍于五洲，其所谓待人如己，于吾儒之道弥近理，而

卷三八　物产志一

外史氏曰：物产之盛衰，国民之勤惰系焉，田野之芜治系焉，而国家之贫富强弱，无不系乎此。宇内万国，自古迄今，昭然若揭矣。今海外各国汲汲求富，君臣上下，并力一心，期所以繁殖物产者。若伊尹、吕尚之谋，若孙吴之用兵，若商鞅之行法，其竭志尽力，与邻国争竞，则有甲弛乙张，此起彼仆者。其微析于秋毫，其末甚于锥刀，其相倾相轧之甚，其间不能以容发。故其在国中也，则日讨国人，朝夕申儆，教以务财、力农、畜工，于己所有者，设法以护之，加意以精之；于己所无者，移种以植之，如法以效之。广开农商工诸学校以教人。有异种奇植、新器妙术，则摹其形，绘其图，译其法而广传之。凡丝茶棉糖之类，必萃其类，区其品，开博览共进之会，以争奇竞美，褒其精纯，禁其饰匮，而进而劝之。而犹虑他国之产侵入我国，吾之力微，不能拒也，则重征进口货税，使人物腾贵，无相侵夺，而吾乃得徐起而收其效，于是乎有保护之法。泰西一千八百四十四年，美国初兴铁利。其时英国输入铁条，每一吨值三十六元，课税二十四元；又英国输入铁块，每百磅值三元三十钱，亦课税三元。盖重课人税，使价重于我，国产乃可以销流。俟国产王，税乃递减。西人名曰保护税。而犹虑己国之产不售于人国，吾之利薄不能盛也，则分设领事，遍遣委员，使察其风尚之所趋、人情之所习，而依仿其式，以投其好，于是乎有模造之法。又其甚者，商务不竞，继以兵战，一遇开衅，辄以偏师毁其商船，使彼国疲敝，不能复振，而吾乃得垄断，以图其利。如英之于荷兰，则尤争斗之甚者矣。泰西百馀年来，累世请求，上自王公贵人，下至佣贩妇女，皆心知其意，上以是为保富之方，下以是为报国之务。泰西人有恒言，疆场之役，十战九败，不足虑也，若物力虚耗，国产微薄，则一国之大命倾焉、元气削焉。彼盖筹之精而虑之熟矣。譬之一豪农之家，环四邻而居者，以所居近市，各出其瓜瓠果蓏之美，以图朝夕升斗之利，而为之主人者，一听其贱佣下婢栽培灌溉，曾不一问，欲以是争利，不亦难乎，不亦难乎！日本维新以来，亦兢兢以殖产为亟务，如丝之售于英、法，茶之售于美，海产之售于中国，则尤其所竭精敝神以求之者，可不谓知所先务与？《管子》曰："本富为上，末富次之。"太史公曰："善者因之，其次利导之，其次整齐之，其次教诲之。"有国家者，能勿念诸。作《物产志》。

卷四〇　工艺志

外史氏曰：形而上者谓之道，形而下者谓之器。形而上者，自上古以来，逮于尧、舜、禹、汤、文、武、周公、孔子，其所发明者备矣。形而下者，则自三代以后，历汉、魏、晋、唐、宋、金、元、明，犹有所未备也。余观开辟之初，所谓圣智，不过制医药，立宫室，制衣服，作器用，此皆后世所斥为"工艺之事"，而古人以其开物成务，尊为圣人。成周之制，官有六职，工与其一，而历世钟鼎，奉为宗彝，令子孙宝用。盖古之人所以重工艺者如此。后世士夫，喜言空理，视一切工艺为卑卑无足道，于是制器利用之事，第归于细民末匠之手，士大夫不复身亲，而古人之实学荒矣。今欧美诸国，崇尚工艺，专门之学，布于寰区。余尝考求其术，如望气察色，结筋搦髓，破腹取病，极精至能，则其艺资于民生。穷察物性，考究土宜，滋荣敷华，收获十倍，则其艺资于物产。千钧之炮，连环之枪，以守则固，以战则克，则其艺资于兵事。火轮之舟，飞电之线，虽千万里，顷刻即迭，则其艺资于国用。伸缩长短，大小方圆，制器以机，穷极便利，则其艺资于日用。举一切光学、气学、化学、力学，成以资工艺之用，富国也以此，强兵也以此，其重之也，夫实有其可重者在也。

中国于工艺一事，不屑讲求，所作器物，不过依样葫芦，沿袭旧式，微独不能胜古人。即汉唐之后，若五代之纸墨，宋之锦，明之铜炉，责之今人，亦不能为。所谓操刀引绳之辈，第以供人之奴役，人之鄙夷，亦无足怪也。虽然，以古人极重之事，坐令后世鄙夷之若此，此岂非士大夫喜言空理、不求实事之过乎！今万国工艺，以互相师法，日新月异，变而愈上。夫物穷则变，变则通。吾不可得而变革者，君臣也，父子也，夫妇也，凡关于伦常纲纪者皆是也；吾可得而变革者，轮舟也，铁道也，电信也，凡可以务财、训农、通商、惠工者皆是也。今之工艺，顾可忽乎哉？作《工艺志》。

附　录

嘉应黄先生墓志铭

梁启超

国家自甲午丧师以后，势益不竞。谋国者尚泄泄未知改图，独德宗皇帝大奋神断，明诏天下，改变百度。而是时各行省大吏奉行诏书最力者，惟湖南巡抚义宁陈公宝箴。而相与助其成者，则嘉应黄先生公度也。先生时方以湖南盐法道署理按察使，与陈公勠力殚精，朝设而夕施，纲举而目张。而其尤为先生精心所措注者，则曰保卫局。保卫局者，略仿外国警察之制，而凡与民利民瘼相丽，为一方民力所能自举者，悉统焉。择其乡邑之望分任之，而吏董其成。创布之初，民颇疑骇，后乃大欢。先生方欲推布一切，以图久远，而朝局变，党祸起，先生与陈公得罪而去，而天下事益不可为。嗟乎！古有以一人之用舍系一国之兴亡者，观于先生，其信之矣。

先生讳遵宪，世为嘉应州人。曾祖讳学诗。祖讳际升。父讳鸿藻，官广西知府。皆以先生贵，封赠荣禄大夫。先生以拔贡生中式光绪二年顺天乡试举人。旋随使日本。历官四十年，有大小久暂之不同，而皆举其职。尝为日本使馆参赞也。日本方县我琉球，且觊及朝鲜。先生告使者，乘彼谋未定，先发制之。具牍数千言，陈利害甚悉。东人至今诵之，而当事不省。不二十年，二属遂相继不保。又为英之新嘉坡、美之旧金山总领事矣，美人嫉吾民之侨彼境者，蓄志摈之，先生既以先事御之之谋告其上而不用，乃尽其力所能及以为捍卫。美政府尝藉口卫生，系吾民数千，先生数语捭阖而脱之，且责偿焉。吾尝游美洲，去先生为领事时且二十馀年矣，而吾民尚称道此事不容口。先生居外国久，于其上下情形，内外形势，洞幽察隐，故凡有所应付，莫不迎刃而解。

而大吏亦稍稍知先生能外交，故每以事相属。江、鄂四省，教案积数十起，连十数年，文牍盈尺，莫能断结。及先生受委，则浃月而决之，教士挢舌而不敢争。异时沿江沿海，划地为市，租借外旅，命曰租界。始事者昧于国际法，于界内界以治外法权，丧威失权，悔不可追。先生恫之。值甲午之役，约以苏州、杭州两处为租界予日本。授受之际，先生适主其事，乃曰："苏杭腹地，非江海口岸比。"因议自营市政，凡所以便外旅者，纤悉备至，而独于治外法权则靳焉。日本主者莫能难也。殆画诺矣，适有以蜚语相中者，谓先生受外赂，为它人计便安。约遂废。而日本亦撤其使归。两国同以此事谴其使，而天下万国，则谓日本之举为计独得也。先生虽以外交知名当世，然受两使命皆中沮。

光绪二十一年，奉旨入觐，以道员带卿衔授出使大臣驻德国。时德人方图胶州，惮先生来折其机牙，乃设词以撼我政府，卒尼其行。光绪二十四年，复以三品京堂候补充出使日本大臣。时先生方解湖南按察使任，养疾上海，淹留未行，而党祸卒起，缇骑绕先生室者两日，几受罗织。事虽得白，使事亦解，先生遂归田里。光绪三十一年二月二十三日，以疾卒于家。

呜呼！以先生之明于识，练于事，忠于国，使稍得藉手，其所措施，岂可限量。而乃使之浮沉于群吏之间者且数十年；晚遭际会，似可稍展其所蕴矣，而事变忽起，所志不终遂，且乃忧谗畏讥，流离失职而死，此岂天之所为耶！先生读书有精识远见，不囿于古，不徇于今，尝思成一家言曰《演孔篇》，未成。而所成之《日本国志》四十卷，当吾国二十年以前，群未知日本之可畏，而先生此书则已言日本维新之效成则且霸，而首受其冲者为吾中国。及后而先生之言尽验，以是人尤服其先见。

先生为文章，务取畅达，不苟为夸饰。至其为诗，则精思渺虑，盘礴而莫测其际，平生所作逾千首，自裒集得六百馀首，曰《人境庐诗草》。自其少年，稽古学道，以及中年阅历世事，暨国内外名山水，与其风俗政治形势土物，至于放废而后，忧时感事，悲愤伊郁之情，悉托之于诗。故先生之诗，阳开阴阖，千变万化，不可端倪。于古诗人中，独具境界。

先生娶叶氏，诰封夫人。子四人：曰冕、曰鼎崇、曰履刚、曰璇泰。履刚早殇。女子二：适钟、适梁。先生之卒也，冕方随节日本，左丧归，旋以毁卒。今上皇帝纪元之三月，鼎崇、璇泰始奉其丧，葬于梅南黄居坪之原。先生之从弟曰遵庚，以状请铭，且曰先兄志也。启超以弱龄得侍先生，惟道惟义，以诲以教。获罪而后，交亲相弃，亦惟先生咻噢振厉，拳拳恳恳，有同畴昔。先生前卒之一岁，诒书启超曰："国中知君者无若我，知我者无若君。"然则启超虽不文，又安敢辞。铭曰：

士失职者多矣，而独于斯人焉奚悲？悲其一身之进退死生，与一国之荣悴兮相依。谓天不欲平治天下，曷为笃生此才椠魄而权奇？谓天欲平治天下，曷为挫铄窘辱拂乱之不已，又中道而夺之？其所志所学，蟠天际地，曾不得以百一自见于时；若夫事业文章之在人耳目者，则乃其平生之所不屑为，然且举九州之骏足，十驾焉而莫之能追。则夫其所磅礴郁积而未发者，又安得而测知？而今也，悉随其形神精魄，灰化蜕委，万劫不复而永闶于兹。白日堕兮露滋，杨萧萧兮蔓离离。九原不作兮吾道谁与归？仪型先民兮视此辞。

新会梁启超卓如撰

先兄公度先生事实述略

黄遵楷

一、种族姓氏之由来

先兄讳遵宪，字公度，先思恩公长子也。黄以国为氏。《通志》云黄氏嬴姓，陆终之后。封于黄。今光州定城西有黄国故城。其子孙即氏黄。及五代时，我始迁祖某，由光州固始从王潮入闽，散居于邵武、汀州各属，宋元之间，再迁梅州。嘉应一属，所自来者，皆出于汀之宁化石壁乡，历年六百，传世二十五六，征诸各姓，如出一辙；因别土著，故通称之曰"客人"。明末，始迁祖文蔚公自梅南迁于城东攀桂坊，世为攀桂坊人。

二、幼年及少年时代

先兄少聪颖，先曾祖母孙曾数十人，特钟爱之，甫学语，即教以诵诗识字，亲属多衔之。一日，先曾祖母命试以诗，题曰"一览众山小"。先兄应声曰："天下犹为小，何论眼底山。"先曾祖母喜曰："此儿志趣远大，他日将穷四极而步章亥，吾宁勿爱乎！"年十二，作《王右军书兰亭序赋》，乡先辈张榕石老人手书其牍曰："昔欧阳公有云：'三十年后，世人知有子瞻，不知有老夫。'前贤畏后者，他日请念之。"旋由优廪生膺同治癸酉选拔萃科。翌年，廷试，报罢。时先君供职农曹，遂留侍京寓。乡先辈何子峨太史如璋，邓铁香承修、钟遇宾孟鸿两待御，尤推重之。其明年，先君馆谷烟台，复随侍出京。烟台为南北通商要区，海舶往来，习闻外事。时云南马格里案已结，议约于烟台。先兄感怀时局，以海禁大开，外人足迹如履户庭，非留心外交，恐难安内。旋举京兆试于光绪丙子，适何子莪太史膺出使日本大臣之命，邀之行，遂弃举子业，充参赞官。

三、出使日本参赞时代

甲、关于汉学之影响

当是时，日本醉心欧化，而实际贸易超入，金钱流出，上下交困，民不聊生；西乡隆盛遂率国人有请清君侧之举。迨事平，我公使即莅其境。其时鄙夷汉学，倡废汉学之风说日炽。先兄与其国士夫游，每谓日本维新，伟成明治中兴事业者，实赖汉学尊王攘夷之说以成之，何可废！闻者翕服，至今犹道弗衰。

乙、琉球交涉及要求改约事

时中日外交之重要者，曰琉球，曰朝鲜；而关于内政之切要者，曰改约，曰殖边：此驻日使者之一大关键也。日人夷琉球为郡县，使者力争，反复陈明日本国势之现状，不过一部分之野心家，欲藉以尝试耳。苟持以坚忍，示以必争，并责以灭国绝祀之义，违背和约之言（自同治十年与日本订约，名曰"修好条规"，明示与英、法等国之失和而要盟者不同。其第一条"两国所属邦土，亦各以礼相待，不可稍有侵越永久安全"云云，即指琉球等国而言），彼虽贪横，亦未必甘冒天下以大不韪。乃日本欲藉球案为要求改约计，议以球南数岛割归中国，即以所许西人之内地通商、领事裁判及利益均沾等款，许其一体享受。使者以为循人求而捐己利，是大不可。夫西人豪富，持税单以往内地，不过买丝买茶，偶一为之；且多重道义而轻小利，犹之可也；若日本与我地既逼近，种类同，文字同，人多贫窭，性复贪利，若并许之，势必纷至沓来，或负包裹，或开小店；彼有子口税优免厘金之条，则成本轻，小民生计将尽为所夺。一遇有事，解归领事办理，无论循情偏纵，即法律亦有彼轻此重之殊。民见长官之待己不如外人也，则怨毒深；无形之隐患甚大。况地方官容忍畏事，养痈贻患，更何异纵不可调驯之虎狼，使与吾民杂居乎？中日两国，唇齿相依，当初定约，不欲蹈西人窠臼者，实因受侮不少，愿我兄弟之国，别立亚细亚连衡之局。此实出于同病相怜、重视日本之意。而日人乃以约中无此均沾一语，不能与泰西各国联为一气，则西人所既得者，东人不能从其后；东人所欲得者，西人不能为之助，今若许之，是为渊驱鱼，纵之聚居于大壑也。西人骄横，尚顾体面；东人狡赖，唯利是牟。譬之以猎，恐西人发踪指示，而东人为之狗，其狂噬贪突，后患更不忍言。苟为属土，而使吾民受切身之害，毋宁割地予人，而保全吾民之生计。盖割地予人，犹人之一身，去其一指，其他犹可自保；若生计日蹙，金钱流出，如精血日吸日尽，羸弱枯瘠，殆不可药医矣。此对于琉球交涉之大概也。

丙、朝鲜交涉及主持朝鲜外交事

朝鲜介居中日，元伐日本，曾假道是邦，日欲攻明，亦假道全罗。大清入关，先定朝鲜，是朝鲜兴亡，与清廷有密切关系。然二百馀年，恭顺臣服，夷为郡县，固属不忍。而泰西通例所谓属国者，必主持其外交，管理其内政，而后得认为某国之所属。今日本与之订约，阳奉以自主之名，阴实行其离间之计，妄冀他日有事，中国不得预闻。英、法、美、德亟欲订约，日人且为之介，若果成于日人之手，以固其东西之交，万不如我自为之，犹得揽其权而收其利。况伊犁一案，尚未解决，俄人眈眈逐逐，欲得不冻港于东方者，已非一日；其海军卿理疏富斯基既到烟台，外间传闻，欲以所属西北利亚桦太洲之间及日本海、黄海、中国海等处，编立营制，作常驻之兵。朝鲜港口一有所失，蔓延之祸，殆不可测。乃亟上"主持朝鲜外交议"于总署暨北洋大臣，复晤朝鲜使臣金宏集于日本，剀切劝导；并著《朝鲜策略》，以警告其国人，使亲中国、结日本、联美国以抗俄。复为之草商约，开章明义"兹朝鲜国奉大清国命与某国结约"云云，所以明主权而保属国。又作《条约问答》，反复辨难，申明其意，以释朝鲜之疑。（当时横滨法文报馆，译载全稿。日人再译，且书其篇后曰："论黄某之官职，不如李鸿章远甚，而李鸿章之识见，又不如黄某远甚。虽然，我日本五尺童子，早经知之。惜乎！堂堂大国，至今仅有一人焉，而又未必其果能见诸施行也！"附识于此，以见日本人从来对于我国人之心理云。）复请于朝，纵必不仿西藏、青海，设办事大臣，主其内政；而一介专使，主持外交，或专司订约，使天下万国晓然知朝鲜实为我属。吾力虽不足以相庇，而取其一隅之势，与天下万国而维系之朝鲜，存其毗连于我东三省者，自可以固边圉以殖吾民。（时山西奇旱，曾上北洋大臣请借洋款移民殖边。）此对于朝鲜交涉之大概也。

丁、结束改约及朝鲜事

孰意甲午一役，日人之改订商约者，尽如其愿，且或过之。迨日俄之役，日战胜俄，俄所获于朝鲜暨租借旅大、南满铁路各权利，尽转移于日人之手。而朝鲜遂并于日，与我东三省之棘地荆天，均非先兄之所及知者矣。

四、调充美国旧金山总领事时代

子、美先遣使议约及实行新例、控驳新例、保护华侨、消弭械斗事

东居五载，以星使差满，奉调赴美，驻扎桑佛兰西斯哥总领事，即华人所通称曰旧金山大埠是也。先是美国嘉厘宽尼省之埃利士工党，嫉华工之勤能而值贱，不足与竞，拟设新例以排斥之。适中美约期届满，美特遣使三人来华，议改约事；道出日本。先兄廉得其情，谓三使者有袒华人、有袒工党、有中立者，揣其用意，不过曲循民情，藉以分谤。中国若坚持却之，使袒华人者得所藉口以中国之不愿；商约不改，则新例自不能行。讵知约既改矣，工党之新例适于先兄到美之日发生其效力，乃苦心焦思，设法挽救。所有侨商回华，请由领事发给护照，为再来之据；并请律师控诉，以驳其新例。由是华商人等，由他国来美及曾寓美国再来，与执持领事护照而复来者，均得通行无阻。即华工假道金山，往来檀香山、域多利、巴拿马等处者，亦由领事给照，无所留难矣。新例虽行，乃变逐客之令为防御新客之举，追寻往昔，不禁为之低徊不置云。其他联合会馆、消弭械斗，华人感之，美人亦未尝不敬爱之也。

丑、拟驳上海美商用机器制造绸缎及论贸易盈亏、税关出入、货物种类有关民生要旨

且其时上海美商，拟用机器制造绸缎。沪关阻之。美使指为违约。承星使函询，乃曰："就美国论，外人购土货制物在本地销售，原无禁例。然机器制土造货，华民尚未兴办；若许外商，则一切工艺均可以机器夺之。泰西通例，本国权利，有许本国人独占之条，断无本国商人反不如外人优待之事。令中外和约，税权既不能自主，洋商又无从管辖，如子口税等听其纵横，外货浸灌，至令吾民失业者既不知凡几；若再许以机器制造，小民生计何堪设想，查中美商约并无此条，即美使所引法、比等约'准其工作'等字，则人工操作，即不能指为机器制造之解释。据此以争，美使当亦无词以对。"又曰："通商伊始，不谙外情，每争虚名而捐实利，驯至金钱输出浮于输入者，岁至数千百万。从前华侨输资内地，无形弥缝，尚可挹注。今美之新例已行，海外侨民顿失巨利，使各国尤而效之，输出金钱，将无所取偿。漏卮不塞，其何以堪！然而我国人若未之知，我士夫未尝究之。即海关货物之输出入者，亦只问其税务之兴衰，不问其输出入种类之何若，民之穷，岂国之福乎！"

五、由美回国著述《日本国志》时代

领事任满，乞假回国。发箧续成《日本国志》一书，意在借镜而观，导引国人，知所取法。然至甲午以后，始有知者。虽风行一世，而时已晚矣。且其书成太早，凡日本之整理财政、改革币制、设立议院以后种种事实，不及记述，良可惋惜。

六、调充英法参赞及新驾坡总领事时代

甲、新加坡任内呈请奏开海禁及联络内地官长保护华侨事

薛叔芸星使之奉使英、法也，折柬邀之，奏充二等参赞；旋改新驾坡领事为总领事，即奏补之。当在金山，美人下逐客令，唯恐华侨之不能复来；及在新驾坡，英政宽大，又恐华侨之不愿回国。乃请薛使奏开海禁（康乾间海寇充斥，有沿海居民不许出洋、违者以海贼论之禁令。旋有闽人蔡某，挟资回国，乡人索勒不遂，诬通海贼，杀之。南洋闽籍侨民相与以归国为戒），以坚

华侨内向之心；并咨请闽粤总督，出示严禁虐待回籍之侨民；复照会沿海道府，转饬州县，妥为保护，务使内地官长与外洋领事息息相通，侨民之往来其间者，无冤抑、无枉纵而已。

乙、暹法龃龉请派保护影响南洋全体倾心内响事

南洋群岛殖产矿业，为华人所占者十之七八，欧洲、阿剌伯、巫来由人仅占十之二三，而其主权分隶于英、荷者为占多数。安南已隶于法，其毗连之暹逻，名列藩属，然等于羁縻勿绝者久矣。入市商人，尽属华籍；垦地种稻，皆我华人。只以国体攸关，致未订约；富商巨贾，多托庇于英、法国旗之下者，非得已也。适暹、法龃龉，几酿衅端，先兄亟请北洋派舰游弋，侨暹赤子，赖以安全。较之秘鲁、智利之役，菲律宾群岛初隶美籍之时，各该侨民无所凭藉，害及于身家性命财产者，相距不可以道里计。南洋群岛千数百万之侨人，闻风兴起，倾心内向，远胜于东美、南非各属之流寓者。虽曰众寡远近之不同，而恩威所及，报亦随之，非偶然也。

七、新驾坡领事内渡之原因

当十五年前，战战兢兢以主持朝鲜外交、亟订各国通商和约、为保属土而弭后患者，格不果行；日人得以乘间，竟藉朝鲜东学党之被暗杀兴师问罪，而酿成甲午之役。辱师偿款，割地改约，举数千年闭关自守、每况愈下之秕政，尽暴露于天下。而土广人众，天产富饶，无相当之国币，为之发展企业，以辟其未辟之财源；天下万国，因而垂涎，各思染指，而创瓜分之议者，又未尝不从甲午始也。

八、供差江南时代

方战事未已，署南洋大臣南皮张公亟电召之，乃卸新驾坡总领事而内渡，委充江南洋务局总办与其他各种要差。无如我国旧习，各省督抚，此疆彼界，无中央统一之政治机关，即一省之差委，大都循名而失其实。当时论者，

咸以香帅隶下为尤甚云。

子、办理五省教案清结事

其明年，驻京法使施柯兰照会总署，以前商江南、江西、浙江、湖南、湖北各省未结教案，由南洋大臣派员与法国驻沪总领事商办了结，应请速行。南洋准咨，仍限于本省教案，委诸先兄；其他各省，分咨自办。而法总领事往来照会，对于先兄，则称为总署委员。迨江南教案就绪，各省相继踵来。不及数月，举大江以南，数十年悬而未结之教案，无赔偿，无谢罪，无牵涉正绅，无波及平民，一律清结。领事感其神速，主教服其公平。从前地方官吏，于条约章程素未寓目；理所应许，靳而不予。一遇有事，辄仓皇失措，视教士为外国所派之官，教民如本国化外之民，种种谬误，因而演出。教士之把持，教民之恃势，平民之积怨者，固不能为外人咎；而教士之横行图赖，伪造契据，藉端恐吓，甚至擅用平移总督之官封文套者，亦未尝无人（当时住江阴教士彭安多，即用此封套）。先兄一以遵守约章，检查证据，应予则予，应斥则斥，如疱丁屠牛，迎刃而解。法总领事犹以私人交谊，赠之以拿破仑铜像，以作纪念。

丑、办理苏州开埠打破专界挽回治权事（附注：上某星使论外交家尽职书）

《马关条约》，战胜余威，其损失何可复言！该约有"添设通商口岸，以便日本臣民往来侨寓，从事商业工艺"等语，苏州开埠，实居其一。其驻京日使，则曰"开设日本专管租界，合依《马关新约》而行"；其外部告我驻日公使，则曰"总署既允，立饬在苏即行开设日本专管租界"，并许以交收租地；其领事则曰"奉本国政府接收专管租地之命，但求按约指地，所有办法，悉照向章"。当时苏州洋务局拟即指定地址，由官购买，交给日本。先兄窃不谓然。旋由南洋大臣刘奏派专办苏州商埠事宜，遂通告日本领事，谓添设五口，应由苏埠开议，其余一律照办，并订期互换照会。几费唇舌，始能允从。乃告以约中所载"添设商埠，以便日本臣民往来侨寓，从事商业、工艺制作"，是《新约》所许，只许通商；下文所云"照向开口岸办理，应得优例，及利益亦当一律享受"，系紧承上文之"日本臣民从事商业工艺"者而言。遍查中文、日文、英文，并无许以苏州让给一地，听日本政府自行管理之语。于是乎草商埠议案，如日商需地几何，许其随时分赁；则专管租界之语，暗为取消。道路各项，许期不纳地租，而实则为公共之物。租期十年以内，留给日人，而实则还我业主之权。杂居华人，归我自管，则巡捕之权在我。道路公地，归我自筑，则工务局之权在我。凡所以暗破专界、撇开向章、补救《新约》之所穷，挽回自主之权利者，无孔不钻，无微不至。日领以所议各节，越乎本国训辞之外，未敢承受；则告以如必须自立专界，则严禁华人杂居，此为中国自有之主权。重索界内租价，亦不为约章之违反。否则总署所许之地，终不更许他人，专以留给日本；俟将来两国政府商定允行。唯现在日商需用多少，即可随时租赁多少。日领事终为之窘，许以禀候政府训令。其保护主权而伸国法者，实为各口租界之所未有。故凡条约所已许者，能挽回而补救之；条约所未许者，亦未尝授人以隙，妄增一字。其紧要关键，不过将实事变作虚辞，由现在推之他日；亦犹负债者约退后期，别立新单，谓他日家业兴隆，再行设法偿还云尔。总署谓其用意微妙，深合机宜；特虑彼国不能就我耳。乃鄂、浙当道，忽谓日人狡展，毋受其欺；许以将来，即贻后患。同时日本领事亦奉其本国政府之命撤回。其结果仍不出总署之所料。举数月以来，殚竭心力，欲图补救一分，以挽回一分之损失者，终归泡影矣。

读先兄上某星使论外交书，谓"外交家之能尽职办事者，大抵有挪展之法：如一事期效八成，则先以九成十成出之，以期退步；如一物需价百钱，先预以百二十、百三十，以待其驳减是也。有渐摩之法：如既切而复磋，既琢而复磨，以求精到，如得寸则一寸，得尺则一尺，以期渐进是也。有抵制之法：如此事不便于我，则兼及他事不便于彼者藉以牵制；如甲事有益于彼，则别寻乙事有益于我，以索其酬报是也。而所以行此法者，一以优游巽顺出之；以固执己见，则诿以彼国未明我意；于争执己权，则托于我国愿同协办；于要求己利，则谬谓两国均有利益。不斥彼之说为无理，而指为难行；不以我之说为必行，而请其酌度。不以彼不悦不怿而阻而不行。言语有时而互驳？而词气终不愤激；词色有时而受拒，而请谒终不惮烦；议论有时而改易，而主意终不游移。将之以诚恳，济之以坚贞，守之以含忍。幸而获济，则吾民受护商之益；

不幸而不济，彼国亦必服其谋国之忠"云云。其生平所历外交，济与不济，每为内外人所敬服，良有以也。国势愈弱，外人之强迫愈甚。身当其冲者，辄曰"无兵力为人后盾"，固也。然如苏州开埠，实承战败之后；租界向章，如天津、上海等处，均系专管；卒能拆成片段，以折服之。然则当事者幸勿以后盾自馁，果能坚忍诚恳，以尽厥职，安见其无挽救之策哉！附注于此，以资考镜。

九、来京后简放使德时代

虽然，当世巨公亦颇知其外交之能，交章推荐，欲假以使英，筹商改约增税事，期为吾民护商之益。（观庚子以后，英国议约，专使马凯竟许以加税改约诸条；则当时赴英，或亦有济。惜哉！）无端以新驾坡征收洋药税事，我客卿欲停止华船贸易，尽归洋船装运，误触其忤。总署亦误会此意，辄恐英人之不怿，于是奉派使德。德人亦误传英不愿接而亦拒之。迨英使证明，并无不愿接待之事实，德遂藉口三国抗日，交还辽东，德未酬报；能给一岛为屯煤地，使事无不可言。先兄乃亟恳收回成命，勿因微臣而受要胁。未几，改放湖南盐法长宝道。而德人之所欲者，不及一载，藉山东教案据有青岛矣。

十、湖南盐法长宝道署湖南臬司时代

创办湖南保卫局及其他学堂学会事

当是时，湘抚义宁陈公宝箴，沉毅有为。湘人士纯朴质实，恪守旧规，故其风气闭塞，亦较各省为尤冠。先兄莅湘，上佐中丞，下联民意，设南学会，开时务学堂，日与其间士夫讨论治术，欲举官权分给于民，而养成其自治之能力。复仿泰西通例，参以《周官》之法，设保卫局，以安闾阎而达民隐。吾国内政，始设巡捕以卫民事者，实于湖南为权舆。迨戊戌政变，一切类似新政者无不推翻而尽撤之，惟保卫局巍然独存。虽当时之持异者，亦称其成效大著，舆情悦服。盖其实心卫民，即以保民之意行之，非藉以行官权耳。

十一、简放使日及放归田间时代

先兄通籍以后，垂三十年，奔走欧美，久驻东瀛。所著《日本杂事诗》、《日本国志》，不胫而走，为海内所知名者久矣。戊戌夏五，初奉电旨，饬速来京（时阁学徐公致靖，保举人材，首推先兄。并列康有为、梁启超、熊希龄、张元济等），旋拜出使日本之命。乃抱病未行，凡朝旨之所自出，与北京新旧各派之情状，茫无所知。乃抵沪上，骤闻政变，拟即力疾遄行。而着交南洋看管，缇骑绕室，以索康有为之匿迹者，几罹不测。而先兄之事业，亦随之而蛰伏林泉，抑郁侘傺，而至于死，可不痛哉！夫先兄爱国之念太切，爱才之心太甚，每欲奖掖后进，而结交梁任公启超者，是诚有之。因康梁关系为之株连，亦不可讳。乃或者疑其党康，谓德宗之知，实为康所援引，则太谬矣。

十二、家居时代

子、创兴学会设师范学堂及关于学务诸事

家居数载，不复与闻外事，惟从事教育。设兴学会，修东山书院为师范学堂。择乡人之优秀者，派赴日本，学师范及管理法。谓先有师范，而后有蒙小学教员也。又虑年稍长者，无地就学，则设补习学堂；虑僻处下邑，闻见锢蔽，则设讲习所。惟其时因办学务而争公产者，时有所闻；在上者又不明公立私立各校之性质为何若，徒滋纷扰，无裨学业耳。

丑、从事著述拟著《演孔》一书

外此，则欲有所著述，以养天年。尝曰："近人每见二百年前天主教之盛，以为泰西富强，由于行教，遂欲尊我孔子以敌之。又闻彼教有讥孔子为不知天道，而陋之为小者，辄倡言保教以卫之。是以贤知者之过虑耳。夫西人崇教之说，久成糟粕；袭人唾馀而张吾教，甚无谓也。况孔子实为人极、为师表，而非教主。凡世界教主，无论大小，必嚣嚣然自树一帜而告人曰：'从我则吉，否则凶。'孔子因人施教，未尝强人以必从也。故耶之言曰：'吾实天

子！'回之言曰：'吾为天使！'佛之言曰：'上天下地，惟我独尊！'孔子则曰：'可与天地参，可以赞化育。'实则参赞之说，兼三才而一之，真乃立人道之极，非各教之托空言者可比。人类不灭，吾教永存；他教断不得搀而夺之。"又曰："儒者为世诟病，洵不足讳。然儒教不过九流之一；其服儒服、言儒言者，又比比皆是。若孔子，则不当以儒为限也。刘歆《七略》，不能出孔子于儒教之外，窃已叹其识力之未充。吾尝胸中悬一孔子，其圣在时中。所以时中，在用权；所以能权，在无适无莫、毋固毋我。无论何教，有张彼教之长以隘孔子者，吾能举孔子之语以拒之、正之。无论何人，有抉孔子之短以疑孔子者，吾能举孔子之语以解之、驳之。此吾所以欲著一书，名曰《演孔》以明之，或有以成吾说也。"又尝编辑家谱，以明客籍之由来。

寅、论诗学

平生嗜好，以诗为最。尝曰："诗可言志，其体宜于文，（以五经论：《易》以言理，《春秋》以经世，《书》以道政事，《礼》以述典章。皆辞达而止，是皆文字。惟《诗》可谓之文章。）其音通于乐，其感人也深。惟晋、宋以后，词人浅薄狭隘，失比兴之义，无兴观群怨之旨，均不足学。意欲扫去词章家一切陈陈相因之语，用今人所见之理、所用之器、所遭之时势，一寓之于诗。务使诗中有人，诗外有事，不能施之于他日，移之于他人；而其用以感人为主。"适拳匪肇乱，凡百乖张，遂举其胸中抑郁不平之气，仰天椎心，不敢告人之语，一泄之于诗。酒酣耳热，往往自歌自哭，自狂自圣，谓"他日之读我诗者，其亦忽喜忽怒、忽歌忽泣乎？非所知也"。所著《人境庐诗草》，久之又久，至辛亥十月，始刊行世。

卯、闻庚子之乱拟变国体及官制

然而身为中国之人，终不能不以救中国为天职。闻两宫西狩，和局大定，举四百五十兆之偿款，日朘月削，以责我无罪平民分负其担；而倡祸酿乱之首，腼然生存；未尝不太息痛恨，仰天泣血曰："天降祸乱，丧我中国，乃至此极哉！"既不能望政府死灰之复燃，又不忍坐视国家之舟流而不知所届。尝曰："今日政体，当取中央集权为目的，地方自治为精神。举总督巡抚之权，归之朝廷；以武备、教育、交通暨海关税、地亩税等政属之。取州县官之权分之于百姓，以警察、讼狱、学校及地方杂税诸政属之。尽废今之督、抚、藩、臬等官；多设治民公所，分隶于巡道。即以巡道为地方大吏，其职在行政，而不能议政。上自朝廷，下至府县，咸设议院，为出治之所。初设仿日本、德国，将来仿英国。并将全国分为五大部，各设总督，如澳州、如加拿大制。中央政府如英制；其统辖本国五大部，如德意志帝国之统率日耳曼全部，如北美合众国之统辖美利坚联邦。尽心保民，以之治内，合力保国，以之御外，则庶几乎能留一中国于现世界乎！"

辰、各督抚延聘及抱病不能就道

生非闭关自守之世，外患频仍，而曰入山益深，可以忘世，是足迹不出户庭者之所能也。处国势阽危之际，四维不张，而不博访贤能，赞相厥事，亦视国事如秦、越人之视肥瘠者之所为也。故濒年李傅相鸿章督粤，一再函促，仅修参谒而即旋。陶方帅模莅粤，辄欲荐剡。有尼之者，方帅曰："吾荐此人，为国大用，即不幸逆鳞撄怒，亦不过使我不做官耳。"或劝以先行延聘，乃亲自草书，称"某大贤先生"，主讲某席，又为某书院之创办者所阻。李勉帅兴锐，自丁酉在京一面，辄欲联王（时北洋大臣王公文韶）、刘（南洋大臣刘公坤一）、张（湖广总督张公之洞）、陈（湖南巡抚陈公宝箴）而合保之；旋因改放湖南盐法道，乃寝。及其抚赣抚粤，迭次邀约；督闽后欲延人幕府。先兄感其知谊，不忍再却。然积忧成疾，已难就道。计其生平，经内外大僚保荐，凡十五次。惟唐春卿尚书景崇称其忠实廉直，为先兄所最服膺。然则先兄之自信者，即其毕生之内政外交、经济学术所自出乎？忠实廉直者，括而言之，曰"诚"而已。诚则明，明则诚；不诚而能治事者，吾未之闻也。

巳、履历及三代

先兄生于道光戊申三月二十四日，卒于光绪乙巳二月二十三日，得年五十有八。由拔贡生中式，光绪丙子顺天举人。历充出使日本参赞官、美国金山总领事官、出使英法二等参赞官、新驾坡总领事官、奏派五省教案委员、苏州开埠事宜委员、出使德国大臣、湖南盐法长宝道、署湖南按察使、候补三品卿堂出使日本大臣。妻叶氏，子三人，女二人。先曾祖讳学诗。先祖讳际昇。先父讳鸿藻。初先曾祖、先祖，均以先君供职农曹，累封赠至中宪大夫。及先君官广西思恩府知府，再封赠中议大夫。至是以先君绩劳，奉特旨赏给三代一品封典，均封赠荣禄大夫。先曾祖母李太夫人。先祖母梁夫人。先母吴夫人。先兄嫂叶夫人。

　　综其平生：论汉宋学，为无所设施；追崇孔子，为时中用权；论诗学，则欲自辟门径。其足迹所至，虽未历五大部洲，然既遍四部五六强大之国，未尝不窥其政教。所谓"非留心外交，难以安内"者，故赴全力于外交，即以国民生计、挽救主权为安内之要旨。观其议日本改约利益均沾，及美商机器制造绸缎、苏州开辟商埠各节，其外交尽职之处，即为保全内政之处。惜未能独当一面，以展其怀抱。仅寄托于诗，而诗遂为世人所推重。虽然，称之为诗人，无宁对于国际困难推之为外交家之有当于事乎！其秉赋不强，少受早慧之累。在坡在湘，二次大病；虽善自调摄，已日见老羸。乙巳二月，讣至闽疆，遵楷适权厦篆，不能亲赴其丧。及其葬巳，遵楷随使日本，又不能亲自执绋。年来回京多暇，搜求遗藁，为之诠次。乃述其生平事实大略，以告来兹。而去先兄下世，既十年矣！然适今而不追述，恐文藁散佚，莫征其详，吾之负疚于先兄者，更无时而或释矣。

中华民国四年五月　五弟遵楷述于宣南之辱顾草庐

录自《人境庐集外诗辑》（中华书局1960年版）

黄遵宪年谱简编

清道光二十八年戊申（1848年） 一岁

三月二十四日（4月27日） 出生于广东嘉应州城东门外攀桂坊。

黄遵宪，子公度，别署东海公、法时尚任斋主人、水苍雁红馆主人、观日道人、布袋和南、公之它、拜鹃人、人境庐主人等。

高祖润，字朴泉，家贫，以典肆业致富，高祖母钟氏，子十人。

曾祖学诗，字词海，朴泉第六子，经商，诰赠荣禄大夫。曾祖母李。

祖际昇，字允初，词海第六子，从商，祖妣李梁氏，继祖母萧、梁氏。

父鸿藻，字砚宾，号逸农，允初长子。咸丰丙辰科并补行乙卯科举人，由户部主事改官知府，先后督办南宁、梧州厘务，加三品衔升用道署思恩府知府。母吴，庶母刘、吴。同母弟遵模，字采汀，广西候补知府；遵路，字公望，州庠生；遵楷，字牖达，举人，署福建厦门同知；长妹珍玉，次妹碧玉。庶弟遵实，字实甫，庶妹芳玉。

遵宪娶叶氏。子四：长子冕，履端，字伯元；鼎崇，履和，字仲雍；履刚，早殇；璇泰，履丰，字季伟。长女当樛，次女当荪。

孙延豫、延绰，冕出；延凯、延毓、延武、延缵，鼎崇出；延绪、延超，璇泰出。

道光三十年庚戌（1850年） 三岁

与曾祖母同起卧，得口授《千家诗》，未几全部成诵。

八月　开蒙。塾师李伯陶，字学源。

咸丰六年丙辰（1856年）九岁

父砚宾中式本省乡试举人。

咸丰七年丁巳（1857年）十岁

学为诗，塾师以梅州神童蔡蒙吉"一路春鸠啼落花"句命题，对有"春从何处去，鸠亦尽情啼"句。师大惊，次日令赋"一览众山小"，破题云"天下犹为小，何论眼底山"。

咸丰八年戊午（1858年）十一岁

七月　曾祖母李太夫人殁。后遵宪作《曾祖母李太夫人述略》。
季弟牖达遵楷生。

咸丰九年己未（1859年）十二岁

作《王右军书兰亭序赋》，乡先辈张榕轩石手书其牍称："昔欧阳公有云，三十年后，世人知有子瞻，不知有老夫人。前贤畏后生，他日请念之。"

同治元年壬戌（1862年）十五岁

父砚宾往京师。
遵宪与同里姑夫张心谷（士驹）及从兄锡璋被里中称三才子。
秋　师凤曹在咏花书屋招引赏菊，作万忘会，后时以诗社招邀。

同治二年癸亥（1863年）十六岁

始从事于学，谓宋人之义理、汉人之考据，均非孔门之学。

同治三年甲子（1864年）十七岁

六月　清军攻陷天京。《人境庐诗草·感怀》有"惟念大乱平，正当补弊偏"诗句。

同治四年乙丑（1865年）十八岁

三四月间　嘉应大饥，米斗至千五百钱，祖父允初与州人捐资煮粥赈济，全活甚众。

十月二十一日　太平军康王汪海洋攻破嘉应州城。

十一月　全家避往大埔三河虚。有《乙丑十一月避乱大埔三河虚》诗。继而往潮州住。有《潮州行》诗。

同治五年丙寅（1866年）十九岁

上年清军攻陷嘉应州城，遵宪本年回嘉应。有《乱后归家》诗。

同治六年丁卯（1867年）二十岁

春　结识胡晓岑（曦），与其同应院试，入州学。试题为李白诗"小时不识月"。

夏　至惠州。游丰湖。有《游丰湖》诗。

秋　至广州应本省乡试，不售。

同治七年戊辰（1868年）二十一岁

作《杂感》诗云："我手写我口，古岂能拘牵。即今流俗语，我若登简编。五千年后人，惊为古斓斑。"萌生别创新诗之意。

二月十二日　长子伯元生。

同治八年己巳（1869年）二十二岁

十一月　同石社友人游南溪，作《南溪纪游》诗。

同治九年庚午（1870年）二十三岁

六月　至惠州，重游丰湖。有志游诗数首。

秋　至广州，应乡试，未售，榜后有诗作。

八月十五日　偕罗少珊（文仲）、梁诗五（居实）夜登广州明远楼赏月，有诗作。

九月二十四日　至潮州，闻二叔鸾藻卒于家，即驰归。过香港，有《香港感怀》诗十首。过汕头、潮州，俱有诗作。月末返家。

是年　因研究天津教案事件，阅读《万国公报》和江南制造局译刊的书刊，研心时务自此始。

同治十年辛未（1871年）二十四岁

岁试第一名，补廪膳生。

同治十一年壬申（1872年）二十五岁

取拔贡生。周朗山（琨）于院中得其文，见面时夸曰："过岭以来所见士，君一人耳。"

十二月　致周朗山函论诗谓，"诗固无古今"，"苟能即身之所遇，目之所见，耳之所闻，而笔之于诗，何必古人？我自有我之诗者在矣"。

同治十二年癸酉（1873年）二十六岁

三月十九日　周朗山病卒于佛山之舟中。有《哭周朗山》诗。

七月　至广州，以拔贡生应广东省乡试，未售。与胡晓岑同寓广州仙湖街。重阳节后回嘉应。

同治十三年甲戌（1874年）　二十七岁

四五月间　应廷试，由海道北上，经天津，入京师，寓嘉应会馆，与胡晓岑等过从甚乐。

六月　廷试不售。留京师，侍任户部主事之父砚宾。在京师受何如璋（子峨）侍讲、邓铁香（承修）侍御等推重。

八月　与胡晓岑登陶然亭及与胡晓岑告别京师，均有诗作。

十一月　观剧，作《金缕曲》。

光绪元年乙亥（1875年）　二十八岁

七月　随侍父砚宾客天津、烟台。秋间患病几殆。

十一月　丁日昌奉任福建巡抚，欲延遵宪入幕，其因将应顺天乡试而不果。

光绪二年丙子（1876年）　二十九岁

客烟台，结识龚蔼人（易图）、张樵野（荫桓）两观察，与张荫桓"哦诗商旧学"，"抵掌当世务"。时，李鸿章奉命来烟台与威妥玛会议云南发生马嘉利被杀事。在此，遵宪初见李鸿章，李对郑藻如称其为霸才。

八月　中式顺天乡试第一百四十一名举人。入赀以五品衔拣选知县用。

十二月　翰林院侍讲何如璋出使日本，以遵宪充使日参赞官。

光绪三年丁丑（1877年）　三十岁

春　因日本萨摩兵乱，中国使团暂缓行期。

十月　十九日，何如璋具报出洋日期及随使人员。二十二日，随使团三十余人在上海登海安兵轮，次日，自吴淞出海。二十六日，抵日本长崎港。

十一月初三　泊神户，夜四鼓，琉球国臣马兼才来谒，痛哭，以日人阻贡废藩，终必亡国，奉其国王命求救于使臣。

十一月十二日　抵横滨。二十四日，随何如璋、张斯桂两使向日皇呈递国书，是为中日通好千余年来，首次奉皇帝国书，待以邻交之礼。

光绪四年戊寅（1878年）三十一岁

在日本参赞官任内，使馆中事多待其决。

使馆公务之暇，与日本士大夫广泛交游。与日本汉学家进行笔谈，交流中日文化，留下大量史料。其中与大河内辉声（源桂阁）、宫岛诚一郎、冈千刃、增田贡等笔谈手稿有所整理面世。

是时，日本正处明治维新初期，倡导民权，遵宪初闻颇感惊怪，继而取卢梭、孟德斯鸠之说读之，心志为之一变，知太平世必在民主。与何如璋使臣言："中国必变从西法，其变法也，或如日本之自强，或如埃及之被逼，或如印度之受辖，或如波兰之瓜分，则吾不敢知，要之必变。将此藏之石函，三十年后，其言必验。"

八月　向石川鸿斋介绍："《红楼梦》乃开天辟地、从古到今第一部好小说，当与日月争光，万古不磨者。恨贵邦人不通中语，不能尽得其妙也。""论其文章，直与《左》、《国》、《史》、《汉》并秒。"

秋　草创《日本杂事诗》。

十月　为日人儿玉士常编辑的《中学习字本》撰序。

十月二十七日　与源桂阁及石川鸿斋笔谈时指出："琉球小国，从古自治，近为贵国小儿辈（执政之流）所欺凌。彼臣服我朝五百馀年，欲救援之。""近来太政官乃告琉球阻我贡事，且欲干预其国政，又倡言于西人，既与我言明归日本，专属鼠偷狗窃之行，可耻孰甚？"

父砚宾由户部主事改知府，分发广西。

光绪五年己卯（1879年）三十二岁

是年　任驻日使馆参赞。

正月　为日本浅田宗伯撰写《先哲医话》跋。浅田宗伯，号识此、栗园，旧幕府医官，隐居不仕，著医术三十多种，此其一种。遵宪拟"他日归，将致之医院，以补《金匮石室》之缺"。

闰三月　在日本与王韬（紫诠）结识。此后，"三日不见，则折简来招"，王韬"每参一事"，遵宪"亦为首肯"。

同月　为日人石川鸿斋撰《日本文章轨范》序。

春　《日本杂事诗》脱稿。遵宪居日二年，政事之暇，问俗采风，著《日本杂事诗》二卷，都一百五十四首，叙述风土，记载方言，错综事迹，感慨古今。稿本缮录，上呈总理各国事务衙门。七月，总理衙门以同文馆聚珍版印行。

七月　王韬归国，遵宪将《日本杂事诗》抄清稿呈上，"乞痛加斧削，乃付手民"。

九月　《日本杂事诗》稿埋藏于东京隅田川畔源桂阁林园中，立碑亲书"日本杂事诗最初稿冢"，旁书"公度应桂阁属"，阴面刻源桂阁所作"葬诗冢碑阴志"。

九月　撰《养浩堂诗集》跋，称"诗之为道，性情欲厚，根柢欲深。此其事似在诗外，而其实却在诗先，与文章同之者也"。十二月十九日作《冈千仞诗评》，其意同此。

是时　日本谋割夺我藩属琉球国，遵宪为何如璋拟稿致总理各国事务衙门及北洋大臣数十函。认为"琉球迫近台湾，若专为日属，改郡县、练民兵，资以船炮，扰我边陲，台澎之间，将求一夕之安而不可得"。"今日本国势未定，兵力未强，与日争衡，犹可克也。隐忍容之，养虎坐大，势将不可复制"。

光绪六年庚辰（1880年）三十三岁

是年　任驻日使馆参赞。

二月　王韬在香港循环报馆以活字版重印《日本杂事诗》，并为之撰序。

二月　题《近世伟人传》。

四月　杨守敬（惺吾）抵日，任使馆随员，遵宪告以广为搜集唐抄宋刻，杨因有日本访书之举，后校刻《古逸丛书》。

五月　为浅田栗园《仙桃集》作序，又有评《万国史记序》及《与某论冉求仲由书》。

六月　为城井锦原《明治名家诗选》及冈千仞《藏名山房集》撰序。

七月十五日、十六日，八月二日　与朝鲜修信使金宏（弘）集笔谈。八月，为金宏集代撰《朝鲜策略》一篇，认为"朝鲜一土，实居亚细亚要冲，为形势之所必争。朝鲜危，则中东之势日亟"，"然则策朝鲜今日之急务，莫急于防俄"，防俄之策，"曰亲中国，结日本，联美国，以图自强而已"。

光绪七年辛巳（1881年）三十四岁

是年　任驻日使馆参赞。

三月　为浅田栗园撰《牛渚漫录》序。

春　为冈千仞撰《北游诗草》序。

五月　为安井息轩撰《读书馀适》序。

六月　为宫岛诚一郎（栗香）撰《养浩堂诗集》序。

八月　评《斯文一斑》。

光绪八年壬午（1882年）三十五岁

春　奉命调任美国三富兰西士果（旧金山）总领事。有《留别日本诸君子》十五首。

正月十八日　由横滨展轮往美国，二月十二日抵美接任。有《海行杂感》诗十四首。

三月　华工往美始于道咸年间，多达二十万人。是年三月，美国国会议决通过限制中国移民律例，禁止华工往美。遵宪有感于此，而赋《逐客篇》诗。

七月至十二月间　黄遵宪与驻美使臣郑藻如密切沟通，对美国排华行为展开交涉，以维护华侨华人的合法权益。期间，黄遵宪《上郑钦使》多件禀报与美交涉的情况。

是年　在日参赞往上，"创为《日本国志》一书，朝夕编辑，甫创稿本，复奉命充美国总领事官，政务靡密，无暇卒业，盖几几乎中辍"。

是年　父砚宾任广西文闱外监试。

光绪九年癸未（1883年）三十六岁

是年　任美国旧金山总领事

正月之二月间继续向驻美试臣郑藻如禀报与美国排华事件进行交涉的情况。

光绪十年甲申（1884年）三十七岁

是年　任美国旧金山总领事。

六月十六日　致函宫岛诚一郎，告以"我国创建铁路，数年之间，南北东西，纵横万里，均有是道，则捷转运而利征调，可富可强，不复受外人欺侮。兴亚之机，莫要于此"。

九月　邓承修鸿胪保奏使才，称黄遵宪"允困下僚"，得旨交军机处记存。

十月　亲见美国民主与共和两党精选总统，共和党获胜，有《纪事》诗纪之。竞选中"大则酿祸乱，小亦成击刺"，"至公反成私，大利亦生弊"。

十二月 冯子材提督于镇南关外大破法国军，有《冯将军歌》，称赞"闪闪龙旗天上翻，道咸以来无此捷"。时，父砚宾方督办广西南宁梧州厘务，力筹军饷，挹注于此军务。

光绪十一年乙酉（1885年）三十八岁

八月十二日 总领事任满解任回国，九月抵广州，即赴梧州省父砚宾。旋归嘉应。其诗作有《八月十五夜太平洋舟中望月作歌》、《归过日本志感》、《到香港》、《到广州》、《将至梧州之痛》、《远归》及《乡人以余远归争来询问赋此志感》等。

十月 于梧州以木版自刊《日本杂事诗》。首有重刊《自序》，末附日人石传英跋文。"自序"言："余在外九年，友朋贻书询外事者，邮筒络绎，余倦于酬答，辄以此卷应之。"

十一月八日 葬母于梧州城西门外湖阳唇，并撰《先妣吴夫人墓志》。

光绪十二年丙戌（1886年）三十九岁

春 张荫桓继郑藻如任出使美国、日斯巴尼亚、秘鲁国大臣，道出广州，由倪女蔚中丞召遵宪至广州，荫桓仍欲命其充旧金山总领事。其以限禁华工之例，祸争未已，虑不胜任，力辞。

又，两广总督张之洞命其为巡查南洋诸岛，又因《日本国志》已成初稿，弃之可惜，均谢而不往。家居有暇，乃闭门编纂，几阅两载。

光绪十三年丁亥（1887年）四十岁

春 拜祭曾祖墓，有《曾祖母李太夫人述略》，作《拜曾祖母李太夫人墓》诗。

五月 《日本国志》撰成。该书采书二百余种，费时八九年，为类十二，凡十四卷，都五十余万言。以此"副朝廷咨诹询谋之意"，"并以质之当世士夫之留心实务者"。全书撰录"皆详今略古，详近略远。凡涉西法，尤加详备，期适用也"。纪事之外，又于志前志后，以"外史氏曰"名义，评论其是非得失。志中小注，旁及中外古今，以明变通之理。

《日本国志》稿本写成四份，分别送总理各国事务衙门、李鸿章、张之洞和自存。

薛福成为之撰序，称《日本国志》为"奇作也"。"他日者家置一编，验日本之兴衰，以卜公度之言当否可也。"

光绪十四年戊子（1888年）四十一岁

十月　携《日本国志》北上，赋闲京师年余。

十一月　致北洋大臣李鸿章函称，《日本国志》已缮录成帙，请"府赐大咨，移送总署，以备查考"。十一月十七日，李鸿章将其咨送总理衙门备览。

光绪十五年己丑（1889年）四十二岁

是年　居京师，先后结识志锐、志钧、李文田、文廷式、袁昶、王颂蔚、陈炽、沈曾植、王懿荣、于式牧、唐景崇、丘逢甲、梁鼎芬、黄绍箕、许景澄等。

六月　致前两广总督张之洞函称，《日本国志》经营八载，杀青已竟，复自展阅，"不远千里，挟书自呈，欲得一言以为定论，可否俯赐大咨径送总理衙门，统侯卓裁"。六月二十八日，张之洞代为咨呈，称《日本国志》"实为出使日本国者必不可少之书"。

冬　薛福成奉命出使英法意比四国。冬，袁昶为总理衙门章京，密荐遵宪，被命以二品顶戴分省，补用道充任驻英二等参赞。

是年　父砚宾充广西文闱内监试，冬暑思恩府知府。

光绪十六年庚寅（1890年）四十三岁

在伦敦任驻英使馆参赞。

正月　十一日，薛福成自上海乘法国"伊拉瓦第"船放洋，十六日，遵宪如约携次子及一仆，从嘉应来香港凳轮，经安南西贡、新加坡、锡兰岛、红海、苏彝士河、地中海，二月十六日抵法国马赛，十九日抵巴黎。三月初四日抵伦敦，十七日随薛使觐见英女王维多利亚温则行宫，呈递国书。使馆上行奏折由薛福成自任之；下行之文批及公牍，遵宪任之。使馆重要事项，尤以对外交涉事宜，薛使必征询遵宪意见，拟缮与英外交部官员约晤问答草稿。

七月　将命为出使人本大臣，或沮之，遂罢。

七月　作《日本杂事诗》改订本自序称："余于丁丑之冬，奉使随槎，既居东二年，稍与其士大夫游，读其书，习其事，拟草《日本国志》一书，网罗旧闻，参考新政，辄取其杂事，衍为小注，弗之以诗，即今所行《杂事诗》事也。"又云："使事多暇，偶翻旧编，颇悔少作，点窜增损，时有改正，共得诗数十首，其不及改者，亦姑仍之。"改订本二卷，上卷删二首、增八首，下卷删七首、增四十七首，共二百首。

九十月间　致蔡若毅观察书，陈湖广总督张之洞创办炼铁局一事之难：一购买之难；二运送之难；三架造之难；四制造之难。称"详举其难，并非惮其难而中止也"。"炼铁一局，尤今之急务"，此局"关系于亿万众之脂膏、数十年之国脉，至远且大"。建议"应先得铁矿、炭矿，将铁与炭寄到英国，请人明验，然后定式购器，觅地造厂，既与商人订购机器，又必须包装包建造，至安装机器能运行至日为止"。

十二月二十日　致函宫岛诚一郎《日本国志》已成书，"私谓翔实有体，盖出《海国图志》、《瀛寰志略》之上"。《日本国志》称道日本维新以来"步武西法，二十年来，遂臻美善"。"至于今年，遂开国会，一洗从前东方诸国封建政体"。

是年　开始自辑诗稿。

光绪十七年辛卯（1891）四十四岁

是年　任驻英国使馆参赞，移任新加坡总领事。

二月　初九日祖父允初病逝于家。是月作《先祖荣禄公述略》。

六月　撰《人境庐诗草自序》，论作诗称："仆尝以为诗之外有事，诗之中有人；今之世异于古，今之人亦何必与古人同。尝于胸中设一诗镜；一曰复古人比兴之体；一曰以单行之神，运排偶之体；一曰《离骚》乐府之神理而不袭其貌；一曰用古文家伸缩离合法以入诗。"

七月　总理各国事务衙门奏准设立新加坡总领事，以遵宪调任。

八月五日　致函胡晓岑，告以"欲作《客话献征录》一书，即使乡之后进知水源木本，氏族所自出。而以俗语通小学，以进言通古语，又可通古今之驿，去雅俗之界，俾学者易于为力"。并告"十月可到新加坡"。八月，离英赴任。

过法国，登巴黎铁塔，九月十一日渡苏伊士河。

九月三十日　抵新加坡。

十月九日　接总领事任。

十二月二十七日　父砚宾殁于家。遵宪回籍治丧，总领事官事务由翻译官那华祝代理。

光绪十八年壬辰（1892年）四十五岁

四月　回籍治父丧假满，回任新加坡总领事。

五月　上书出使英法意比大臣薛福成禀报考察南洋各岛情形称，英属新加坡登处，华人日增，所以落地产业、沿海贸易，华人占之七八。其往来贸易与内地相互关涉者，约有数端：一曰船舶，一曰财产，一曰逃亡，一曰拐诱，一曰诬告。"有空拳而出，捆载而归者，乡邻姻族，视为鱼肉，每每勒索讹诈，及不遂，则有富商而指贩卖猪仔者，以良民而诬为曾犯奸盗者。"五月二十八日，薛福成批禀称，出巡南洋各岛情形，极为详晰，足见实事求是之意，至为欣慰。

五月十四日　薛福成札饬黄遵宪严查华裔船只贩私结会事宜。遵宪照会英官员，规定凡驶艇者，须得商号担保，并缴款千元作质，劫杀侨客主之风遂绝，侨众安焉。

星马一带华侨，各组会党，时以小故相仇杀。遵宪先召客属同乡，次及广闽各属侨民，晓以大义，劝其息争。其不服者，再三劝喻，如仍顽执者，由领事照会当地英政府引渡，遣回内地惩治。各地党徒因而敛迹，会党自行解散。

十二月十日　代表清政府以一等第一双龙宝星荣典颁授柔佛苏丹，以酬其善待华侨及赈济灾区难民之厚意。

光绪十九年癸巳（1893）四十六岁

是年　任新加坡总领事。

五月　禀报薛福成称，南洋各岛华民不下百余万人，"虽居外洋已百余年，正朔服色仍守华风，婚姻殡祭，亦沿旧俗，近年来各省赈筹赈防，多捐巨款"。"观其拳拳本国之心，知圣泽之浃洽者深矣"。惟担忧归国"以为长官之查究，胥吏之侵扰，宗党邻里之讹索"，"挟资回国之人，有指为逋逃者，有斥为通番者，有谓其运军火接济海盗者，有谓其贩卖猪仔要结洋匪者，有强取其箱箧肆行瓜分者，有拆毁其屋宇不许建造者，有伪造积年契券籍索逋欠者"，"因是不欲回国"。提出"今欲扫除积弊，必当大张晓谕，申明旧例既停，新章早定，俾民间耳目一新，庶有裨益"。五月十六日，薛成福称"黄遵宪体察既深，见闻较熟。故言之详切如此"。据此奏请申明新章豁除海禁折。七月初十日，朱批军机处奏议。八月初四日军机大臣等遵议申明新章，豁除海禁，恭折具陈。朱批：依议。

六月六日　上薛福成禀称，大小白蜡及石兰峨之吉隆一地，产锡最旺，华人日增，气象方兴未艾，拟请大小白蜡共设副领事一员，吉隆设副领事一员，"可资约束而筹保护"。

遵宪履任新加坡二年患疟久病，初养疴于"章园"；后往槟榔屿，住"竹士居"；亦借居"佘山楼"，并为之题名。

接任新加坡总领事后,以倡导学术文风为己任,将原"会贤社"易名为"图南社",按月课题,奖励学人。作《晓谕采访节妇示》,"凡我商绅人等,宜各周咨博访,据实直陈,上以邀朝廷绰楔之荣,下以表闾阎彤管之美"。

光绪二十年甲午(1894年)四十七岁

三月 邮致《日本国志》稿巴黎出使英法意比大臣薛福成,请为之序言,并称"方今研史例而又谙外国情事者,无逾先生,愿得一言以自壮"。薛福成序称"此奇作也,数百年来鲜有为之者","他日者加置一验日本之兴衰,以卜公度之言之当否可也"。

五月十六日 薛福成解任回国,到新加坡,遵宪率那三等往见,以马车迎至领事府憩息,夜设宴席。

五月至九月 因晋边奇荒,出而劝赈。入秋后,又因顺直水灾,惨过晋饥,仍又接边。数月来,"前后共捐银一十三万馀元,概由电汇寄合肥傅相察收"。

八九月,京师同人劝亦义赈,救灾如火,即筹备银一千元,伸规银七百三十两,汇寄京师同人义赈局收。

九月 中日战争事起,清军屡败。湖广总督张之洞移署两江,以筹防需人,受事之日,即电奏调遵宪回国。

十一月中旬 遵宪由新加坡总领事解任归国,先抵上海,后至江宁。

十二月 张荫桓奉命以全权大臣使奇议和,檄召遵宪有所咨询。

光绪二十一年乙未(1895年)四十八岁

至江宁,谒见两江总督张之洞,康有为记其"昂首足加膝,摇头而大语","目中无权贵若此⋯⋯卒以此得罪张督"。陈衍称张之洞(广雅)"置之闲散,公度甚不乐"。

正月 张荫桓奉命为使日议和,为日方所拒,改命李鸿章为全权大臣赴马关开议。李行前托张荫桓举荐熟悉公法条约而有智略文笔的随员。张复电亟推遵宪，谓"黄遵宪熟倭掌故，文笔智略均佳"。

二月二十七日　公祭沈文肃公葆桢祠，是日，闻日本海军寇澎湖之警。

二月二十八或二十九日　寒食日，与沈瑜庆、陈谅山、叶大壮、梁鼎芬等同游江宁莫愁湖。有诗作。

三月　中日《马关条约》订立。撰有《哭威海》、《马关纪事》、《降将军歌》等诗。

四月　《马关条约》签订，台湾及澎湖列岛被日本割占。遵宪致建侯书中叹道："新约既定，天旋地转。东南诸省所恃以联络二百馀年所收为藩篱者，竟拱手而让之他人；而且敲骨吸髓，输此巨款，设机造货，夺我生业。""时势至此，一腔热血，无地可洒。"

四月　袁昶来江宁，见张之洞，携《日本国志》，谓："此书早布，可省岁币二万万。"

五月　赴湖北办理教案，"方与客登黄鹤楼，忽闻台湾溃之报，遂兴尽而返"。

五月中旬　自武昌东下返江宁。行前与约陈三立面商二三事。

时文廷式学士将南归，与梁鼎芬等饮集吴船，各抚《贺新郎》词以志悲欢，有《吴船听雨图》记之。遵宪词有"凤泊鸾飘也"句。

闰五月　又饮集钟山，送文廷式有诗。又有送叶损轩（大壮）之申江诗。

六月十八日　立秋日，访易顺鼎观，偕游秦淮河；与龙继栋、唐春卿、沈蔼苍、王秉恩、何维朴游玄武湖，均有诗作。

六月二十八日　致函王秉恩（雪澄），商议上海耶松厂款项、鄂局经费等事项。

七月　张之洞派候补道黄遵宪赴上海，会同上海道与法国领事商结五省未结教案。

七月　康有为开赴京师强学会。

九月　康有为在上海来办强学会。遵宪命列十六人之中，由梁鼎芬代签。既而偕吴季清扣访康有为，昂首加足于膝，纵谈天下事。

九月二十日　致电张之洞，请核示议妥徐州、泰州、阳湖朱姓三教案事宜，以便遵照签押。二十一日，张之洞回电："徐州、泰州、阳湖朱姓三案，所议尚妥，即照此定议。"十月十一日，致梁鼎芬函告，"数日之间既定三案。而忽接法使来电，横生波澜，尚须旬日乃能毕议"。

十一月十二日　致函梁鼎芬表示，"强学会之设，为平生志事所在，深愿附名其末"。并称赞"长素聪明绝特，其才调足以鼓舞一世"，认为"惟此会之设，若志在译书刻报，则招罗名流十数人，逐渐扩充，足以集事；乃欲设大书藏、开博物馆，不能不集款，即不能不兼收并蓄"，以为"当局者当慎简，入会者当博取"。

十一月　呈报江南教案现均议结，日内分案详叙，请分饬各地方官遵办。

十一月　京师强学会遭御史杨崇伊疏劾被封禁，上海强学会亦中止。

十二月四日　新任直隶总督、北洋大臣王文韶奏调黄遵宪赴北洋差委，任总办水师营务处，并奉旨谕准。电请张之洞"臂助"。张不放人。

十二月二十九日　张之洞将回任湖广总督前，上保荐人才折称："奏调江南差委分省补用道黄遵宪，学识赅通，心思沉细，洋务素能精心考求。近日委办五省教案"，"与法领事精思力辩，批隙导窾，该领事颇就范围，挽回甚多"。"其长于洋务，确有明征，堪胜海关道之任"。

光绪二十二年丙申（1896年）四十九岁

正月初四日　张之洞奏称："今黄遵宪议办江苏教案，深悉外洋情状法律，操纵兼施，准驳中肯，尚为顺手。法总领事似颇多就范之处。若另委他员，断不能比妥惬。"并进而请"准将黄遵宪由臣调往湖北差委，并仍办理南洋五省教案。上海有事，仍可随时派令回江"。"如此办法，似于湖北荆、汉、宜三处通商事物及江南五省教案均有裨益。"光绪帝"着照所请"。

正月　李鸿章任致贺俄皇加冕头等专使大臣，兼聘问德法英美诸国，遵宪于上海谒之。李称"连络西洋，牵制东洋，是此行要策"。

二月十三日　刘坤一电奏，"该到既定位法领事信服，在沪与议，当易就范。且苏、浙、鄂、川四口通商，曾商总署，拟均在沪由该道与商"。请准将该道暂留两江，俟各事大致商定，鄂有安事，再令往来其间。二月二十四日，光绪帝谕军机大臣等，"电寄刘坤一，道员黄遵宪着暂留江苏，办理教案、商务各事宜"。黄遵宪留在苏州，刘坤一以全权委其与日本总领事开议苏州开埠通商之事。

　　三月至五月间　与日本驻沪领事交涉苏州开埠事宜，奔走江宁、苏州、上海间，一月三往来。所拟苏州商埠章程六条，其要旨：允许日商租赁用地；道路许其不纳地租；租赁期为十年；租地内杂居华人，归我管理；道路公地，归我自筑。遵宪称此为"施政之权在华官，管业之权在华民"。"收回本国辖地之权，不蹈各租界流弊，抚衷自问，差幸无负。"刘坤一认为该章程条款"委曲从权，仍操纵在我"，不蹈各处租界流弊。总理衙门以为用意微妙，深合机宜，允以照行。有官员密奏称苏州开埠所议极善，请饬川督一律照行。谕旨依议。

　　苏州开埠六条也引来外间诟病。前驻日本箱根副领事刘庆汾致电张之洞批评六条章程。张之洞致电江苏巡抚赵舒翘和黄遵宪，要求黄遵宪修改。遵宪认为张"不考本末，横生议论，殊为可惜"。而日方对六条"竟全行废弃"，遵宪慨叹："国势孱弱至此，念之实为寒心。中国士夫阁于时势，真不啻十重云雾。"慨叹"自来办事人多，成事人少；论事人多，解事人少"。"国势如此，空言何补。"

　　三月，始召梁启超，并约与汪康年、吴季清、邹凌瀚在上海商议创办时务报馆事宜。五月，与朱之榛书，商社时务报馆，"藉此大声疾呼，为发聋振聩之助"，函告盛宣怀，与一二同志创办报馆，"欲以裒集通人论说，记述各省新政，广译西报，周知时事"，以"转移风气"。遵宪自捐金一千元为开办费，并向友人进行募捐。

　　七月初一日　《时务报》出版。汪康年为经理，梁启超主笔政，每旬一册，每册二十余页，分论著、恭录谕旨、奏折录要、京外近事、域外报译、西电照译等栏。遵宪称赞梁启超"年甫廿二岁，博识通才，并世无两"。

　　"约是时，上某星使书论外交官尽能办事者，谓大抵有挪展之法，如一事期效八成，则先以九成十成出之，以期退步；有渐摩之法，如既切尔复磋，既琢而复磨，以求精到，如得寸则一寸，得尺则一尺，以期渐进是也；有抵制之法，如此时不便于我，则兼及他事不变于彼者藉以牵制，如甲事有益于彼，则别寻乙事有益于我者以索其酬报是也。又谓于固执己见，则诿以彼国未明我意，与争执己权，则托与我国愿同协办；与要求己利，则谬谓两国均有利益，不斥彼之说为无理，而指为难行；不以我之说为必行，而请其酌度；不以彼不悦不怿，而阻而不行；言语有时而互驳，而词气终不愤激；词色有时而受拒，而请谒终不惮烦；议论有时而改易，而主意终不游移。将之以诚恳，济之以坚贞，守之以含忍。"

七月二十五日　函告陈三立，五省教案已一律清结，即于二十一日回宁销差，即请咨北上办引见，到天津留住。表示"奔走半年，举呕尽心血之六条善章，彼族概行翻案，实可痛惜。此半年中差自慰者，《时务报》耳"。

八月十日　遵宪闻津海关道有职位，总署仍饬遵宪一手经理苏州商务，"遂变销差而为请假，不复须咨文"，于八月十日登"海晏"号北上，十五日到天津，等待晋京引见。

八月　李鸿章使俄回国，签订中俄密约，语遵宪："二十年无事，总可得也。"

十月十二日　赴京师，十三日光绪帝下旨预备召见，十六日召见，十九日以四品卿衔命为驻德国公使。二十一日再次召见。召见时，光绪帝问："泰西政治何以胜中国？"奏："泰西之强，悉由变法。臣在伦敦，闻父老言，百年以前，尚不如中华。"光绪帝"出甚惊讶，旋笑颔之"。

十月　总理衙门以遵宪为出使英国大臣，中国海关总税务司英司人赫德，以遵宪任新加坡总领事时，坚持检查外国运军械船只，与赫德抗争，因中以蜚语，使不得行。

十月十九日　以道员四品卿衔出使德国大臣，时德国正谋占胶州，恐遵宪来折其机牙，故以官阶小为辞而拒受之。

十二月二十九日　电告张之洞谓："此次来京，召见两次，上垂意甚殷，廿五召见张侍郎，连称'好，好'。惟国事过弱，终虑不堪驱策，孤负圣恩耳。"

十月初　梁启超为《日本国志》撰后序。

光绪二十三年丁酉（1897年）五十岁

正月致函前新加坡总督施密斯，详述任总领事时，商人缴存运载烟土的偿税保金经过，以及该款共四万元存于琼商蔡文宝处，其后提交库务司收贮情形，然而，"德国朝廷因闻此等武断之谤故遂递行辞却，不允补充中国驻德大臣"。"所云勒收此税一事，则今尚有公禀存案，可核而知"。

正月至二月间　致函梁鼎芬倾吐使德、英事不成后心情，称"遵宪平生视富贵泪如，于进退亦绰绰，然而此刻胸中抑郁，为平昔所未经"，"居此数月，益觉心灰，译署几作战场，猰㺄之吠，直无休日"。

三月　与唐文治、张元济等京师名士于崇效寺观牡丹。又过何翙高谈日本事，并题《象山图》。

三月十日　致汪康年书谈时务报馆章程的重要性，"此馆章程，即是法律"。"章程不善，可以酌改，断不可视章程为若有若无之物"。"宪纵观东西洋各国，谓政体之善，在乎立法、行政歧分为二，窃意此馆当师其意"。

三月二十一日　致汪康年书谓"《日本杂事诗》为初到东瀛时作"，成于光绪五年，"此书寓意尚有与《国志》相乖者，时有删改"。

五月　新授湖南长宝盐法道。

五月三十日　谒户部尚书翁同龢，长谈，重在延德人、练德法。

六月初六日　与日本驻华公使矢野文雄曰："二十世纪之政体，必英法之共主。"胸中蓄此十数年，未尝一对人言。矢野力加禁诫。

六月十五日　向翁同龢辞行，明日起身，长谈："第一事开学堂；二事缓海军，急陆军，十五万人已足；三事海军用守不用战。三大可虑：一教案，一流寇，一欧洲战事，有一于此，中国必有瓜分之势。论人才少许可。于晦若、沈子培、姚子良、沈尚能办事。盛杏荪、郑苏戡、梁启超、叶锡勇、杨文骏，并好才。"

六月十六日　出京赴湖南长宝盐法道任。因陈宝箴一再电促，决意不回家，即由沪赴湘。二十六日至沪，七月初往江宁，七月底过湖北，八月入湘。至沪，因主张《时务报》举董事，几与汪康年决裂。登黄鹤楼，有《上黄鹤楼》诗。登过岳阳楼，有《上岳阳楼》诗，诗中有"当心忽压秦头日，画地难分禹迹州"句,注谓:"近见西人势力范围图,竟将长江下游及浙江、湖南指入英吉利属内矣。"又注:"是日有西人登楼者。"抵长沙,吊贾谊宅,有《长沙吊贾谊宅》诗。

八月　原任长宝盐法道李经羲升湖南按察使晋京,遵宪履湘任,即署理湖南按察使。

九月十六日　张之洞致电陈宝箴、黄遵宪,指斥《时务报》第四十册梁启超所作《知耻学会叙》,内有"放巢流彘"一语,"太悖谬",称"报馆为今日开风气、广见闻、通经济之要端,不可不尽力匡救维持",令"此册千万勿送"。十七日,陈宝箴复函张之洞谓此册尚未到,"预饬停发,并嘱公度电致卓如,以副盛意"。同日,黄遵宪致函张之洞,"既嘱将此册停派,并一面电卓如改换,或别作刊误,设法补救",表示以后"所作报文,宪当随时检阅,以仰副宪台厚意"。

九月　谭嗣同等主张设立时务学堂。黄遵宪"甫经到湘,即闻湘中官绅有时务学堂之举"。在陈宝箴、黄遵宪支持下,湖南时务学堂于本月开始筹办。

是年底　拟《湖南保卫局备忘录》,备办之事三十二项。

光绪二十四年戊戌(1898年)五十一岁

正月二十三日　翁同龢日记记,光绪帝向他"索黄遵宪《日本国志》臣对未洽,颇致诘难"。遵宪记:二月,光绪帝"命枢臣进《日本国志》。继再索一部"。

二月　致王秉恩函告以"弟仍署臬篆,兼及保卫局、迁善所、课吏馆及学会、学堂各事,殊觉日不暇给"。

二月　仿泰西警察局之法,参《周官》、《管子》之法,筹设保卫局,拟订《湖南保卫局章程》四十余条,先行公布。其"意在官民合办,使诸绅议事而官为行事"。二月九日,奉湘抚陈宝箴之札,将保甲团防局裁撤,改办保卫局,并被委任为总办。三月,又公布《保卫局增改章程》。保卫局拟分三十局,统城内外以三万户计,每局约辖一千户,每二百户即举一户长,每千户共举五户长，以该处居民，商店充其选。遇事即邀集合户长议事，绅士到局公议，照章程而行。

依附保卫局而行者，还有迁善所五所，拟订《湖南迁善所章程》三十四条，二月下旬刊发。迁善所归保卫局管辖，迁善所一切事务，均归保卫局总办稽查管理，迁善所所容留失业人和犯人，皆延聘工匠，教令工作，俾有以养生，不再犯法。

设立课吏馆，欲使候补各员讲求居官事理，研习吏治刑名诸书。二月，呈复《会筹课吏馆详文》奉湘抚陈宝箴札，总理课吏馆一切事务。三月，拟订并公布《改定湖南课吏馆章程》三十六条。

二月　发表在南学会第一、第二次讲义，题为《论政体公私人必自任其事》。"讲义"意在"启民智、倡民治"，"去郡县专政之弊"。"由一府一县推之一省，由一省推之天下，可以追共和之郅治，臻大同之盛轨"。

三月　回长宝盐法道本任。

闰三月　刊发《禁止缠足告示》，胪举女性缠足危害曰："废天理、伤人伦、削人权、害家事、损生命、败风俗、戕种族。期望不缠足一事家喻户晓，早除一日，即早脱一日之厄，以存天理，以敦人伦，以保人权，以修家事，以全生命，以厚风俗，以葆种族。"任盐法长宝道、署理湖南按察使期间，重视清理积案、治理刑监，甄别一批错案，惩处一些办案错误的官员。四月公布《通饬各州县札》，规定管狱十五条，以资同僚遵照执行，"勿再玩忽因循，狃于积习，致干严谴"。

闰三月三日，湖广总督张之洞内召。四月，遵宪电贺，并称"此事关系中国安危"。十二日，张电问遵宪，"尊有何救时良策"？十六日，黄遵宪电复："至今日已明明成瓜分之局。俄、法、德皆利在分我土地，惟英以商务广博，倭以地势毗连，均利我之存，不利我之亡。故中国是必以联络英、倭为第一要义。""欲破瓜分之局，必须令中国境内断不再许某国以某事独专其利、独擅其权而后分可。""故必须设法预图，守我政权，将一切利益公分于众人而后可"，许各国入我内地筑路、开矿、通商、传教。"国势既定，乃能变法，以图自强。变法以开民智者为先"，广设报馆，博译日本新书，各省设学堂，开学会。"先务之急，尤在罢科举，废时文。"

闰三月二十日　梁鼎芬致电遵宪，谓"兄欲挟湘人以行康学"，"国危若此，祈兄上念国恩，下恤人言，勿从邪教，勿昌邪说，如不改，弟不复言"。

闰三月二十一日　张之洞电陈宝箴，以《湘学报》及《湘报》时有偏谬，亟宜谕导阻止，尤切嘱黄遵宪随时留心救正。

四月二十三日　诏定国是，光绪帝决意变法。

四月二十五日　徐致靖奏保通达时务人才有黄遵宪及康有为、谭嗣同、张元济、梁启超。

四月二十六日　光绪帝谕：湖南长宝盐法道黄遵宪着该督抚送部引见。

四月　《日本杂事诗》长沙富文堂重刊本，自跋云为第九次刊印，"此乃定稿，有续刻者，当依此为据"。

五月　湖南岳麓书院山长王先谦据书院学生宾客凤阳等上书，指斥黄遵宪有"主张民权之说"；徐仁铸来后，"多推崇康学"；康有为弟子梁启超"大畅师说"，湘省民心"顿为一变"，于二十二日，向巡抚砸门递交"湘绅公呈"，攻击黄遵宪等，并联名函告京中湖南同乡官，谓陈宝箴紊乱旧章，不守祖宗成法。湘籍京官徐树铭揭参，为光绪帝申斥。

六月二十三日　奉命以三品京堂充出使日本大臣。三诏敦促。二十四日电催黄遵宪来京，"现在计已启程，无论行抵何处，着张之洞、陈宝箴催令趱程速来见"。二十七日，黄遵宪致电张之洞，告以"职道以感冒故未启程，月初稍愈即行"。七月八日，电张之洞，"宪初七交印，即日启程"。十日，总署电催"希速即来京请训，赶八月杪为末，勿迟为要"。十一日，总署又催黄遵宪迅速来京，限于八月内驰赴日本接任，毋得稽延。

七月六日　与吴德潇联名发表《创办时务报总董告白》。

七月二十八日　电张之洞，告以二十三日到沪。"宪病到沪小变，医院言因积疾成肺炎，必须调养。现在赶紧调理，焦急万状。"

七月　奉旨将上海《时务报》改为官报，派康有为督办。汪康年将《时务报》停办，改办《昌言报》。康有为电刘坤一，称汪抗旨不交，"着黄遵宪道经上海时，查明原委，秉公核议电奏。毋任彼此各执意见，致旷报务"。二十八日，黄遵宪致电张之洞，申述《时务报》创办原委，"总之，此事系将公报改做官报，非将汪报改做康报也"。

八月　六日，北京发生政变，慈禧太后下令训政。十三日，杀谭嗣同等六君子。二十一日，黄遵宪因病，请刘坤一"奏请开差"。当日上谕"出使日本国大臣黄遵宪因病开普差使"，改派李盛铎充任。二十二日致张之洞电告以"宪日内即回籍调理"。时，有奏称康有为、梁启超尚藏匿遵宪处，实属藏匿日本使而误传，慈禧太后密电两江总督查看。二十四日，上海道蔡钧派兵二百围守。围守之兵。捧枪鹄立，若临大敌。英日表示若处理不公，将约同干涉。二十五夜，得总署报，康有为未匿黄处。二十六日夜，乃得旨放归原籍梅州。

九月一日　自上海启程，有《九月朔日启程由上海归舟中作》及《到家》诗。

是年　浙江官书局翻印《日本国志》，为第二版；上海图书集成印书局出版铅印本，是为第三版。

光绪二十五年已亥（1899年）五十二岁

回归梅县后，住故里"人境庐"，有《人境庐之邻有数间屋，余购取其地，葺而新之，有楼岿然，独立无壁，南武山人，为书一联，曰"陆沉欲借舟权住，天问翻无壁受呵"，因足成之》诗篇。

九月　撰刘甀庵《盆瓴诗集》序。

十一月二十三日　跋日人副岛沧海孔子诗。

十二月二十四日　慈禧太后立溥儁为大阿哥。有《腊月二十四日诏立皇嗣感赋四首》。

是年　作《已亥杂诗》八十九首、《已亥续淮人诗》二十四首。

光绪二十六年庚子（1900年）五十三岁

四五月间　自戊戌归里，不与世事。李鸿章授两广总督，迭次以函电召邀出山，勉赴督辕一谒。李问治粤之策，答以莫先于设巡察、免米厘。李以设警察、开矿产事相托。然事无可为，一意辞谢。

五月　义和团事起。八国联军六月陷天津，七月陷北京，慈禧太后挟光绪帝避西安。期间，纪庚子事变诗较多，有《初闻京师义和团事感赋》三首、《感事又寄丘仲阆》二首、《述闻》八首、《七月二十一日外国联军入犯京师》、《读七月五日行在所发罪己诏书泣赋》及《闻车驾又幸西安》等。又拟作《拳团篇》长诗，未成。

九月　李兴锐任江西巡抚，欲邀遵宪相助，婉却之。

十月　作《李母钟太安人百龄寿序》及《古香阁诗集》序。

冬　丘逢甲访"人境庐"，抚时感赋，迭相唱和。十二月，丘逢甲跋遵宪诗曰："四卷以前为旧世界诗，四卷以后乃为新世界诗。茫茫诗海，手辟新洲，此诗世界之哥伦布也。变旧诗国为新诗国，惨淡经营，不酬其志不已，是为诗人中嘉富洱……为诗人中俾思麦。"

光绪二十七年辛丑（1901年）五十四岁

是年致陈三立书，悼念其父陈宝箴逝世。忆戊戌年陈宝箴送别时，"于湘舟中洒泪满袖，云相见无时，宪视为甚易。何意闲云野鹤竟不获再奉篮舆也"。详忆别后三年经历，七月到沪后患脾泄，病困中不知京中变局。八月六日政变，十三日得杀士抄报，"乃知有母子分党变故"。至二十三日，"知湘中官吏一网打尽，始有馀波及我之恐"。明日"即已操戈入室，下钥锁门"，"继增兵围守，擎枪环立，若临大敌，如是者三日"。二十六日，"查明康未匿黄处"，乃有旨放归。九月到家。时李鸿章督粤，迭次函电召邀，赴省相见，以设警察、开矿产之事相委，然事无可为而辞谢。及归，义和团之变作。函称："弟平生凭理而行，随遇而安，无党援，亦无趋避，以为心苟无瑕，何恤乎人言，故亦不知祸患之来。自经凶变，乃知孽不必己作，罪不必自犯，苟有他人之牵连，非类之诬陷，出于意外者。然自有此变，益以信死生之有命、祸福之相倚。"

是年为嘉应里人张榕轩钞辑先辈诗稿重加编订的《梅水诗传》撰序。序文末谓："自物竞天择、优胜劣败之说行，种族之存亡，关系益大。凡亚细亚洲古所称声明文物之邦，均为他族所逼处。""即轰轰然以文化著于五洲如吾辈华夏之族，亦叹式微矣"，"凡我客人，诚念我祖若宗，悉出于神明之胄，当益骛其远者大者，以恢我先绪，以保我邦族，此则愿与吾党共勉之者也"。

八月　李鸿章卒，作《李肃毅侯挽师》四首，深予讽刺。

八月　《辛丑条约》订立后，作《和议成志感》诗，有"失民更为丛驱爵，毕世难偿债筑台。坐视陆沉谁任责，事平敢望救时才"诗句。

光绪二十八年壬寅（1902年）五十五岁

一月　去岁修黄氏家谱，大致编竣，是月初六日撰《攀桂坊黄氏家谱》序。序末谓："若夫立德立功立言，以图不朽，俾嘉应之黄，与金华、邵武二族并称于世，是则作谱者所祷以求之者夫。"

四月　致梁启超函，表示其所撰《南海传》"所谓教育家、思想家，先时之人物，均至当不易之论。吾所心佩者，在孔教复原，耶之路得，释之龙树，鼎足而三矣"。然"以为泰西富强由于行教，遂欲尊我孔子以敌之"，"此实误矣"。"今日但当采西人之政、西人之学，以弥缝我国政学之敝，不必复张吾教，与人争是非、较短长也"。"孔子为人极，为师表，而非教主。凡世界教主，无论大小，必嚣嚣然树一帜以告之人曰：'从我则吉，否则凶。'""而孔子则与伏羲、文周之卦，尧舜之典，禹汤之谟诰，未尝废之也。""古之儒者言卫道，今之儒者言保教。夫必有仇敌之攻我，而后乃从而保卫"，"大哉孔子，包综万流，有党无仇，无所谓保卫也"。"大哉孔子，修道得教，无所成名，又何从而保卫之？""至孔子所言之理，具在千秋万世、人人之心。人类不灭，吾道必昌，何藉于保卫？"

五月　致梁启超函，论民权自由主张，谓"二十世纪中国之政体，其必法英之君民共主乎。胸中蓄此十数年，而未尝一对人言"。言初抵日本，初闻民权之说，颇惊怪，"既而取卢骚、孟德斯鸠之说读之，志为之一变，以谓太平世必在民主"。又谓"近年以来，民权自由之说遍海内外，其势长驱直进，不可遏止；而或唱革命，或称类族，或主分治，亦嚣嚣然盈于耳矣。而仆仍欲奉主权以开民智，分官权以保民生，及其成功，则君权、民权两得其平。仆终守此说不变，未知公之意以为然否"。

此函还对"天下哗然言学校",谈其六点主张,谓:"吾以为非有教科书,非有师范学堂为之先,则学校不能兴";"吾以为所重在蒙学校、小学校、中学校";"吾以为所重在普通学,取东西学校通行之本,补入中国地理、中国史事,使人人能通普遍之学,然后乃能立国,乃能兴学";"吾以为《五经》、《四书》当择其切于日用、近于时务者,分类编辑为小学、中学书,其他训诂名物归入专门,听人自为之";"吾以为学校务求其有成,科举务责人以所难,此不能兼行之事";"今学校乃专为翰林、部曹、知县而设,然则声、光、化、电、医、算诸学,将弃之如遗乎,抑教以各业,俟业成而用之治民莅事乎?"

八月二十二日　与梁启超书谈杂歌谣体:"吾以为不必仿白香山之《新乐府》、尤西堂之《明史乐府》,当斟酌于弹词粤讴之间,或三、或九、或七、或五,或长短句,或壮如陇上陈安,或丽如河中莫愁,或浓至如焦仲卿妻,或古如成相篇,或俳如俳技辞。易乐府之名而曰杂歌谣,弃史籍而采近事。"

八月　致梁启超函,告以"近方拟《演孔》一书,书凡十六篇,约万数千言,其包含甚广,未遂成书者,因其中有见之未真、审之未确者,尚待考求耳"。

十一月　致梁启超函评价曾国藩"为国朝二百馀年,应推为第一流","其学问能兼综考据、词章、义理三种之长","然此皆破碎陈腐、迂疏无用之学,于今日泰西之科学、之哲学未梦见也"。"彼视洪杨之徒,张总愚陈玉成之辈。犹僭窃盗贼,而忘其为赤子,为吾民也。""其所尽忠以报国者,在上则朝廷之命,在下则疆吏之职耳。于现在民族之强弱,将来世界之治乱,未一措意也。""欧美之政体,英法之学术,其所以富强之由,曾未考求。"

函中谓游东西归洋,"所学屠龙之技,无所可用","盖其志在变法、在民权"。及戊戌新政,"遂欲捐其躯以报国矣!自是以来,愈益挫折,愈益艰危,而吾志乃益坚"。

十一月　致梁启超函论中国政体,谓"二十世纪之中国,必改而为立宪政体"。

是年致严复书谓,"《天演论》供养案头,今三年矣。本年五月获读

《原富》，近日又得读《名学》，隽永渊雅，疑出北魏人手"。函中提出：
"今日已为二十世纪之世界矣，东西文明两相结合。而译书一事以通彼我之
怀，阐新旧之学，实为要务。公于学界中，又为第一流人物，一言而为天下法
则，实众人之所归望者也。仆不自揣量，窃亦有所求于公。第一为造新字。次
则假借。次则附会。次则诨语。次则还音。又次则两合。第二为变文体。一曰
跳行，一曰括弧，一曰最数，一曰夹注，一曰倒装语，一曰自问自答，一曰附
表附图，此皆公之所已知已能也。""公以为文界无革命。弟以为无革命而有
维新"。

是年　写定《人境庐诗草》。

光绪二十九癸卯（1903年）五十六岁

十二月　以嘉应兴学会议所会长名义发表《敬告同乡诸君子》公启，谓
"鄙人环游海外，历十数年，深知东西诸大国之富强由于兴学，而以小学校尤
为重，名之曰普及教育，谓无地无学，无人不学也。又名之曰义务教育，谓乡
之士夫、族之尊长，各有教弟子之职，各负兴学之□也"。"凡兴办学务，必
须有师范生，有教科书，有地方，有款项，四者缺一，不能兴学。而师范生非
教育不能成。……鄙人已拣派二人往日本弘文学院学师范，明年夏间可以卒业
回国。""所望吾乡诸君子，各就己乡中学拣择端谨有志、聪颖自爱之士二三
人，开具名单，缄送兴学会议所，准于今年年底截止，俟明岁开学时，传集就
学，以一年卒业。"公启还对教科书、办学处所、经费、课程等方面提出设计
要求。"普及小学校，系专为大局计，专为将来计。""鄙人尚拟设一学堂，
名曰补习学堂，兼综各科而择行之。又拟设一讲习会，略仿专门学校，俾分科
肄业，以期速成。"

同月稍后，又以兴学会议所会长名义公布《嘉应犹兴会章程》，共列
十二条。其宗旨："此会名曰犹兴会，以时务期知今，以新学求切用，以专门
定趋向，以分科求速效，以自治为精神，以合群求公益。"

光绪三十年甲辰（1904年）五十七岁

三月二十五日　复侄黄伯权函，知其已考得游学正取，举家忻喜，望不负期望。

四月二十八日　致五弟遵楷函，详述病况，开春以后，肺病旧疾复作，抑郁沉闷，如坐愁城中，稍一劳力，作一急步，则喘起。日渐羸瘦，饮食亦无滋味。感叹自己"平生怀抱，一事无成，惟古今体诗能自立耳"。

七月四日　致函梁启超谓："当明治十三四年，初见卢骚、孟德斯鸠之书，辄心醉其说，谓太平世必在民主国无疑也。既留美三载，乃知共和政体万不可施于今日之吾国。自是以往，守渐进主义，以立宪为归宿，至于今未改。"又谓："仆今日见日本人之以爱国心、团结力，摧克大敌也。专以普及教育为目的，既发端于一乡，并欲运动大吏，使遍及全省。虽责效过缓，然窃谓此乃救中国之不二法门也。"

十一月二十二日　致函杨徽五、黄赞孙，告以"师范学堂中事，意欲将拟定办法函告侄台，惟刻下尚未能酌定"。嘱其"在东洋应预谋者，为延聘东人一事，前函所云古城贞吉，试一询问能来与否"。

冬　作《病中纪梦述寄梁任父》诗三首。是为《人境庐诗草》存末首诗。

光绪三十一年乙巳（1905年）五十八岁

一月十八日　熊希龄以"吾党方针，将来大计"函商。是日，遵宪在复梁启超函中谓："若论及吾党方针、将来大局，渠意盖颇以革命为不然者。然今日当道实既绝望，吾辈终不能视死不救。吾以为当避其名而行其实，其宗旨：曰阴谋，曰柔道；其方法：曰潜移，曰缓进，曰蚕食；其权术：曰得寸则寸，曰辟首击尾，曰远交近攻。"

函中谓："弟所患谓肺管微丝泡，舒缩之力不能完全，此在今日医术中，尚无治疗之方。""余之生死观略异于公，谓一死则泯然澌灭耳；然一息尚存，尚有生人应尽之义务，于此而不能自尽其职，无益于群，则顽然七尺，虽躯壳犹存，亦无益于死人。""无辟死之法而有不虚生之责，孔子所谓'君子息焉，死而后已'。未死则无息已时也"。函中勉励梁启超谓："公学识之高，事理之明，并世无敌。若论处事，则阅历尚浅，襄助又乏人。公今甫三十有三，欧美名家由报馆而蹑居政府者所时有，公勉之矣！公勉之矣！"

　　一月　致狄平子函有"自顾弱智残驱，不堪为用矣。负此身世，感我之交"语。

　　二月二十三日　病卒于家，享年五十八岁。

编后记

　　黄遵宪作为近代中国"睁眼看世界"的第一人，学识广博，经历丰富，尽管他的自我定位是诗人，然而批评构成了他文学生涯的重要组成部分，而在政治经历、外交事务、学术著作中，又只是其中一小部分。参照丛书主编的设想，我认为《黄遵宪集》重心在于呈现其作为思考者的角色与内涵，因此《日本杂事诗》《人境庐诗草》诗歌部分不收，而康有为、梁启超、王韬等人为诗集所作序跋，则体现了他与时贤的关系，颇有参照价值。《日本国志》是公度先生最重要的学术著作，凝聚了他一生的心血，因体例限制，不便亦不必全文收入，而评述（即"外史氏曰"）是独见作者性情与才学的地方，择要纳入比较合理。同时，编者从函电、书信之类的文字中选用了一些内容，特别是讨论文化、思想、教育等问题的文章，它们无疑是理解黄遵宪文学批评和文化观念的根基。

　　中途接手《黄遵宪集》编辑工作于我而言是件苦差，尤其是在《黄遵宪全集》已整理出版的背景下，是否还有必要遴选一种专集出来，可能仍有商榷的余地。付祥喜教授一通电话打过来，我的心里产生了"义不容辞"之类的冲动，就稀里糊涂答应下来。后来才发现文章遴选极其繁琐，无法通过文体归类的方式简单处理，需要通读其他文字才能补充相关部分，又不好反悔，只能硬着头皮往前走。幸好我的研究生侯歆艺、胡建坤、杨绮婷协助录入、校对了部分文稿，否则交稿时间遥遥无期。

　　综合丛书的文化理念和我个人的设想，收入本集的文章大体按时间和文类排序。编校主要参照《黄遵宪全集》（陈铮编，中华书局2005年版）及其他部分刊印著作，除《全集》外，其他核校来源已另行标注，少数篇目我们认为有误笔、误植之处，收入本集时酌情进行了修订。感谢丛书主编蒋述卓教授、陈剑晖教授的信任与关怀，广东人民出版社编辑部工作人员细致认真的工作，减少了很多错漏，一并致谢。

龙扬志

2017年7月于暨南园